Leila Howland

Der Vergissmeinnicht-Sommer

Leila Howland

VERGISS meinnicht Sommer

Aus dem Englischen
von Yvonne Hergane

cbt

Der Verlag weist ausdrücklich darauf hin, dass im Text enthaltene externe Links vom Verlag nur bis zum Zeitpunkt der Buchveröffentlichung eingesehen werden konnten. Auf spätere Veränderungen hat der Verlag keinerlei Einfluss. Eine Haftung des Verlags ist daher ausgeschlossen.

Dieses Buch ist auch als E-Book erhältlich.

MIX
Papier aus verantwortungsvollen Quellen
FSC® C014496

Verlagsgruppe Random House FSC® N001967

1. Auflage 2016

Published by Arrangement with Leila Howland
Die amerikanische Originalausgabe erschien 2015 unter dem Titel
»The Forget-Me-Not-Summer« bei HarperCollins Children's Books,
a division of HarperCollins Publishers, New York.
Dieses Werk wurde vermittelt durch die
Literarische Agentur Thomas Schlück GmbH, 30827 Garbsen

Aus dem Englischen von Yvonne Hergane
Lektorat: Christina Neiske
Umschlaggestaltung: Kathrin Schüler, Berlin
unter Verwendung mehrerer Motive von
Shutterstock (fabio camandona, Kantawan,
olies, primopiano, RaSveta, Svetlana Boyko)
he · Herstellung: wei
Satz: Buch-Werkstatt GmbH, Bad Aibling
Druck und Bindung: GGP Media GmbH, Pößneck
ISBN: 978-3-570-16414-3
Printed in Germany

www.cbt-buecher.de

Für meinen Vater

Zinnie

Es war der dritte Samstag im Juni, die Schule war schon vor einer Woche zu Ende gegangen, und Zinnia Silver, die normalerweise bis zur Halskrause in Hausaufgaben und außerschulischen Aktivitäten steckte, verfügte auf einmal über viel zu viel Freizeit. Also hatte sie sich an diesem Morgen selbst eine Aufgabe auferlegt. Sie würde sich die wilden, widerspenstigen Haare glätten. Und so stand sie nun vor dem Badezimmerspiegel, fest entschlossen, ihre Mähne zu bändigen. Sie war elf Jahre alt und hatte es satt, immer die merkwürdig aussehende Schwester zu sein.

Für Zinnia, oder Zinnie, wie sie genannt wurde, gab es auf dem ganzen Planeten keinen schöneren Menschen als ihre ältere Schwester Viola. Viola war recht groß für ihr Alter (zwölf) und hatte ein so breites, gewinnendes Lächeln, dass sie es selbst während ihres kurzen Zusammenlebens mit einer Zahnspange geschafft hatte, dieses Ding wie ein topaktuelles Accessoire aussehen zu lassen. Und genau wie die Mutter der beiden Mädchen hatte Viola honigblondes Haar, das ihr schwer, glatt und glänzend auf die Schultern fiel. Wenn sie es offen trug, wogte es wie ein Seidenmeer, nur dafür gemacht, lässig nach hinten geworfen zu werden, und wenn sie es zu einem Pferdeschwanz hochband, wippte es oben auf ihrem Kopf, fast als hüpfe es im Takt zu einem Popsong. Zinnie hatte viel Zeit, Violas Hinterkopf zu beobachten, denn obwohl sie nur ein Jahr jünger und auf Miss Hadleys Mädchenschule nur eine Klassenstufe unter ihrer Schwester war, ging sie immer ein paar Schritte hinter ihr.

Die jüngste Schwester Lily, fünf Jahre alt und bestechend niedlich, hatte ebenfalls die Haare ihrer Mutter geerbt. Sie waren so blond, dass sie beinahe weiß wirkten, und leicht wellig, sodass es, wenn das Sonnenlicht im richtigen Winkel darauf traf, so aussah, als wäre ihr Gesicht von Licht umrahmt. Lily hatte volle, rosige Pausbäckchen, die jeden dazu einluden, sie zu küssen, zu streicheln und liebevoll zu knuffen. Lilys Kindermädchen Berta hatte die beiden älteren Silver-Mädchen schon oft ermahnt, ihre kleine Schwester in der Öffentlichkeit nie aus den Augen zu lassen.

»Ah, *dios mio!*«, rief Berta einmal, während sie Fajitas machte. »Am Ende denkt noch jemand, sie wäre ein Engel, und nimmt sie einfach mit!«

Viola keuchte auf, und Zinnie schlug sich eine Hand aufs Herz und schwor bei allem, was ihr heilig war, Lily niemals und unter keinen Umständen unbeaufsichtigt zu lassen. Zinnie wusste nämlich auch, dass diese Aufgabe ihr allein zufiel. Lily musste vor Entführern bewahrt werden, und Viola musste vor allen Pflichten bewahrt werden, um sich ihren großen Zielen widmen zu können. Kein einfacher Job, die mittlere Schwester zu sein.

Zinnie wusste zwar, dass ihre fast schwarzen Haare nie blond werden würden, aber sie war sich sicher, wenn sie nur genauso glatt wären wie die von Viola, dann wäre sie ein kleines Stück näher dran an der Schönheit ihrer Schwestern. Daher nahm sie den Deckel der Dose mit Glättungsschaum ab, auf die sie lange gespart hatte, sprühte sich einen Schaumberg in die Handfläche und schmierte ihn sich oben auf das feuchte Haar. »Wie gewohnt stylen«, stand da auf der Dose. Also arbeitete Zinnie den Schaum mit einer Bürste in die Haare ein, wobei sie darauf achtete, keine Strähne auszulassen, und föhnte sie dann trocken.

Das Ergebnis war alles andere als zufriedenstellend. Am Ansatz wirkten die Haare fettig, während die untere Hälfte doppelt so kraus und fusselig aussah wie sonst. Zinnie kam sich vor wie Sampson, der Pudel aus der Nachbarschaft, über dessen Schickimicki-Frisur sich die ganze Familie immer wieder lustig machte.

»Na schön!«, sagte Zinnie zu ihrem Spiegelbild. »Dann … kräuselt euch eben weiter! Ich geb's auf!« Sie ließ die Dose Glättungsschaum ins Waschbecken fallen.

Eigentlich hatte sie gedacht, sie wäre die einzige Zeugin ihres privaten Dramas, aber da die Badezimmertür offen stand, hatte auch ihr Vater alles mitbekommen. Er lehnte sich an den Türpfosten.

»Sieht so aus, als hättest du mein Haar geerbt. Tut mir leid«, sagte er.

»Aber du hast doch eine Glatze, Daddy«, sagte Zinnie. Und dann brachen sie beide in Gelächter aus, obwohl Zinnie eigentlich mehr zum Weinen zumute war.

»Das Gute ist, dass mit den Haaren automatisch auch der Sinn für Humor mitgeliefert wird«, sagte er und verpasste ihr eine dicke, nach Kaffee duftende Umarmung.

»Hast du wieder eine Schreibblockade?«, fragte Zinnie. Ihr Vater war nämlich Drehbuchautor und hatte sein Arbeitszimmer in dem kleinen Gästehaus im Garten, das die Mädchen nur auf ausdrückliche Einladung betreten durften. Es war sein ganz persönlicher Rückzugsort, wo er seinen Gedanken freien

Lauf lassen konnte. Jeden Vormittag zog er sich zum Schreiben dahin zurück und kam nur heraus, um sich frischen Kaffee, Sandwiches und Chips zu holen oder – wenn er gerade einen richtigen Schreibfluss zu Papier gebracht hatte – eine Essenslieferung vom Chinesen entgegenzunehmen. Von Montag bis Freitag durften die Mädchen zwischen acht Uhr morgens und zwei Uhr nachmittags nicht einmal an seine Tür klopfen – außer natürlich, es handelte sich um einen Notfall, worunter aber weder Streitigkeiten über das Fernsehprogramm noch Ungerechtigkeits-Diskussionen fielen, und auch keine Fragen zum Thema Bekleidung oder der Versuch, ihm die Erlaubnis für etwas zu entlocken, wozu ihre Mutter oder Berta bereits Nein gesagt hatte.

Wenn Zinnies Dad an einem ganz normalen Wochentag morgens nicht in seinem Arbeitszimmer war, musste das also bedeuten, dass er eine Schreibblockade hatte. Wenn das passierte – und in der letzten Zeit schien es immer häufiger zu passieren –, dann tigerte er erschöpft und rastlos durchs Haus. Wenn Zinnie es recht bedachte, war er ihr schon seit einiger Zeit besonders bedrückt vorgekommen. Schon lange hatte er sie dienstags nicht mehr ins Kino ausgeführt, um alte Klassiker zu gucken (und das tat er normalerweise ganz oft, sogar in Schulzeiten, denn *gute* Filme trugen sehr zur Bildung bei, wie er zu sagen pflegte), und sie waren auch noch nicht am Santa Monica Pier gewesen, wie er es ihr für die Ferien versprochen hatte.

»Du siehst nämlich so aus, als hättest du eine Schreibblockade«, sagte Zinnie mit Blick auf die dunklen Ringe unter seinen Augen.

»Na ja, ich musste eine schwere Entscheidung treffen«, sagte ihr Vater seufzend. »Aber ich glaube, jetzt habe ich es endlich geschafft.« Eine Sekunde lang dachte Zinnie, jetzt würde *er* gleich anfangen zu weinen, aber bevor sie ihn weiter befragen konnte, lächelte er schon wieder. Er türmte ihr mit beiden Händen die Haare auf dem Kopf hoch, drehte sie so, dass sie beide in den Spiegel schauten, und sagte: »Was hältst du von diesem neuen Look?«

Es sah ziemlich dämlich aus, wie er ihre Haare so hochdrückte, aber es brachte Zinnie auch auf eine Idee. »Ich könnte meine Haare so stylen wie Alisha!« Alisha war die Kriegerprinzessin aus dem letzten Filmdrehbuch, das ihr Vater geschrieben hatte: *American Robot 3 – Die Rache der Roboter.* Teil 3 der Roboter-Trilogie ihres Vaters mochte Zinnie am liebsten, weil die Hauptfigur darin eben ein Mädchen war – eine mutige Heldin mit unglaublichen Kampfkunst-Fähigkeiten. Die Schauspielerin, die sie in dem Film verkörperte, hatte sich die Haare mithilfe mehrerer Essstäbchen hochgesteckt. Zinnie baute sich in Kung-Fu-Pose vor dem Spiegel auf.

»Und du weißt ja, wer eine ganze Schublade voller Essstäbchen hat?«, sagte ihr Vater.

»Du«, erwiderte Zinnie.

»Na dann los, ab in mein Büro.«

Zinnie folgte ihm durch den Garten in sein Arbeitszimmer, wo es wie üblich fast genauso unordentlich aussah wie in Zinnies Zimmer. Auf dem Boden stapelten sich die Drehbücher, Filmplakate bedeckten die Wände, die Regale bogen sich unter dem Gewicht unzähliger DVDs. Sein silberfarbener Laptop stand auf dem Schreibtisch, neben einem halben Dutzend Notizblöcke, etlichen Stapeln Papier, einer Tasse voller Kleingeld (größtenteils Pennys) und zwei benutzten Kaffeebechern, aus denen Löffel ragten. Doch trotz des ganzen Chaos wurde Zinnies Aufmerksamkeit von einem grellgrünen Post-it-Zettel angezogen, der am Computerbildschirm klebte. »10 Uhr: Marty anrufen.«

»Wer ist Marty?«, fragte Zinnie.

»Mein Anwalt.«

»Wieso musst du einen Anwalt anrufen?«, bohrte Zinnie weiter, während ihr Vater ihr ein Zweierset Essstäbchen reichte. Unwillkürlich dachte sie an das riesige Werbeplakat, an dem sie jeden Tag auf dem Weg zur Schule vorbeifuhren. Es zeigte einen Mann mit gewellten Haaren und einem blitzweißen Lächeln, der sich aus einem roten Sportwagen herauslehnte. Unter seinem Foto stand: DALLAS PERRY, DER ANWALT, DER IHRE SCHEIDUNG AUF DER ÜBERHOLSPUR DURCHZIEHT! Sofort keimte in Zinnies Kopf eine Sorge auf – allein in diesem Jahr hatten sich schon die Eltern von drei ihrer Klassenkameraden scheiden lassen.

»Erwachsenenkram. Mach dir keine Gedanken darüber.« Dad schaute auf seine Armbanduhr. »Oh, es ist ja auch gleich zehn. Du erzählst mir dann später, wie es mit deiner neuen Frisur gelaufen ist, ja?«

»Heutzutage sagt keiner mehr Frisur, Dad. Es heißt *Hairstyle.*«

»Oh, tut mir leid.« Lächelnd zerzauste er ihr die Haare, schob sie aus seinem Arbeitszimmer und machte die Tür hinter ihr zu.

Auf dem Weg zurück ins Haus und nach oben rieb Zinnie die Essstäbchen ständig aneinander und fragte sich dabei, ob sie Viola von dieser Sache mit dem Anwalt erzählen sollte. Doch dann fiel ihr ein, dass Viola heute ein wichtiger Termin bevorstand. Sie war oben in ihrem Zimmer, hatte die Tür aber schon den ganzen Vormittag zugehabt, was bedeutete, dass sie nicht gestört werden wollte. Als hätte Zinnie nicht schon genug andere Gründe gehabt, ihre Schwester zu bewundern, war Viola nämlich auch noch Schauspielerin. Sie war bereits mehrfach im Fernsehen gewesen, und heute würde sie sich zum ersten Mal bei einer Agentin vorstellen. Viola hatte allen erklärt, dass sie sich auf diesen Termin gründlich vorbereiten müsse, und hatte Zinnie das Versprechen abgenommen, sie in Ruhe zu lassen. Zinnie hatte sogar die rechte Hand hochhalten und auf den neuesten Band von *Elfen der Nacht* schwören müssen, für den sie in der Buchhandlung fast zwei Stunden angestanden hatten.

Ich werde mein Versprechen halten, dachte Zinnie. Schließlich hatte sie auf ihr absolut liebstes Lieblingsbuch geschworen. Sie wusch sich im Waschbecken die Haare ein zweites Mal, um den Glättungsschaum rauszukriegen. Dann rubbelte sie sich das Haar mit einem Handtuch trocken, schaute sich ein Youtube-Video über Dutt-Stylings an und machte sich dann dran, die perfekt lässige und doch ordentliche Hochsteckfrisur nachzukreieren. Während sie das zweite Essstäbchen in genau dem richtigen Winkel hineinschob, versicherte sie sich selbst, dass es keinerlei Grund gab zu der Befürchtung, dass ihre Eltern sich scheiden lassen wollten. Sie hatte sie ja noch kein einziges Mal streiten gehört – so wie Violas Freundin Pilar es über ihre Eltern berichtet hatte, kurz bevor ihr Vater dann nach Albuquerque weggezogen war.

Außerdem hat Dad ja gesagt, ich bräuchte mir keine Gedanken zu machen, überlegte Zinnie weiter und machte sich auf den Weg zu seinem Büro, um ihm ihren neuen Look zu zeigen. Sie kam an Lilys Zimmer vorbei, wo ihre kleine Schwester vor sich hin sang, dann eilte sie die Treppe hinunter, immer zwei Stufen auf einmal nehmend, hüpfte über den schwarz-weiß gefliesten Küchenboden, wobei sie immer nur auf die schwarzen Quadrate trat, und huschte dann in den Garten hinaus, in dem etliche Zitronen-, Orangen- und Avocadobäume wuchsen. Aber als sie am Arbeitszimmer ihres Vaters ankam, war die Tür geschlossen. Das bedeutete, dass er wohl immer noch mit dem Anwalt telefonierte. Zinnie wollte schon zurück ins Haus, aber dann entschied sie, dass nichts dagegen sprach, sich zu vergewissern, dass sie sich wirklich *keine Gedanken machen* musste, wie Dad es formuliert hatte. Also presste sie ein Ohr an die Tür und lauschte.

»Hör mal, Marty«, hörte sie ihren Vater sagen, »ich finde diese Trennung ja auch sehr traurig. Wir hatten wirklich gute Zeiten, ein paar richtig gute Jahre, aber ehrlich gesagt stecke ich jetzt irgendwie fest. Wenn ich mich weiterentwickeln will, muss ich mich verändern. Es ist höchste Zeit, getrennte Wege zu gehen. Wenn ich dabei jemandes Gefühle verletze, tut es mir leid, aber ich kann nichts dagegen tun.«

Trennung? Veränderung? Höchste Zeit, getrennte Wege zu gehen? Das klang sehr wohl danach, als müsste Zinnie sich Gedanken machen – nein, Sorgen! War das die schwere Entscheidung, von der er gesprochen hatte? Würde er nach Albuquerque ziehen? Aber was sollte dann aus den samstäglichen Zeichentrick-Marathons werden? Aus den Sommernachmittagen, an denen sie im Hollywood Bowl bei Konzertproben zusahen? Aus dem Vater-Tochter-Tanz in der Schule? Wusste ihre Mutter überhaupt, dass er vorhatte, sie zu verlassen? Wie eine Bleischicht umschloss die Traurigkeit ihr Herz.

Sie musste mit Viola sprechen – sofort. Viola wusste immer,

was zu tun war. Sie mussten sich etwas einfallen lassen, und zwar schnell. Zinnie musste mit ihrer Schwester sprechen, bevor die aus dem Haus ging, egal ob Viola deswegen sauer auf sie war oder nicht.

Ohne darauf zu achten, ob ihre so mühsam hochgesteckten Haare sich lösten oder auf welche Fliesen sie trat, hetzte Zinnie durch den Garten zurück in die Küche. Sie stürmte die Treppe hoch und über den oberen Flur und schlidderte an Lilys offener Zimmertür vorbei.

»Du hast ja Stöcke auf dem Kopf!«, rief Lily hinter ihr her.

»Jep«, sagte Zinnie über die Schulter. *Lily darf nichts davon erfahren,* nahm sie sich vor. *Viola und ich bringen das alles wieder in Ordnung.* Sie war ganz außer Atem, als sie vor Violas geschlossener Tür zum Stehen kam. Sie hob eine Hand, um zu klopfen, hielt dann aber noch mal inne. Viola hatte nicht nur das Bitte-nicht-stören-Schild an die Tür gehängt, sondern auch noch das Wort WICHTIG in dicken Lettern hinzugefügt und mit rosa Filzmarker unterstrichen. Bestimmt würde sie genauso sauer werden wie der Troll im ersten *Elfen der Nacht*-Band, als die Feen ihn aus seinem tausendjährigen Schlaf geweckt hatten. Aber was sollte Zinnie denn anderes tun? Ihrer großen Schwester verschweigen, dass ihre Eltern sich scheiden lassen wollten? Undenkbar. Zinnie holte einmal tief Luft. Dann klopfte sie an die Tür.

»Viola!«, rief sie. »Ich muss dringend mit dir reden!«

»Oh-oh, jetzt kriegst du grooooßen Ärger«, sagte Lily, die hinter Zinnie aufgetaucht war, mit ihrem lila Ballettröckchen und ihren roten Gummistiefeln. Sie streckte Zinnie ihren Teddybären hin. »Hier, nimm Benny, der kann dich beschützen.«

Viola

Viola hatte ihre gesamte Familie angefleht, sie am wichtigsten Vormittag ihres Lebens bitte, bitte, *bittebittebitte!* bloß nicht zu stören. In einer knappen halben Stunde begann ihr Casting bei Jill Dreyfus, der besten Agentin für Kinderschauspieler in ganz Hollywood. Sie musste sich also ernsthaft konzentrieren. Mom hatte das Casting mit blauer Tinte in den Familienkalender eingetragen, aber Viola hatte mit Rot drübergeschrieben, was es zu einem Ereignis von höchster Wichtigkeit machte. Ebenfalls mit roter Tinte hatte sie über die Stunden davor »Viola Privatsphäre« gekritzelt, und dann noch zur Sicherheit zusätzlich das Bitte-nicht-stören-Schild an ihre Tür gehängt. Und *trotzdem* klopfte Zinnie jetzt an?! Viola holte tief Luft und beschloss ihre Schwester zu ignorieren.

Seit zwei Wochen freute sie sich nun schon auf diesen Tag, und jeden Vormittag machte sie eifrig ihre Stimmübungen und probte ihre Monologe. Sie hatte aus Modemagazinen Bilder von verschiedenen Outfits ausgeschnitten und als Collagen zusammengesetzt – so oder so ähnlich wollte sie sich fürs Casting anziehen. Dann hatte sie ihrer Mutter die Collagen gezeigt, angereichert mit einer Liste der Läden, in denen die Outfits zu erwerben waren, aber Mom hatte abgewunken – die Sachen wären viel zu erwachsen für sie. Also hatte Viola ihren Kleiderschrank dreimal von vorn bis hinten durchforstet und sich schließlich für ein blau-grün gebatiktes Kleid und goldfarbene Schuhe mit Keilabsatz entschieden. Sie war gerade dabei, ihrem Haarstyling (eine Haarspange auf der linken Seite, ein paar vorwitzig hervorlugende Strähnchen) den letzten Schliff zu verpassen, als Zinnie zum zweiten Mal klopfte.

»Zinnie möchte mit dir sprechen«, sagte Lily durch die geschlossene Tür und fügte ein paar eigene, leise, aber entschiedene Klopfer hinzu.

Viola hätte am liebsten losgeschrien. Warum konnte ihre Familie nicht begreifen, wie wichtig der heutige Tag für sie war? Zinnie und Lily ließen sie nicht in Ruhe, und ihre Eltern erlaubten ihr nicht einmal, Make-up aufzutragen. Manchmal schien es ihr, als würde es niemanden kümmern, dass dies ihr großer Traum war. Ihre Eltern hatten sie seinerzeit zu den Premieren der *American-Robot*-Filme mitgenommen. Da hatte Viola zum ersten Mal miterlebt, wie die Schauspielerinnen in ihren glamourösen Kleidern über den roten Teppich spazierten und in die eifrig blitzenden Kameras lächelten. Aber eigentlich waren es weder die tollen Kleider noch die roten Teppiche, die Violas Liebe zur Schauspielerei geweckt hatten (obwohl beides durchaus nicht übel war, wie sie zugeben musste).

Für Viola ging es beim Schauspielern um das Gefühl, das sie erfüllte, wenn sie in eine fremde Rolle schlüpfte – um dieses glasklare, ruhige Wachsein tief im Inneren, unabhängig davon, ob sie nach außen eine lachende oder weinende Figur verkörpern musste. Viola war nicht wie Zinnie, die es mit einem einzigen Wort, einem flüchtigen Gesichtsausdruck schaffte, Menschen zum Lachen zu bringen. Erwachsene betonten immer, wie hübsch Viola sei, aber dann wandten sie sich gleich Zinnie zu und lachten sie mit funkelnden Augen an. Einmal hatte

Viola mitbekommen, wie ihre Großmutter Zinnie als »hinreißend« bezeichnete. Das Wort hatte Viola noch nie zuvor gehört, aber sie wusste dennoch sofort, was es bedeutete, und es klang eindeutig besser als »hübsch«.

Kurz nach den vergangenen Winterferien hatte Viola eine Freundin aus ihrer Klasse zu einem Schauspielkurs an der Ronald-P.-Harp-Schauspielschule begleitet. Und zu ihrer eigenen Überraschung hatte sie festgestellt, dass sie, wenn sie ein Drehbuch las, instinktiv wusste, was sie zu tun hatte. Sie konnte in die Worte fremder Figuren genauso leicht hinein- und wieder herausschlüpfen, wie man ein Kostüm an- oder auszog. Es war, als hätte sie in ihrem Inneren ein kleines Goldnugget entdeckt, das nur ihr allein gehörte. Und das sie hinreißend machte.

Noch am selben Abend hatte Viola ihre Eltern gefragt, ob sie sich auch zu dem Schauspielkurs anmelden durfte, und wie erwartet hatten sie Ja gesagt. Sie unterstützten ihre Töchter immer, wenn diese neue Aktivitäten ausprobieren wollten. Allein in der sechsten Klasse hatte Viola Kurse in Bollywood-Tanzen, Yoga, Spanisch und »Die Kunst der Tortendekoration« belegt. Und so hatte sie auch wieder mit der Zustimmung ihrer Eltern gerechnet, als sie zwei Monate später gefragt hatte, ob sie zu einem speziellen eintägigen Fernsehcasting-Workshop durfte, der von einer echten Casting-Regisseurin veranstaltet wurde.

»Sie sucht wirklich nach Kinderdarstellern für die neue Serie *Seasons*. Ihr wisst schon, was ich meine … Am Melrose Place hängen überall große Werbetafeln davon. Also ist es quasi wie ein richtiges Fernsehcasting!«, sagte Viola und war so berauscht, dass ihre Haut kribbelte. Doch statt sich mit ihr zu freuen, legte ihr Vater nur seufzend den Kopf in die Hände, und Mom sagte Nein, ohne auch nur eine Sekunde zu zögern.

»Aber warum denn nicht?«, fragte Viola. Sie konnte es nicht verstehen – Schauspielerei war für sie das Tollste auf der Welt. Und ihre Eltern hatten immer betont, wie wichtig es sei, möglichst viele verschiedene Sachen auszuprobieren, um herauszufinden, was man wirklich am liebsten mochte. Und jetzt, wo sie endlich etwas gefunden hatte, was sie noch glücklicher machte als ein riesiges Stück Geburtstagstorte mit einer ganzen Zuckergussblüte darauf – jetzt sagten sie auf einmal Nein?

»Tut mir leid, Liebes«, sagte Mom. »Zum Spaß zu schauspielern ist eine Sache. Aber für Geld … Das ist was ganz anderes. Die Unterhaltungsindustrie ist kein geeigneter Ort für Kinder.«

»Ich weiß nicht mal, ob es für Erwachsene ein geeigneter Ort ist«, fügte Dad hinzu. »Möchtest du nicht lieber versuchen, wieder der diesjährigen Schwimm-Mannschaft beizutreten?«

Verblüfft von der Ablehnung ihrer Eltern, schüttelte Viola den Kopf. Sie war bei allen Schwimmwettbewerben immer nur Zweit- oder Drittletzte geworden. Obwohl der Trainer sagte, Gewinnen sei nicht so wichtig, hatte es sich für Viola immer anders angefühlt, wenn die Gewinnerschleifen verliehen wurden und sie leer ausging. Außerdem bekam sie vom Chlor widerlich juckenden Ausschlag.

»Es ist mein Traum, Schauspielerin zu werden«, erklärte Viola. »So wie es Dads Traum ist, zu schreiben, und Moms Traum, Mutter zu sein.«

»Mutter *und* Film-Cutterin«, verbesserte sie Mom und drehte stirnrunzelnd an ihrem Ehering. »Den Beruf hab ich bis zu deiner Geburt ausgeübt, wie du weißt.«

»Ja, stimmt, tut mir leid.« Viola hatte kurz vergessen, wie empfindlich Mom sein konnte, wenn es um ihren früheren

Job ging. »Also ... ähm ... Darf ich jetzt diesen Kurs machen, bitte? Es ist doch nur ein einziger Nachmittag. Ihr hättet euch ja auch von nichts und niemandem davon abhalten lassen, euren Traum zu verwirklichen, oder?«

»Nein«, sagte Dad und fuhr sich über den Kopf. »Da hast du wohl recht.«

»Und warum wollt ihr dann *mich* daran hindern?«

Ihre Eltern wechselten einen Blick und baten Viola dann, kurz rauszugehen, damit sie sich beraten konnten. Viola verzog sich in die Vorratskammer und starrte die Nudelpackungen, die Dosen mit Tomatensoße und die Gläser mit Artischockenherzen an, während ihre Eltern in der Küche miteinander flüsterten.

»Also, Liebes«, sagte ihr Vater, nachdem Viola wieder hereingerufen worden war. »Das Showbusiness ist ein hartes Geschäft. Die Chancen, dass du für eine Fernsehsendung gebucht wirst, sind sehr gering. Und das sage ich nicht etwa, weil ich nicht an dich glauben würde. Ehrlich, hier geht's nicht um Talent. In dieser Branche zählt nur das Geld, und wir möchten nicht, dass du am Ende enttäuscht bist.«

»Das werde ich schon nicht, versprochen«, sagte Viola. »Egal was passiert – ich werde nicht enttäuscht sein.«

»Das kannst du gar nicht versprechen«, sagte Mom und strich ihr eine Haarsträhne hinters Ohr.

»Aber ich kann versprechen, dass ich aussteige, wenn mir die Schauspielerei mal keinen Spaß mehr machen sollte«, sagte Viola.

»Okay.« Dad hob die Hände, als würde er aufgeben. »Du kannst den Workshop machen.«

Lächelnd umarmte Viola ihre Eltern. Tief in ihrem Inneren

war sie sich ganz sicher, dass sie niemals enttäuscht sein und aussteigen würde. Dieser Kurs war erst der Anfang.

Und sie sollte recht behalten. Nachdem Viola das erste Mal vor der Kamera gestanden hatte, war die Casting-Regisseurin jubelnd und klatschend aufgesprungen. Noch am selben Abend hatte sie bei den Silvers angerufen und Viola die Rolle von Jenny angeboten, dem neuen Nachbarsmädchen in der Serie *Seasons*. Die Regisseurin hatte Viola erklärt, sie würde gleich zwei Zeilen Text haben und vor der Kamera einen Eisbecher essen dürfen. Ihre Eltern erlaubten ihr den Job unter drei Bedingungen: Erstens durfte die Schauspielerei niemals ihre schulischen Leistungen beeinträchtigen, zweitens würden ihre Eltern sie sofort da rausholen, wenn sie das Gefühl hatten, dass sie zu schnell zu erwachsen wurde, und drittens würden all ihre Gagen auf ein Sparbuch fließen, für ihre spätere College-Ausbildung. Viola war sofort einverstanden gewesen. Sie hätte jeder Bedingung zugestimmt, um die Erlaubnis ihrer Eltern zu bekommen, selbst wenn sie gezwungen gewesen wäre, dafür jeden Tag im Müll der Schulcafeteria zu wühlen oder sonst was zu tun.

Das alles war nun schon ein paar Monate her. Inzwischen hatte Viola bereits in drei Folgen von *Seasons* mitgespielt. Und jetzt, in genau fünfundzwanzig Minuten, hatte sie einen Termin bei einer superwichtigen Agentin. Sie wollte gerade anfangen, ihren Monolog ein letztes Mal vor dem Spiegel zu proben, als Zinnie mit Essstäbchen im Haar in ihr Zimmer gestürmt kam.

»Ich weiß, du willst nicht gestört werden«, rief sie, »aber es ist ein Notfall!«

Der Ausdruck in ihrem Gesicht war der gleiche wie damals,

als sie im Einkaufszentrum versehentlich einen Alarm ausgelöst hatte. Lily hüpfte hinter ihr ins Zimmer und sah erwartungsvoll zwischen ihren Schwestern hin und her. Bevor Viola etwas sagen konnte, kam auch Mom herein, Handtasche über der Schulter, Schlüssel in der Hand und Sonnenbrille auf dem Kopf.

»Was denn für ein Notfall, Zinnie?«, fragte sie.

»Ja, was denn für ein Notfall?«, echote Lily.

»Ach nichts«, stammelte Zinnie und starrte ihre Mutter erschrocken an. »Nichts Schlimmes. Bei dir alles okay, Mom?«

»Ja, mir geht's bestens.«

»Bist du sicher?«, bohrte Zinnie weiter.

»Aber klar doch. Bei *dir* alles okay?«

Zinnie nickte und senkte den Blick zu Boden.

»Warum platzt du dann so in mein Zimmer?«, fragte Viola, um dem Blödsinn ein Ende zu machen. »Ich hatte doch extra das Schild an die Tür gehängt!«

»Es war ein … haariger Notfall«, sagte Zinnie und tastete nach den Essstäbchen.

»Das seh ich«, sagte Viola, und sofort huschte ein gekränkter Ausdruck über Zinnies Gesicht. *Ich muss in Zukunft unbedingt netter zu ihr sein,* dachte Viola. Manchmal rutschten ihr die unbedachten Worte heraus, bevor sie es verhindern konnte.

»Ich finde, du siehst süß aus, Zinnie«, sagte Mom und legte ihr einen Arm um die Schultern. »Zeigst du mir nachher mal, wie du das mit den Stäbchen gemacht hast?«

»Aber immer doch«, sagte Zinnie und umarmte ihre Mutter. »Für dich würde ich alles tun.«

Hmpf, was für eine Schleimerin, dachte Viola.

»Viola, bist du dann so weit?«, fragte Mom.

»Ich denke schon.«

»Darf ich mitkommen?«, fragte Zinnie. »Ich muss unbedingt mit Viola sprechen.«

»Was auch immer du ihr sagen willst – du kannst es genauso gut in meiner Anwesenheit tun«, sagte Mom.

»Schon gut …«, winkte Zinnie ab.

Viola zog eine Augenbraue hoch. Was um alles in der Welt versuchte ihre Schwester ihr mitzuteilen?

»Tja, dann werdet ihr das wohl verschieben müssen«, sagte Mom. »Du hast nämlich gleich deinen Theaterkurs, schon vergessen?«

»Und was ist mit mir?«, fragte Lily. »Hab ich heute auch irgendwas Wichtiges zu tun?«

»Berta kommt gleich und geht mit dir in den Zoo«, erklärte Mom und tätschelte Lilys Kopf. »Jetzt zieh deine Schuhe an, Zinnie. Samanthas Mutter holt dich in fünf Minuten ab.«

Schauspielern für Anfänger

»Ach, Zinnia«, jammerte Ronald P. Harp und setzte sich kopfschüttelnd auf seinen Regiestuhl.

Zinnie hatte gerade eine Szene aus *Alice im Wunderland* zu Ende gespielt, in der sie endlich Alice verkörpern durfte, nicht immer nur Jungsrollen wie bisher. (In ihrer Klasse waren doppelt so viele Mädchen wie Jungs, und meist hatte Zinnie die Rolle einer männlichen Figur bekommen. Oder die der Mutter. Oder eines Tieres.) Sie wusste, dass sie nicht richtig bei der Sache gewesen war. Wie denn auch – nachdem sie mitbekommen hatte, wie ihr Vater am Telefon über eine Trennung sprach? Ihre Familie drohte auseinanderzubrechen, aber wenn sie nicht vor ihrer Mutter darüber reden wollte – die vielleicht gar nichts davon wusste, dass Dad schon mit seinem Anwalt gesprochen hatte –, dann hatte sie keine andere Wahl, als die Schauspielstunde durchzuziehen, als wäre alles normal. Es fiel ihr zwar schwer, aber Zinnie war fest entschlossen, nicht in Panik zu verfallen, bevor sie nicht mit Viola über alles gesprochen hatte.

»Ach, Zinnia«, wiederholte Ronald, nahm seine Brille ab und rieb sich die Schläfen. Okay, Zinnie hatte tatsächlich ein paar Textzeilen durcheinandergebracht, aber *so* schlecht war sie nun auch wieder nicht gewesen, oder? Doch Ronald kniff die Augen zu, als würde Zinnies Spiel ihm Kopfschmerzen bereiten, und es war nicht das erste Mal, dass er so ein Gesicht machte.

Das Verrückte war, dass die Idee zu diesem Kurs auf ihrem eigenen Mist gewachsen war, nicht auf dem ihrer Eltern, wie seinerzeit Klavier oder Chor. Zinnie selbst hatte sich dazu entschlossen – wenn Viola das Schauspielern so viel Spaß machte, dann würde es bei ihr doch sicher genauso sein. Ihre Eltern hatten zugestimmt, unter der Bedingung, dass sie es auch noch einmal mit Klavierstunden versuchte. Viola war sauer gewesen, dass Zinnie so leicht damit durchgekommen war, während sie selbst ihre Eltern so sehr hatte beknien müssen. »Du weißt gar nicht, wie gut du es hast!«, hatte Viola gesagt. »Immer muss ich als ältere Schwester die ganze Vorarbeit leisten und du profitierst davon!«

Zinnie hatte gehofft, sie und Viola würden zu einem Schauspiel-Schwestern-Gespann werden. Sie wünschte sich, mit Viola auf Partys zu gehen und gemeinsam interviewt zu werden. Und wenn es nach ihr ging, würde ihr *Seasons* eine Rolle auf den Leib schreiben. Sie würde Violas verschollene Schwester spielen, die aus einem Waisenhaus entlaufen, mit dem Zug kreuz und quer durchs Land geirrt war und schließlich in zerrissenen Kleidern auf der Türschwelle des *Seasons*-Hauses auftauchte.

Dieser Kurs war der Schlüssel zu dem Traum, aber irgendwie gestaltete sich alles viel schwieriger, als sie erwartet hatte. Zinnie hatte immer gedacht, wenn sie sich nur genug anstrengte, würde sie am Ende auch gut werden, egal in welchem Bereich. Schließlich sagten die Lehrer in der Schule das doch auch immer. Aber in diesem Kurs wurde ihr mit jeder Unterrichtsstunde klarer, dass die Schauspielerei offenbar nicht so funktionierte. Im Gegenteil, je mehr sie sich anstrengte, desto schlimmer wurde es. Aber Zinnie war noch lange nicht bereit aufzugeben.

Sie holte tief Luft und hörte sich an, was Ronald zu sagen hatte.

»Du denkst und spielst von hier oben.« Er zeigte auf seine Stirn. Und dann griff er sich an die Brust. »Statt von hier.«

»Hä?« Aber natürlich dachte und spielte sie vom Kopf her, da saß schließlich ihr Gehirn! Zinnie schüttelte den Kopf. »Ich verstehe nicht, was Sie meinen.«

»Was ich meine … Was ich meine …« Ronald fuhr sich mit den langen Fingern über sein Ziegenbärtchen. Er sah erschöpft aus. Zinnie erschöpfte ihn. Jetzt war sie schon zum zweiten Mal im Kurs »Schauspielern für Anfänger«, aber irgendwie machte sie keinerlei Fortschritte. »Kann vielleicht jemand anders hier erklären, was ich meine?«

»Sie hat keine emotionale Verbindung zur Figur«, sagte Samantha Wise. Samantha hatte im Jahr zuvor in einem Werbespot mitgespielt, und alle wussten, dass sie in einer Fernsehserie bald ein taubes Mädchen verkörpern sollte. »Aber es ist nicht nur die Art, wie sie ihren Text aufsagt …« Samantha zog ihre langen Spinnenbeine an die Brust und stützte ihr Kinn auf den Knien auf. »Sie macht so übertriebene Gesichtsausdrücke, dass sie aussieht wie ein … Clown.« Die Haare, die ihr bis zum Gesäß hinunterreichten, legten sich wie ein Vorhang um ihre Schultern herum.

Du solltest dir mal die Haare schneiden lassen, dachte Zinnie wütend. Und sie nahm sich vor, mit ihrer Mutter darüber zu sprechen, ob sie nicht mit irgendjemand anderem zum Theaterkurs mitfahren konnte.

»Und wie nennen wir so was?«, fragte Ronald.

»Grimassen schneiden«, antwortete die Klasse. Zinnie wäre am liebsten im Sofa versunken, mit dem Bezugstoff verschmolzen, bis nichts mehr von ihr übrig wäre. Grimassen schneiden galt im Ronald-P.-Harp-Schauspielstudio als absolute Todsünde.

»Du musst in deine Figur hineinschlüpfen. Aber ich glaube, erst einmal musst du in Zinnia Silver hineinschlüpfen. Wer ist Zinnia wirklich? Wo ist sie?«

Zinnie hatte keine Ahnung, wie sie diese Fragen beantworten sollte, doch Ronald sah sie an, als erwarte er eine ernsthafte Antwort, und zwar sofort. Bestimmt hatte er Viola diese Fragen nie gestellt. Bestimmt hatte sie von Anfang an perfekt gespielt. Das war einfach so ungerecht! Zinnie hätte am liebsten geweint, aber sie hielt die Tränen zurück und schluckte.

»Du darfst deine Gefühle nicht unterdrücken, Zinnia«, sagte Ronald. »Lass sie raus. Sie müssen leben, sie müssen atmen! Wach auf und erblühe, Zinnia! Erblühe!«

Nach dem Unterricht nahm Ronald Zinnie beiseite und sagte ihr, dass dies ihre letzte Stunde in seinem Studio gewesen sei. So nett war er noch nie zu ihr gewesen, und das verwirrte sie mehr als alles andere. »Die Schauspielerei ist nichts für dich, Zinnia«, sagte er. Zinnie nickte mit angehaltenem Atem und rang sich ein Lächeln ab. Dann legte er ihr eine Hand auf die Schulter und fügte hinzu: »Aber das heißt noch lange nicht, dass das Theater als solches nichts für dich ist. Es gibt so viele wunderbare Berufe, die hinter der Bühne ausgeübt werden. Vielleicht wirst du ja eines Tages eine wunderbare Inspizientin!«

Ein Star auf dem Balkon

Sonnenlicht strömte durch die großen Fenster in die Eingangshalle der Jill-Dreyfus-Agentur für Nachwuchsdarsteller. Sie verfügte außerdem über einen Balkon, von dem aus man auf den Hollywood-Schriftzug schauen konnte. Ein Mädchen stand auf dem Balkon und sprach in ihr Handy. Sie trug ein blaues Sommerkleid, und immer wenn die leichte Brise sie umwehte, fächerte sich ihr langes dunkles Haar vor dem Hintergrund der grün-braunen Hügel in der Ferne auf. Während ihre Mutter mit der Empfangsdame redete, betrachtete Viola die gerahmten Filmplakate an den Wänden. Jill Dreyfus' berühmteste Darsteller waren darauf zu sehen. Max Jordan steuerte in *Race to the Top* sein Fahrrad gegen den Wind. Tamika Garcia lenkte in *Field Trip Fiasco* einen Schulbus. Und Amanda Mills schnitt in *Double Trouble* ihrem eigenen Spiegelbild eine Grimasse.

Vielleicht hängt eines Tages auch ein Plakat von mir an dieser Wand, dachte Viola, und die Vorstellung ließ sie von Kopf bis Fuß erschauern, obwohl sie vor Aufregung ohnehin längst bibberte. Sie schwitzte sogar so sehr, dass ihre Füße in den Schuhen hin und her rutschten. Die Wirkung der ganzen Entspannungsübungen, die sie am Vormittag gemacht hatte, war schon lange verpufft.

Viola stellte sich gerade vor, wie ihr Filmplakat aussehen könnte, als das Mädchen auf dem Balkon sich plötzlich umdrehte. Keuchend griff Viola nach Moms Hand – das war Amanda Mills! Die echte Amanda Mills! Viola schielte noch einmal aufs Plakat, um ganz sicher zu sein.

Amanda Mills war nämlich nicht einfach irgendeine Jungschauspielerin. Sie war auch ein berühmter Popstar, der mit zehn Jahren bei *America Sings* entdeckt worden war. Jetzt, mit dreizehn, hatte sie ein Hitalbum herausgebracht, trat in ihrer eigenen Fernsehshow auf, und es ging das Gerücht, dass sie in der Verfilmung von *Elfen der Nacht* die Hauptrolle übernehmen sollte.

»Oh Gott, Mom, das ist Amanda Mills!«, sagte Viola, während sie auf einem großen weißen Sofa Platz nahmen. »Ich wünschte, ich könnte mal mit ihr sprechen.«

»Dann geh doch hin und sprich sie an«, erwiderte ihre Mutter.

»Aber ich kenne sie doch gar nicht!«

»Dann stellst du dich eben vor«, sagte Mom. »Im Moment scheint sie jedenfalls nicht beschäftigt zu sein.« Und tatsächlich, Amanda hatte ihr Telefonat gerade beendet. Sie stand nur da, gegen die Balkonbrüstung gelehnt, und blickte hinaus auf die Autos, die über den Sunset Boulevard rauschten. »Wir haben noch ein paar Minuten Zeit. Die Empfangsdame hat gesagt, dass Jill sich ein bisschen verspätet. So, bin gleich wieder da – ich muss mal auf die Toilette. Müsste hier den Flur runter sein, glaube ich.«

Bevor sie es sich anders überlegen konnte, nahm Viola ihren ganzen Mut zusammen, strich sich das Kleid glatt und ging zu Amanda hinaus, die jetzt auf ihr Handy starrte, als wollte sie es zwingen, endlich zu klingeln.

»Hallo«, sagte Viola. Jetzt waren auf einmal auch ihre Handflächen schweißnass. »Du bist Amanda, nicht?«

»Jep, das bin ich.«

Viola konnte es kaum fassen. Amanda hörte sich ja genauso an wie im Fernsehen! »Schön, dich kennenzulernen. Ich bin Viola Silver.«

»Cooler Name«, sagte Amanda, beschattete sich mit einer Hand die Augen und lächelte Viola an. Viola strahlte zurück. Trotz des vielen Make-ups sah Amanda wie ein ganz normaler Teenager aus, nicht wie ein internationaler Superstar.

»Ich wollte dich was fragen – stimmt es, dass du in *Elfen der Nacht* die Seraphina spielen wirst?«, fragte Viola.

»Ja«, antwortete Amanda. »Hab gerade den Vertrag dazu unterschrieben.«

»Wow! Ich liebe die Bücher! Hab sie alle schon fünf Mal gelesen. Welchen Band magst du am liebsten?« Viola kam es immer noch total unwirklich vor, dass sie diese Unterhaltung führte. »Lass mich raten – *Das Raunen des Winters?* Oder nein, warte, *Die Drohung der Dämmerung?«*

»Oh, keine Ahnung, ich hab noch keins davon gelesen«, gestand Amanda.

»Echt nicht?« Viola musste ihre ganzen schauspielerischen Fähigkeiten aufbieten, um sich ihre Bestürzung nicht anmerken zu lassen. Sie kannte keinen einzigen Menschen in ihrem Alter, der die Bücher noch nicht gelesen hatte. Den ersten Band hatte sogar ihr Vater verschlungen. »Die sind echt toll.«

Amanda nickte und schielte wieder auf ihr Handy.

»Erwartest du einen Anruf?« Viola wippte in ihren Schuhen hin und her in der Hoffnung, dass etwas Luft hereinströmen und ihre Füße kühlen würde.

»Meine Mutter wollte mich abholen, aber sie ist spät dran«, erklärte Amanda.

»Sie wird bestimmt gleich kommen«, sagte Viola.

»Ja, klar.« Amandas Gesicht verfinsterte sich. »So was macht sie nur leider ständig.«

»Also, ich finde es jedenfalls irre, dass du die Seraphina spielst«, sagte Viola, um das Gespräch wieder auf etwas Positives zu lenken. »Ich würde alles geben, um auch in dem Film mitspielen zu können.«

»Ich glaube, im Juli gibt's noch ein Casting dafür«, sagte Amanda. »Aber ich fürchte, sie suchen nur echte Stars, weißt du?«

»Oh.« Viola verspürte einen Stich, wie der spitze, brennende Schmerz, wenn ihr aus Bertas Pfanne ein Tröpfchen heißes Öl auf die Hand spritzte. Sie war eben kein echter Star.

»Ich meine, du könntest dich natürlich als Statistin bewerben«, sagte Amanda. »Aber wer will das schon? Mir tun die Statisten immer leid. Ich hatte mal einen an der Backe, der ist mir den ganzen Tag gefolgt, wie ein Schatten. War total seltsam.«

»Nein, ich möchte auch keine Statistin sein«, sagte Viola, obwohl sie den Job noch vor drei Sekunden liebend gern angenommen hätte, nur um bei *Elfen der Nacht* dabei zu sein.

»So, ich glaube, ich geh jetzt besser rein«, sagte Amanda. »Nicht dass ich mir noch einen Sonnenbrand hole.«

»Ja, ich auch.« Viola folgte ihr in die Eingangshalle. Ob sie Jill Dreyfus vor oder nach ihrem Monolog nach dem Casting für *Elfen der Nacht* fragen sollte? Viola war jetzt fest entschlossen, um eine Rolle in dem Film zu kämpfen, auch wenn sie – noch – kein Star war. Während Amanda zum Empfangstresen ging, setzte Viola sich wieder auf das große weiße Sofa. Sie wollte nicht den Eindruck erwecken, als würde sie Amanda genauso verfolgen wie der verrückte Statist damals.

»Haben Sie schon was von meiner Mutter gehört?«, fragte Amanda die Empfangsdame.

»Wir haben sie noch nicht erreicht«, erwiderte die Frau. »Aber ich versuche es weiter.«

»Sie hätte schon vor einer Stunde hier sein sollen.«

»Ich weiß, Schätzchen. Ich hab dir schon mal ein bisschen Sushi bestellt. Steht in der Küche, ja?«

»Okay, meinetwegen«, sagte Amanda.

»Bis später«, sagte Viola, als Amanda sich auf den Weg in die Küche machte.

»Ja, man sieht sich.«

Violas Gedanken wanderten nun zu ihrer eigenen Mutter weiter. Wo steckte sie nur? In der Eingangshalle war sie nicht, auf dem Balkon auch nicht. Viola machte sich auf den Weg zu den Toiletten, um nachzusehen. Sie dachte schon, wenn ihre Mutter nun auch verschwunden sein sollte, hätte sie ein neues gemeinsames Thema, über das sie mit Amanda reden konnte. Aber dann entdeckte sie ihre Mom. Sie stand allein in einem Konferenzraum und sprach in ihr Handy.

»Um ehrlich zu sein«, hörte Viola ihre Mutter sagen, »halte ich es für eine gute Idee, aus L. A. rauszukommen, auch wenn es mitten im kanadischen Nirgendwo ist. Ich bin sicher, man kann sich dort schnell eingewöhnen und es sich gemütlich machen.«

Sie sollten also L. A. verlassen und nach *Kanada* ziehen? Ausgerechnet jetzt, wo Viola dabei war, ihren größten Traum zu verwirklichen? Plötzlich hatte sie das Gefühl, als breche ihre ganze Welt zusammen, als stürze ihr Innerstes einen steilen Hang hinunter und direkt ins Meer.

»Viola«, rief die Empfangsdame. »Ach, da bist du ja. Jill ist jetzt da, du kannst rein. Bist du bereit?«

Familiensitzung

Nachdem Samanthas Mutter sie zu Hause abgesetzt hatte, konnte Zinnie endlich den Tränen freien Lauf lassen, die sie während der Autofahrt so mühsam zurückgehalten hatte. Sie wischte sich mit dem Ärmel ihres T-Shirts (das sie von Viola geerbt hatte und das ihr wie immer nicht halb so gut stand wie ihrer Schwester) über die Augen. Dann machte sie sich einen heißen Kakao und wärmte sich in der Mikrowelle eine Scheibe von Bertas Bananenbrot mit Schokoladenstückchen auf. Jetzt, wo man sie aus dem Theaterkurs rausgekickt hatte, war ihr Traum, mit Viola zusammen ein Filmstar-Duo zu bilden, in tausend Stücke zerschellt.

Während sie zusah, wie das Bananenbrot sich in der Mikrowelle drehte, dachte sie daran, dass sie niemals Gelegenheit haben würde, in *Seasons* die verschollen geglaubte Schwester zu spielen. Keine wichtigen Besprechungen, zu denen sie und Viola in Partnerlook-Outfits gehen würden, keine Zeitschriftenartikel über die bezaubernden Silver-Schwestern, die sich die Kinofilme auf den Leib schneidern lassen konnten. Würde sie immer nur von außen zuschauen können, wie Viola ihr glamouröses Leben führte? Sie schnappte sich eine Serviette aus einem Päckchen und tupfte sich damit die Augen ab.

Andererseits war Zinnie auch seltsam erleichtert. Nichts von dem, was Ronald gesagt hatte, war ihr je verständlich vorgekommen. Der Theaterkurs hatte ihr keinen Spaß gemacht, und jetzt musste sie nie wieder hingehen. Während sie ein paar Minimarshmallows in ihre Tasse gleiten ließ, fühlte sie sich auf einmal, als hätte man ihr eine Last von den Schultern genommen, auch wenn darunter eine dünne Staubschicht der Enttäuschung zurückblieb.

Die Mikrowelle plingte. Zinnie holte das Bananenbrot heraus und ging mit ihrem Snack auf die sonnenbeschienene Veranda hinaus, die sie für das hübscheste Plätzchen im Haus hielt. Sie mochte den bequemen Sessel mit seinem von der Sonne ausgeblichenen Polster und das dazu passende Sofa, das Mom auf irgendeinem Flohmarkt ergattert hatte. Das war der einzige Ort, an dem Zinnie wirklich zur Ruhe kam. Wenn sie in ihrem Zimmer war, platzte Lily mindestens dreimal pro Tag herein, weil sie entweder Zeichentrickfilme gucken oder Zinnies Zeichensachen plündern wollte, und auch Viola kam ständig rein, weil sie einen Bleistiftspitzer oder ein Haarband von ihr brauchte.

Normalerweise kam niemand auf die Idee, Zinnie auf der Veranda zu suchen. Aber als sie heute mit ihrem Kakao und dem Bananenbrot in der Hand auf die Veranda trat, wäre sie vor Schreck beinahe über die eigenen Füße gestolpert. Ihre ganze Familie war da versammelt, und alle sahen aus, als hätten sie auf Zinnie gewartet. Hatte Ronald P. Harp schon angerufen und ihnen von ihrem Versagen erzählt?

»Ich hab das echt nicht mit Absicht gemacht«, sagte Zinnie. »Tut mir leid, wenn ich euch enttäuscht hab.«

»Wovon redest du?«, fragte Dad.

»Dann hat Ronald P. Harp euch also nicht angerufen und erzählt, dass er mich aus dem Kurs geschmissen hat, weil ich einfach nicht schauspielern kann?«

»Nein, Zin«, sagte Mom und machte ein Gesicht, als spüre sie selbst den Schmerz über Zinnies Zurückweisung. »Geht's dir gut, Liebes?«

Zinnie spürte, wie ihr wieder Tränen in die Augen stiegen.

»Der Mann ist ein Dummkopf«, sagte Dad.

»Ist er nicht.« Viola, die auf dem Sofa saß, verschränkte die Arme vor der Brust. Lily saß neben ihr und patschte mit einer Hand auf einen kleinen Kaffeefleck im Polsterbezug.

»Tut mir leid, Viola, das hätte ich nicht sagen sollen«, fuhr ihr Vater fort. »Und nein, Zinnie, er hat uns nicht angerufen.«

»Also sitzen wir alle hier zusammen, um zu feiern, dass Viola jetzt eine Agentin hat?«, fragte Zinnie in der Hoffnung, damit das Thema zu wechseln.

»Das wissen wir noch nicht«, sagte Mom. »Aber wir werden bald Bescheid bekommen.«

»Das Casting ist super gelaufen. Jill Dreyfus meinte, bei mir hätte sie echt ein gutes Gefühl«, sagte Viola, wirkte angesichts der guten Nachricht allerdings merkwürdig bedrückt.

»Du warst großartig«, sagte Mom. »Kein Wunder, dass sie ein gutes Gefühl hatte. Du bist ein tolles Mädchen.«

»Ach was … Ist doch jetzt eh alles egal«, sagte Viola und schüttelte niedergeschlagen den Kopf. »Jetzt ist sowieso alles sinnlos.«

»Okay, was ist hier los?«, fragte Zinnie.

»Wir machen eine Familiensitzung«, sagte Mom lächelnd, als würden sie fast jede Woche so etwas abhalten.

»Wir müssen umziehen!«, stieß Viola hervor. »Nach Kanada!«

»Kanada?«, wiederholte Zinnie verständnislos.

»Viola, ich hab doch gesagt, das stimmt nicht«, widersprach ihre Mutter.

»Und warum halten wir dann diese Sitzung ab?«, hakte Viola nach.

Zinnie schnappte erschrocken nach Luft. Das war's also – ihre Eltern wollten sich doch scheiden lassen! Die Sache mit dem Theaterkurs hatte sie kurzzeitig von dem Thema abgelenkt, aber jetzt kam alles wieder hoch. »Ist doch klar! Sie wollen sich scheiden lassen!«

»Zinnia Jane Silver!«, rief Mom und setzte sich ruckartig aufrecht hin. »Das ist absolut nicht wahr!«

»Hast du uns satt?«, wandte sich Zinnie an ihren Vater. »Fühlst du dich wie in einer Sackgasse? Möchtest du neue Wege gehen?«

»Nein«, sagte Dad entgeistert. »Wie sollte ich euch satthaben können, Liebes?«

»Was ist scheiden lassen?«, fragte Lily.

»Das ist, wenn Leute nicht mehr verheiratet sein wollen, weil …«, Zinnie schielte zu ihrem Vater rüber, »weil sie eine Veränderung brauchen oder …«, auf einmal kam ihr ein neuer, schrecklicher Gedanke, »weil sie sich in jemand Neues verliebt haben.«

»Hast du Daddy denn nicht mehr lieb?«, fragte Lily ihre Mutter.

»Nein, Schätzchen, das …«

»Du hast ihn wirklich nicht mehr lieb?«, schaltete sich Viola ein.

»Das hab ich nicht gesagt!«, rief Mom.

»Dann willst du ihn also verlassen?«, fragte Zinnie.

»Kinder!«, ging Dad dazwischen. »Niemand verlässt hier niemanden.«

»Was ist dann los?«, fragte Viola. »Wenn es nichts Schlimmes wäre, hättet ihr uns doch nicht alle auf dieser bescheuerten Veranda zusammengetrieben.«

»Wenn ihr mal eine Minute ruhig zuhören würdet, könnten wir es euch ja erklären«, sagte ihre Mutter und holte tief Luft. »Also: Wir werden uns definitiv nicht scheiden lassen.«

»Aber wir hängen sozusagen im zweiten Akt durch«, fügte Dad hinzu.

»Komm schon, Joe, sag doch nicht so was. Du verwirrst die Kinder nur.«

»Jetzt spuckt's schon aus!«, schrie Viola.

»Ich habe jetzt schon seit einem Jahr eine Schreibblockade«, sagte ihr Vater und stand auf. »Es macht mich wahnsinnig.«

»Das ist alles?«, sagte Zinnie. »Du hast doch schon öfter Schreibblockaden gehabt. Und du bist jedes Mal wieder drüber hinweggekommen.«

»Diesmal ist das aber anders«, sagte Dad. »Und wenn ich nicht schreiben kann, weiß ich überhaupt nicht mehr, wer ich bin.«

»Du bist Daddy«, sagte Lily.

»Ja, ich bin euer Daddy«, sagte er und tätschelte aufmunternd Lilys Knie. »Also … Ich hab drüber nachgedacht, mal rauszukommen aus dieser verrückten Stadt, in der jeder über dreißig schon zum alten Eisen gehört. Ich hab überlegt, dass es für uns alle gut wäre, mal hier rauszukommen.«

»Na toll, dann ziehen wir also doch weg!« Viola boxte in das Sofapolster.

»Und dann ist etwas ganz Erstaunliches passiert«, fuhr Dad fort und versuchte Viola mit einer Handbewegung zu beruhigen. »Vor ungefähr einer Woche rief mich Bobby an, mein alter Zimmergenosse vom College damals. Er ist inzwischen Experte für Mammutbäume. Er hat auf einem Privatgrundstück gerade eine Ansammlung von uralten Bäumen entdeckt, darunter einen, den er für den höchsten Baum der Welt hält. Der Baum könnte an die hundertvierzig Meter hoch sein! Bobby will ihn mit seinem Team ausmessen, und ich soll das Ganze filmen und daraus einen Dokumentarfilm machen. Wenn wir damit genug Geld zusammenbekommen, können wir das Grundstück kaufen und nicht nur diesen Riesenbaum retten, sondern den ganzen Wald. Wenn nicht, wird vielleicht alles an die Holzindustrie verkauft. Aber Bobby und sein Team sind echt großartig, es ist eine tolle Geschichte und genau die Sorte Projekt, nach der ich schon so lange suche. Und es hat nichts mit Robotern zu tun.«

»Deswegen hast du dem Anwalt gesagt, dass du eine Veränderung brauchst?«, fragte Zinnie.

»Da ging's um Geschäftliches. Es ging um meinen Agenten, der möchte nämlich nicht, dass ich dieses Projekt mache. Also werden sich unsere Wege jetzt, nach über zehn Jahren der Zusammenarbeit, leider trennen. Aber Moment mal, hast du mich etwa beim Telefonieren belauscht?« Zinnie wich seinem Blick aus. »Darüber reden wir später noch mal, Zinnia.«

»Wo steht denn dieser Baum?«, fragte Lily.

»An einem geheimen Ort«, antwortete Dad.

»Aber in unserer Familie haben wir keine Geheimnisse voreinander«, zitierte Lily das, was ihre Eltern so oft sagten.

»Ich weiß selber nicht genau, wo er steht. Ich kann euch nur sagen, es muss irgendwo in der Nähe von Big Sur sein. Und ich werde fast den ganzen Juli dort sein.«

»Doch das ist noch nicht alles«, sagte Mom. »Ich gehe nach Kanada.«

»Aber warum?«, fragte Viola. »Und müssen wir auch mit?«

»Dazu kommen wir gleich«, sagte ihr Vater.

»Ich gehe allein, Viola. Lasst mich doch bitte in Ruhe erklären. Ihr wisst ja, ich wünsche mir schon lange, wieder arbeiten zu können«, sagte Mom. »Am selben Tag, als euer Vater dieses Baum-Angebot bekam, habe auch ich einen Cutter-Auftrag angeboten bekommen – von einer bekannten Regisseurin.«

»Und zwar?«, hakte Viola nach.

»Katherine Jackson«, sagte Mom.

»Die schon mal für den Oscar nominiert war«, fügte Dad hinzu. Viola nickte zustimmend.

»Aber dafür muss ich drei Wochen im Juli am Set anwesend sein, und zwar in Kanada, und quasi rund um die Uhr arbeiten. Ich hab lange hin und her überlegt, ob ich den Job wirklich annehmen soll, aber am Ende wurde mir klar, ich will und muss das tun. Das ist meine Chance. Wenn ich so einen tollen Auftrag wie diesen mache, werden mir nächstes Jahr jede Menge Jobs zufliegen, auch in L. A.«

»Also dann geht Dad nach Big Sur und du nach Kanada«, fasste Zinnie alles zusammen. Manchmal war es nicht leicht, mit so vielen Künstlern und ihren Träumen zusammenzuleben. Da musste jemand einen kühlen Kopf behalten und die Fakten sammeln. »Und wo bleiben wir Mädchen solange?«

»Beziehungsweise wer bleibt bei uns?«, fragte Viola.

»Berta?«, fragte Zinnie.

»Berta!« Lily klatschte in die Hände.

»Berta wird den Sommer in Oaxaca verbringen«, sagte Dad. »Ihrer Mutter geht es leider nicht gut.«

»Dann gehen wir mit nach Mexiko«, sagte Lily.

»Ich kann doch nicht ins Ausland gehen! Nicht jetzt, wo meine Karriere endlich richtig anläuft«, protestierte Viola.

»Nein«, sagte Mom. »Ihr fahrt für drei Wochen nach Pruet, Massachusetts. Zu meiner Tante Sunny.«

»Massachusetts?«, spuckte Viola verächtlich aus.

»Wer ist Tante Sunny?«, fragte Lily.

»Eine alte Frau, die wir kaum kennen!«, sagte Viola.

»Meine Lieblingstante«, erklärte Mom. »Viola und Zinnie haben sie schon mal getroffen, als sie noch klein waren.«

»Und wann fahren wir?«, fragte Zinnie.

»Nächste Woche«, antwortete ihr Vater.

»Dann verpasse ich ja ganz viele Castings«, jammerte Viola. »Wie könnt ihr mir das nur antun?«

»Das Leben besteht nicht nur aus Castings«, gab Dad zu bedenken.

»Woraus denn sonst?«, erwiderte Viola trotzig.

»Zum Beispiel daraus, am Meer zu sitzen und die salzige Luft einzuatmen und mit deinen Schwestern Sandburgen zu bauen«, sagte Mom. »Eben ein normales Leben zu führen. Und ihr seid ja nicht mal einen Monat dort.«

»In Pruet gibt's ein richtig schönes Flussdelta«, sagte Dad.

»Was interessieren mich irgendwelche Deltas? Wie soll ich denn Schauspielerin werden, wenn ich zu keinem Casting gehen kann?«

»Das ist genau der Punkt, Viola. Niemand verlangt von dir, dass du Schauspielerin werden sollst.«

Viola verstummte, und Zinnie konnte richtig zuschauen, wie ihre Schwester nach den passenden Worten rang. Als ihr nichts einfiel, sprang Viola schließlich auf und stürmte ins Haus.

Ihre Familie blieb schweigend zurück. Doch dann rief Lily: »Was ist ein Flussdelta?«

Tief im Osten

Die Mädchen waren erst zwei Mal in ihrem Leben an der Ostküste gewesen. Als Viola sechs und Zinnie fünf Jahre alt waren, hatten sie Boston einen Besuch abgestattet, wo ihre Mutter einst studiert hatte. Sie waren mit dem T gefahren – so nannten die Bostoner ihre U-Bahn –, hatten Statuen von wichtigen Männern in altmodischen Anzügen gesehen und sich am vierten Juli das Feuerwerk am Charles River angeschaut. Und dann waren sie, wenn auch nur für einen einzigen Nachmittag, nach Pruet gefahren. Lily war damals noch nicht auf der Welt gewesen.

Auf der zweiten Reise nach Osten – es war in der Weihnachtszeit – hatten sie New York besucht, wo Dad aufs College gegangen war. Sie hatten in einem schicken Hotel mit Portier genächtigt, waren am Rockefeller Center Schlittschuh gelaufen, hatten einen Schaufensterbummel gemacht und sich hinterher am Broadway eine Show angeguckt. Zinnie hatte New York wahnsinnig gut gefallen. Sie liebte die Kälte im Gesicht, sie liebte den Duft gerösteter Erdnüsse. Als sie einen Ausflug mit der Pferdekutsche gemacht hatten, hatte es angefangen zu schneien. Mom hatte den Mädchen rote Jacken mit dickem Kragen aus Kunstpelz gekauft.

Damals war Viola neun gewesen, Zinnie acht. Es war die Zeit, als Viola ihre Schwester immer bei der Hand nahm und sich mit ihr Lieder ausdachte, die sie gemeinsam sangen und dazu tanzten. Aber als Zinnie Viola an die damalige Fahrt nach New York erinnerte, tat diese so, als könne sie sich nicht entsinnen. Und als sie sich schließlich doch erinnerte, sagte sie nur: »Da war's so kalt!«, oder: »Überall hat's nach Pipi gestunken!«, oder: »In den Schlittschuhen haben mir die Knöchel so wehgetan!« Das brachte Zinnie ganz durcheinander, denn sie erinnerte sich an zauberhaft geschmückte Schaufenster und Ballerinas in Weihnachtskostümen und dampfende, salzige Hotdogs im Park.

Lily war damals noch so klein gewesen, dass sie mit Berta zu Hause bleiben musste. Zinnie wusste noch, dass sie die Reise auch deswegen so genossen hatte, weil sie ausnahmsweise wieder die Kleinste war. Zu Hause bekam Lily die meiste Aufmerksamkeit ab, aber auf dieser Reise war Zinnie wieder diejenige gewesen, die von ihren Eltern an den Händen hochgeschwungen wurde und es irgendwie immer schaffte, all ihre Wünsche erfüllt zu bekommen. Es hatte sich angefühlt wie früher, als es nur zwei Silver-Schwestern gegeben hatte und Viola noch nicht so extrem auf der Schauspielerei-Schiene fuhr, und sie hatten sich damals beide gefühlt wie Stars.

Der Plan

Ich hab eine Agentin!«, brüllte Viola und kam in Zinnies Zimmer gestürzt. Sie trug ihr Lieblings-Sweatshirt, das ihr im genau perfekten Maß zu groß war, und ein breites Grinsen im Gesicht. Was das komplette Kontrastprogramm zu gestern und zum heutigen Vormittag darstellte, wo Viola nur geschmollt, Türen geknallt und sogar einen Hungerstreik angedroht hatte für den Fall, dass ihre Eltern sie wirklich zwingen sollten, nach Massachusetts zu fahren. Bei Mom und Dad war ihr Verhalten nicht wirklich gut angekommen. Auf so etwas würden sie nicht eingehen, sagten sie, und wenn Viola mit ihnen sprechen wolle, dann bitte auf eine ruhige, vernünftige Art. Jetzt tänzelte Viola aufgedreht über Zinnies Teppich. »Jill Dreyfus hat gerade angerufen und sie will mich unter Vertrag nehmen! Ist das nicht unglaublich?«, quietschte sie.

»Ja, supertoll!«, sagte Zinnie. Um den Moment nicht zu zerstören, erwähnte sie lieber nicht, dass die Sache mit der Agentin aber nichts daran ändern würde, dass sie im Juli für drei Wochen nach Massachusetts mussten. Zinnie fand es wunderbar, wenn ihre Schwester glücklich war. Dann war sie mal nicht wie ein Rätsel, das Zinnie nur mit Mühe entschlüsseln konnte, sondern mehr wie eine Piñata, aus der sich eine Bonbonflut ergoss.

»Ich bin total … WOW!«, schrie sie und hüpfte auf und ab.

»Das ist die beste Nachricht, die ich in meinem ganzen Leben gekriegt hab!«

»Du wirst berühmt!« Zinnie schloss sich dem Gehüpfe an. Sie sprangen auf Zinnies Bett hoch und benutzten es als Trampolin, bis sie schließlich beide keuchend und haltlos kichernd auf der Matratze zusammenbrachen. »Du wirst in Kinofilmen mitspielen!«

»Das hoffe ich doch!« Dann wurde Viola plötzlich ernst, drehte sich auf den Bauch und begann auf die Matratze einzuschlagen. »Eigentlich gibt es zurzeit nur einen Film, in dem ich mitspielen will: *Elfen der Nacht*. Jill hat gesagt, die Nebenrollen werden nur noch an einem einzigen Tag gecastet, und zwar am siebten Juli. Mr Rathbone ist ständig auf Achse, und das ist der einzige Tag, an dem er in Los Angeles ist. Jill meint, sie kann vielleicht einen Termin für mich ausmachen. Also werde ich auf gar keinen Fall nach Massachusetts fahren! Wir müssen uns einen Plan ausdenken. Du und ich.« Sie setzte sich aufrecht hin. »Wir müssen Mom und Dad umstimmen, und zwar schnell, und wir müssen es auf ruhige, vernünftige Art machen.«

Von so viel Tatendrang angesteckt, sprang Zinnie auf die Füße. »Ich weiß was. Wir könnten weglaufen. Wie zwei Landstreicher rumstromern und so. Vielleicht schleichen wir uns sogar in das *Seasons*-Haus und übernachten da drin und hauen frühmorgens wieder ab, bevor uns jemand erwischen kann!«

»Da wohnen doch echte Leute drin«, wandte Viola ein. »Das Haus wird nur von außen gefilmt, die Innenaufnahmen werden auf dem Studiogelände gedreht. Außerdem wäre das alles andere als ruhig und vernünftig.«

»Ja, klar.« Zinnie setzte sich auf ihren Schreibtischstuhl. »War auch nur ein Witz.«

»Es gibt auch andere Wege. Muss es geben. Am besten schreiben wir eine Liste.«

»Okay.« Zinnie blieb eine Minute still und unbehaglich sitzen, bis ihr klar wurde, dass Viola von ihr erwartete, Ideen aufzuschreiben. »Oh.« Sie schaltete den Laptop ein. Letztes Jahr hatte sie in der Schule gelernt, ein Präsentationsprogramm zu benutzen, und sie war darin richtig gut geworden. Mr Herrera, ihr Lehrer, hatte ihr bescheinigt, sie habe Talent für Computerpräsentationen. Also öffnete sie jetzt eine neue Datei und schrieb auf die erste Seite: *Die Silver-Schwestern – Lösungen für das Juli-Problem.*

»Wir könnten Grammy bitten, zu uns zu kommen«, sagte Viola. »Das wäre einfach und praktisch.«

»Einfach und praktisch«, widerholte Zinnie und tippte es ein. Dann fügte sie einen Glitzerstaub-Effekt ein, sodass die Schrift so aussah, als wäre sie von einer superordentlichen Fee besprenkelt worden. »Außerdem würden wir dann endlich wieder Zeit mit Grammy verbringen, was sehr gut ist, da sie doch schon ziemlich alt ist.«

»Ja, das ist gut«, sagte Viola. »Schreib es auf. Und jetzt zu Lösungsansatz Nummer zwei.«

Zinnie machte pflichtschuldig eine zweite Seite auf, ihre Finger schwebten über der Tastatur in Erwartung von Violas nächster Idee.

»Ähm … wie wär's, wenn wir bei … Freunden wohnen?«, schlug Viola vor. »Oder? Ich meine, was spricht denn dagegen?«

»Du hast recht.« Zinnie wechselte die Schrift zu Jaunty Milan, ihrer Lieblings-Schriftart. »Und zwar weil …« Zinnie freute sich darauf, gleich ein paar Deko-Punkte hinzuzufügen, die wie winzige Einschusslöcher aussahen.

»Weil es bestimmt Spaß machen würde und … unsere Eltern

sich das Geld für unsere Flugtickets sparen könnten! Ja, schreib das auf! Geld sparen ist immer gut.«

»Okay«, sagte Zinnie, nachdem sie »Geld sparen« eingetippt und ein paar winzige Raketen mit knallrotem Feuerschweif eingearbeitet hatte. »Wir brauchen aber noch eine Idee. Mr Herrera sagt immer, drei ist die magische Zahl.«

»Hmm.« Viola setzte sich auf Zinnies Bett.

Lily kam herein, ihren Teddy Benny auf dem Arm. Bennys Nase war kaum noch vorhanden – aus unerfindlichen Gründen glaubte Lily fest daran, dass es Glück brachte, wenn sie seine Nase rieb. »Was macht ihr da?«, fragte sie.

»Na ja«, sagte Viola und hob Lily auf ihren Schoß. »Wir denken uns Gründe aus, warum wir in den drei Wochen, wo Mom und Dad weg sind, nicht nach Pruet fahren, sondern hierbleiben können.«

»Vielleicht könnte Bertas Mutter auch herkommen«, sagte Lily. »Dann kann Berta auf uns alle aufpassen.«

»Hey«, sagte Zinnie, während sie nach Bildern suchte, mit denen sie die letzte Seite ihrer Präsentation unterlegen konnte. »Eigentlich ist das echt eine tolle Idee.«

»Wirklich?« Lily strahlte.

»Ja, wirklich.« Viola küsste sie aufs Haar und schnupperte bei der Gelegenheit an ihren goldenen, fruchtig duftenden Locken. »Weil es eine realistische Idee ist.«

Zinnie tippte alles ein, dann zeigte sie ihren Schwestern die zwei Bilder, die in die engere Auswahl für die letzte Seite gekommen waren. »Was meint ihr? Die Liegestühle am Strand oder der tropische Wasserfall?«

»Kann ich jetzt was auf deinem Computer machen?«, fragte Lily.

»Nein, den brauche ich gerade selber«, sagte Zinnie, entschied sich für den Wasserfall und zog ihn an die passende Stelle. »Geh lieber an Moms Computer.«

»Aber da ist nicht dieses Spiel drauf.« Lily streckte sich und berührte die Tastatur, womit sie aus Versehen die letzte Seite löschte.

»Lily, nicht!«, rief Zinnie. Seufzend machte sie alles neu, bis der Wasserfall wieder da war.

»Das ist ungerecht«, schmollte Lily. »Ich will auch mal dran spielen.«

»Schrei sie nicht an, Zinnie«, sagte Viola und schloss Lily in die Arme.

»Mich würdest du umbringen, wenn ich deinen Computer anfassen würde«, sagte Zinnie. »Aber wenn Lily was Blödes anstellt, macht dir das überhaupt nichts aus. Lily darf immer alles und keiner ist ihr je böse.«

»Weil sie einfach so klein und goldig ist«, sagte Viola.

»Ich bin gar nicht klein«, wandte Lily ein. »Ich bin schon groß.«

»Beeil dich, Zinnie«, drängte Viola. »Ich will Mom ansprechen, solange sie noch in der Badewanne ist.«

»Gute Idee.« Zinnie speicherte ihre Arbeit ab und schaltete den Laptop aus. Der beste Zeitpunkt, Mom um etwas zu bitten, war gegen Ende eines langen Tages, wenn sie ihr allabendliches heißes Bad nahm. Da war sie so entspannt, dass sie viel eher Ja sagte. Viola übernahm die Führung, als die drei Schwestern sich auf den Weg zum Schlafzimmer ihrer Eltern machten und dort an die Tür des angrenzenden Badezimmers klopften.

Die Präsentation

Wir sind's«, sagte Viola.

»Alle drei?«, fragte Mom aus dem Badezimmer.

»Ja«, antwortete Lily.

»Na dann kommt mal rein, das wird eine hübsche Party«, sagte Mom.

»Wir wollen dir was zeigen«, verkündete Viola.

Zinnie folgte ihrer großen Schwester hinein, den Laptop unter den Arm geklemmt.

»Ich hab auch Ideen gehabt«, sagte Lily und setzte sich auf die Fußmatte.

»Ich bin sehr gespannt«, sagte Mom, die bis zum Kinn unter einer flauschigen Schaumdecke steckte.

»Wir haben diese Präsentation auf die Beine gestellt, um euch *auf eine ruhige und vernünftige Art* zu zeigen, dass wir realistische Ideen haben, wie wir in L. A. bleiben könnten.«

Zinnie baute den Laptop auf dem Waschbecken auf und machte die Eingangsseite auf. Im letzten Augenblick hatte sie entschieden, die klassische Musik dazuzuschalten, die Mr Herrera immer während der Freien Arbeit in der Schule abspielte. Schon beim Klang der ersten, dramatischen Töne hatte Zinnie immer das Gefühl, irgendwie etwas Wichtiges, Ernsthaftes zu tun. Sie drehte die Lautstärke hoch, drückte auf Play, und sofort erfüllte ein wummerndes *Duh Duh Duh*

Duh den Raum. Überrascht setzte sich Mom auf. Viola zuckte erschrocken zusammen, Lily hielt sich die Ohren zu. Die Musik war lauter, als Zinnie beabsichtigt hatte, denn sie hatte nicht bedacht, dass das Badezimmer sehr klein und rundum gefliest war. Sie drehte die Musik leiser, bis sie nur noch eine sanfte, aber nicht minder wichtig klingende Hintergrundmelodie war.

»Jetzt habt ihr jedenfalls meine volle Aufmerksamkeit.« Mom lächelte.

»Hier sind drei gute Alternativen, die es uns ermöglichen, im Juli in L. A. zu bleiben«, begann Viola. Zinnie öffnete die erste Seite. »Erstens: Grammy könnte herkommen und bei uns bleiben. Das wäre einfach und praktisch. Außerdem sehen wir Grammy viel zu selten, und es wäre wichtig, mehr Zeit mit ihr zu verbringen, weil sie doch schon ziemlich alt ist.«

Zinnie sah zu, wie Moms Mundwinkel nach oben zuckten, und sie war überzeugt, dass das an dem Glitzerstaub-Effekt liegen musste. Sie ließ die nächste Seite aufleuchten.

»Die zweite Möglichkeit wäre, bei Freunden zu wohnen«, sagte Viola. »Du bläust uns doch immer ein, wie wichtig echte Freunde sind. Und so hätten wir Gelegenheit, unsere Freunde auf eine Weise kennenzulernen, wie es uns in der Schule nie möglich wäre.«

Mom presste die Lippen aufeinander und nickte. Ob sie nur versuchte, ihr Lachen zu unterdrücken?, fragte sich Zinnie.

»Außerdem«, fuhr Viola fort, »würdet ihr damit das Geld für unsere Flugtickets sparen. Und wie heißt es so schön: Kleinvieh macht auch Mist. Und schließlich …« Zinnie klickte weiter zur letzten Seite. »Berta und ihre Mutter könnten beide bei uns wohnen. Wir lieben Berta, sie liebt uns, und wir alle könnten reihum auf ihre kranke Mutter aufpassen. Ende!« Viola verbeugte sich.

Zinnie beendete die Präsentation mit dem Foto des Wasserfalls, dann drehte sie die Lautstärke wieder hoch, um einen bombastischen Schlusspunkt zu setzen.

»Bravo, Mädchen!« Mom klatschte in die Hände, und kleine Schaumbläschen rieselten ihr dabei die Arme hinab. »Die Eingangsmusik fand ich am tollsten. Oder doch die kleinen Einschusslöcher überall? Der Wasserfall hat mir auch sehr gut gefallen.«

»Siehst du?«, sagte Viola. »Wir müssen gar nicht wegfahren. Wir haben drei Alternativen.«

»Na ja, Grammy ist zu alt, um ganz allein auf drei Mädchen aufpassen zu können. Nummer eins ist also schon mal raus. Und bei Freunden könnt ihr auch nicht drei Wochen lang wohnen. Das kann man von niemandem verlangen.«

»Warum denn nicht?«, fragte Viola.

»Bei wem würdet ihr denn überhaupt wohnen wollen?«

»Bei Pilar zum Beispiel. Oder ich könnte bestimmt auch zu Clint.« Clint war der ausgesprochen gut aussehende Hauptdarsteller von *Seasons*. Er hatte Viola am Set immer freundlich gegrüßt und manchmal sogar mit ihr herumgewitzelt.

»Clint Lee? Oh nein«, sagte Mom.

»Ich will doch nicht seine feste Freundin sein oder so!«, warf Viola errötend ein.

»Na dann bin ich ja beruhigt.« Mom lachte.

»Und was ist mit der dritten Alternative?«, wechselte Viola schnell das Thema. »Mit Berta und ihrer Mutter?«

»Das war meine Idee«, warf Lily ein.

»Und die Idee ist echt vernünftig«, sagte Zinnie.

»Bertas Mutter kann nicht reisen, dazu ist sie viel zu krank«, sagte Mom. »Außerdem wird euch Tante Sunny sicher gefallen. Sie ist toll, sie hat zwanzig Jahre lang Kinder in Naturwissenschaft unterrichtet, und es gibt nichts, womit sie sich nicht auskennt.«

»Wie alt ist sie?«, fragte Zinnie.

»Was für eine Haarfarbe hat sie?«, fragte Lily.

»Weiß sie, dass ich allergisch bin gegen Erdbeeren?«, fragte Zinnie.

Viola hob eine Hand, um ihre Schwestern zum Schweigen zu bringen. »Mom, ich muss dich mal alleine sprechen.«

Die große Chance

Mom hinterließ nasse Fußabdrücke auf dem Teppichboden, als sie zu ihrem Kleiderschrank ging und in einen Schlafanzug schlüpfte.

»Mom, wie kannst du mir so was antun?«, begann Viola, die ihr gefolgt war. »Hast du eine Ahnung, wie selten jemand in meinem Alter es schafft, einen Agenten zu kriegen? Oder ist dir das komplett egal?«

»Jill wird auch im August noch deine Agentin sein. Du bist doch nur drei Wochen weg«, sagte Mom und schmierte sich Feuchtigkeitscreme ins Gesicht. »Und natürlich ist mir das nicht egal. DU bist mir nicht egal.«

»Aber das Casting für *Elfen der Nacht* ist am siebten Juli, schon vergessen? Es gibt nur diesen einen Termin, und Jill hat gesagt, sie versucht mich dort unterzubringen.«

»Diese Bücher sind nicht gerade anspruchsvolle Literatur.« Mom setzte sich auf ihr Bett.

»Für mich schon«, beharrte Viola und nahm neben ihr Platz. »Mom, hast du dir in deinem Leben schon mal etwas so doll gewünscht, dass du an nichts anderes mehr denken konntest?«

»Ja«, antwortete ihre Mutter. »Als ich in deinem Alter war, wollte ich unbedingt eine Dauerwelle haben.«

»Echt?« Moms glänzendes, glattes, goldblondes Haar war doch eins ihrer schönsten Merkmale. Manchmal blieben sogar

Leute auf der Straße stehen und machten ihr Komplimente dazu. Wieso in aller Welt sollte man an diesen Haaren etwas ändern wollen? Viola konnte das nicht verstehen.

»Oh ja, alle Mädchen in meiner Klasse hatten eine Dauerwelle. Aber Grammy war dagegen. Sie sagte, die anderen Mädchen sähen so aus, als hätten sie die Finger in die Steckdose gesteckt, und wieso ich mir so was Scheußliches antun wollte?« Viola lachte, und ihre Mutter fuhr fort: »Ich bettelte, ich flehte, ich heulte, aber Grammy blieb bei ihrem Nein – so lange, bis ich drohte, mir von Joanie McDonald, der älteren Schwester meiner besten Freundin, eine Dauerwelle machen zu lassen. Joanie ging damals auf die Kosmetik- und Friseurschule und brauchte ein Modell zum Rumprobieren.«

»Dann hat Grammy dir also am Ende doch die Erlaubnis gegeben?« Viola rückte näher heran. Jetzt wurde es interessant.

»Nein. Sie schleppte mich stattdessen zu ihrer Friseurin, die mir die Haare auf Lockenwickler aufdrehte und mich unter so eine riesige Trockenhaube steckte – damit ich sah, wie ich mit Dauerwelle aussehen würde.«

»Und, wie hast du ausgesehen?«

»Schrecklich.« Mom lachte. »Ich hab mir gleich die Haare gewaschen, als ich wieder zu Hause war, und ich war froh, dass meine Mutter mich vor ein paar peinlichen Monaten mit dieser grasslichen Frisur bewahrt hatte.«

»Wahrscheinlich geht's mir mit diesem Casting so wie dir mit der Dauerwelle damals«, versuchte Viola das Gespräch wieder auf Kurs zu bringen. »Aber stell dir mal vor, die Dauerwelle wäre das Beste gewesen, was dir je im Leben passiert ist.«

»Hör mal, die Sache ist einfach die: Dein Vater und ich wollen nicht, dass du dich so in dieses Schauspielerei-Business reinsteigerst. Wir wissen, wie aufregend das für dich ist, dass du jetzt eine Agentin hast, und wir möchten dich wirklich dabei unterstützen, dir deine Träume zu erfüllen, aber es ist unsere Pflicht als Eltern, das zu tun, wovon wir denken, dass es für dich am besten ist. Und wir glauben, dass es für dich wichtiger ist, diese drei Wochen mit deiner Großtante und deinen Schwestern zu erleben. Du bist nur einmal Kind.«

»Aber ich möchte wie Amanda Mills werden.«

»Nein, das willst du garantiert nicht«, widersprach Mom. »Hast du eine Ahnung, was dieses arme Mädchen für ein chaotisches Leben führt? Bis zu ihrem neunten Lebensjahr kannte sie ihre Mutter quasi gar nicht. Und weißt du noch, wie die Mutter sich verspätet hat, als sie Amanda bei Jill abholen sollte? Ich glaube, das Mädchen ist total verstört und kann einem nur leidtun.«

Dad kam ins Zimmer, ein vollgekritzeltes Drehbuch unter den Arm geklemmt. »Das Drama ist ja regelrecht mit Händen zu greifen – ich hab's bis unten gespürt«, sagte er, schob sich die Schuhe von den Füßen und setzte sich auf das Sofa, das gegenüber dem Bett stand. Dann ließ er das Drehbuch auf den Boden fallen und verschränkte die Hände hinter dem Kopf. »Also, was wird das – Tragödie oder Komödie?«

Mom neigte nachdenklich den Kopf zur Seite. »Ich denke, eine Tramödie.«

»Was?« Viola machte einen krummen Rücken und drückte sich die Fäuste gegen die müden Augen. »Das ist nicht witzig. Das ist überhaupt nicht witzig.« Dann wandte sie sich an ihren Vater. »Daddy, bitte schickt mich nicht weg! Bitte lasst mich hierbleiben. Ich hab jetzt eine Agentin und die große

Chance auf ein Casting für meinen absoluten Traumfilm. So eine Chance kriegt man nur einmal im Leben!«

»Du hast noch ein sehr, sehr langes Leben vor dir, Kleines«, sagte ihr Vater.

»Die Antwort lautet Nein, Viola«, fügte ihre Mutter hinzu. »Ende der Diskussion.«

Zinnie in luftiger Höhe

»Meint ihr, man kann von hier oben Wale sehen?«, fragte Zinnie, als die Riesenrad-Gondel, in der sie saßen, ganz oben angekommen war, und schaute zum Santa Monica Pier hinunter. Die Gondel wurde rundum von einer Sitzbank mit hoher Lehne gesäumt, nur unterbrochen von einer kleinen Tür, durch die man ein- und aussteigen konnte. Zinnie, Viola und ihre Eltern saßen nebeneinander.

»Ohne ein Fernglas nicht«, sagte Mom. »Mist! Wir hätten eins mitnehmen sollen.«

Zinnie beschirmte sich die Augen mit einer Hand und suchte den Horizont ab – vielleicht waren ihre Augen ja doch scharf genug, um einen Wal oder eine Delfinschule zu entdecken. Schon ein einziger Delfin würde ihr reichen. Sie wollte einfach nur etwas von Kalifornien mitnehmen, um sich immer dran erinnern zu können. Schon in zwei Tagen würden sie Richtung Ostküste aufbrechen, um dort ganze drei Wochen zu bleiben, und ihre Eltern hatten dem Ausflug zum Pier erst zugestimmt, nachdem die Mädchen ihre Koffer für Pruet fertig gepackt hatten. Zinnie und Lily hatten dafür – mit Bertas Hilfe – keine halbe Stunde gebraucht. Bei Viola dagegen hatte es den ganzen Vormittag gedauert, bis sie ihren Koffer fertig hatte, und so waren sie erst nach dem Mittagessen zum Pier aufgebrochen.

Nach einiger Zeit im Stau und einer Wir-brauchen-dringend-einen-Frozen-Yogurt-Rast waren sie nun endlich hier, doch ins Riesenrad waren nicht alle eingestiegen. Lily und Berta waren beim Karussell geblieben, das weiter hinten an der Brücke und wesentlich näher an der Straße lag, denn Lily hatte panische Angst vor dem Meer und weigerte sich, weiter zu gehen als bis zu dem altmodischen Eiscreme-Stand.

Für Zinnie dagegen begann der Spaß erst so richtig, wenn sie Karussell und Eiscreme-Stand hinter sich gelassen hatten und an den Obstbuden, den Touristen-Shops und den Arkaden vorbei am Vergnügungspark angekommen waren. Auch wenn das Riesenrad nicht so gigantisch und rasant war wie die bei den Universal Studios oder so bunt geschmückt wie die in Disneyland, liebte Zinnie es, sich von der Gondel nach oben heben zu lassen und weit über dem Pazifik zu schweben. Sie wäre niemals für drei Wochen weggefahren, ohne Dad daran zu erinnern, dass er ihr versprochen hatte, in den Ferien hierherzukommen!

Das Riesenrad verweilte noch ein paar Sekunden auf dem höchsten Punkt und Zinnie schaute mit angehaltenem Atem auf den Pier und den Strand dahinter hinab. Es wimmelte von Leuten, die Hotdogs, Tacos, Eis oder Trichter-Kuchen aßen. Andere spielten Fangen oder wateten barfuß durchs flache Wasser. Pärchen schlenderten Händchen haltend herum oder lagen sich in den Armen. Eine Familie war sogar schwimmen gegangen, obwohl es inzwischen so kühl war, dass Zinnie eine dünne Jacke angezogen hatte. Mom ließ die Mädchen hier nicht ins Meer gehen, weil es zu verschmutzt sei, doch von Zinnies Platz aus betrachtet sah das blau-grüne Wasser sauber und einladend aus. Hinter ihr ragten die Bürogebäude und Shopping

Malls der Stadt Santa Monica in die Höhe, zur Linken sah man die schicken Hotels, in denen einige von Violas Klassenkameradinnen im nächsten Jahr ihre Bat-Mizwa feiern würden. Und zur Rechten lag Malibu mit seinen teuren Anwesen und den zerklüfteten rosafarbenen Klippen.

Hier oben, weit über dem Meer hin und her schaukelnd, eine kühle, salzige Brise im Gesicht, fühlte Zinnie sich im Einklang mit sich und der Welt. Ob der Strand das sein würde, was sie an Kalifornien am meisten vermissen würde? Mom hatte erzählt, dass es in Pruet auch einen Strand gab, allerdings ohne Vergnügungspark. Und genauso wenig gab es ein Einkaufszentrum um die Ecke oder einen Imbisswagen, der die besten Tacos der Welt verkaufte.

»Gibt's überhaupt Taco-Wagen in Pruet?«, fragte Zinnie und überlegte, wie sie es drei Wochen lang ohne Tacos, Burritos und Churros aushalten sollte.

»Ich glaube nicht, Zin.« Dad legte ihr einen Arm um die Schultern und sie lehnte sich gegen ihn.

Bei näherer Überlegung gab es ganz schön viele Sachen, die ihr an Kalifornien fehlen würden. Ihre Mutter sagte dauernd, drei Wochen wären ja nicht so lang, aber für Zinnie fühlte es sich an wie eine Ewigkeit, wenn sie daran dachte, dass sie diesmal nicht mit ihren besten Freundinnen Milly und McKenzie zusammen am Ferienprogramm von Miss Hadley teilnehmen würde. Wahrscheinlich überlegten die beiden schon, für welche Kurse sie sich eintragen sollten. Miss Hadleys Ferienprogramm war nämlich ganz anders als Schule. Es gab Kurse in Modedesign und Eiscremeherstellung und Ausflüge zu Baseballspielen oder in ein echtes Trickfilmstudio. Zinnie gab sich zwar alle Mühe, sich selbst bei Laune zu halten, aber im Vergleich zu all dem, was sie hier verpassen würde, kam ihr Pruet doch sehr langweilig vor.

Das Riesenrad setzte sich wieder in Bewegung. Jetzt begann Zinnies Lieblingsabschnitt – wenn die Gondel langsam wieder nach unten sank. Das fühlte sich nämlich so an, als würde man fliegen. In ihrem Bauch kribbelte es, und sie hielt die Hand ihres Vaters fest umklammert, während sie durch die Ritzen in der Gondeltür zum Ozean hinunterspähte, fasziniert von dem aufregenden Gefühl, dass zwischen ihr und den Meerestiefen unter ihr nur Luft war und sonst nichts.

Auch Viola hatte dieses Riesenrad schon immer geliebt, doch diesmal hielt sie den Blick die ganze Zeit auf ihr Handy gerichtet. Wie konnte sie jetzt bloß dauernd SMS schreiben?

»Kannst du das Handy bitte wegstecken?«, sagte Mom. »Wir wollten den Tag doch bewusst zusammen verbringen.«

»Pilar hat mir geschrieben«, antwortete Viola. »Ich will meine beste Freundin unbedingt noch mal sehen, bevor wir wegmüssen. Kann ich mich für morgen Abend mit ihr verabreden?«

»Ja, aber nur, wenn du das Handy jetzt wegtust«, sagte Mom.

»Ich muss nur noch schnell die eine SMS zu Ende …«, sagte Viola, ohne auch nur aufzuschauen.

»Aber dann verpasst du das Beste am Riesenrad«, sagte Zinnie und reckte eine Hand vor, um Violas Display zu verdecken. Doch die Bewegung war offenbar zu stürmisch, denn Viola fiel das Handy aus der Hand. Zinnie blieb die Luft weg, als es über den Metallboden in Richtung des Türschlitzes schlidderte.

»Zinnie!«, schrie Viola, gerade als Dad mit dem Fuß verhinderte, dass das Handy aus der Gondel herausfiel.

»Das wollte ich nicht!«, sagte Zinnie.

»Spinnst du?« Violas Wangen waren ganz rot vor Wut.

»Jetzt entspann dich«, sagte ihr Vater, bückte sich nach dem Handy und reichte es seiner ältesten Tochter.

»Wenn ich wegen dir mein Handy verloren hätte, dann hätte ich …«, begann Viola, aber Mom ließ sie den Satz nicht zu Ende bringen.

»Es ist aber nichts passiert. Du hast dein Telefon wieder, alles ist gut.«

Doch es fühlte sich nicht so an, als wäre alles gut. Auch wenn sie das Handy wieder sicher in der Hand hielt, blickte Viola immer noch ganz finster, und Zinnie überlegte, was Viola getan hätte, wenn Dads Fuß nicht der Retter in der Not gewesen wäre. Das Riesenrad näherte sich schon dem langweiligen Boden, und unten stand schon ein Helfer bereit, um ihnen die Tür aufzumachen.

»Jetzt hab ich den schönsten Teil verpasst«, seufzte Zinnie.

»Na, ein Glück, dass wir noch genug Zeit für eine zweite Fahrt haben«, erwiderte ihr Vater und legte ihr einen Arm um die Schultern.

Der falsche Kuss

Am letzten Tag vor der gefürchteten Abfahrt nach Pruet, Massachusetts, hatten Viola und Pilar einen Ausflug zum Farmers Market geplant, einem historischen Markt mit rund hundert Ständen, an denen alle möglichen Nahrungsmittel und Farmerzeugnisse verkauft wurden. Dies war einer von Violas Lieblingsorten in L. A. Sie liebte die Vielfalt der angebotenen Köstlichkeiten, vor allem das Kimchi am koreanischen Stand, die Pancakes in dem Schnellrestaurant, das ganz im Stil der Fünfzigerjahre eingerichtet war, und die Pupusas am salvadorianischen Imbiss. Und dann erst die Desserts – einfach himmlisch! Es gab Eiscreme in den verschiedensten Ausführungen, französische Crêpes und – Violas absolute Nummer eins – den Periwinkle Pie Shop, den ältesten Pie-Laden von Los Angeles.

Aber Viola liebte auch die Krimskramsläden, in denen sie jedes Mal irgendeine Kleinigkeit entdeckte, die sie sich von ihrem Taschengeld leisten konnte, sei es eine Packung Aufkleber, mit denen sie die Briefchen zukleben konnte, die sie ihren Klassenkameradinnen zusteckte, oder einfach ein besonders leckeres englisches Karamellbonbon. Und natürlich liebte sie auch das schicke Einkaufszentrum hinter dem Farmers Market, in dem die coolsten Modeläden versammelt waren. Selbst wenn sie nie etwas kaufen konnte, machte es ihr einen Riesenspaß, Sachen anzuprobieren.

Die Mädchen wollten zum Farmers Market, um sich irgendwas Leckeres zu gönnen und ihre Ferienpläne abzusprechen. Das zumindest hatten sie allen erzählt. In Wirklichkeit aber wollte Pilar sich vor dem Epiphany, der Jungenschule nur ein Stück von Miss Hadleys Schule entfernt, mit Alex Key treffen, dem süßesten Typen des ganzen siebten Jahrgangs. Alex Key hatte dunkelblonde Haare und smaragdgrüne Augen, und er duftete ganz leicht nach Pilars Lieblingsdeo von Right Guard (Pilar mit ihrer feinen Nase hatte Alex' Duft gespeichert, als sie auf dem Winterball zu einem schnellen Song mit Alex getanzt hatte, und danach hatte sie sich in der Drogerie auf die Suche nach dem entsprechenden Deo gemacht). Außerdem konnte Alex Key Snowboard und Skateboard fahren, breakdancen und beatboxen. Jetzt, wo er sich einen coolen Surfer-Haarschnitt zugelegt hatte und seine Zahnspange los war, hatte Pilar ihn in »California Dreamboy« umbenannt, nach dem The-Mamas-and-the-Papas-Song *California Dreamin'*, der vom Lieblings-Radiosender ihrer Großmutter mindestens einmal pro Stunde gespielt wurde.

Pilar hatte über mehrere Ecken das Gerücht gehört, dass Alex Key Viola süß fand. Und obwohl sie insgeheim selbst auf ihn stand, hatte Pilar beschlossen, dass Alex unbedingt eine Freundin brauchte, auch wenn sie das nicht selbst war. Sie wusste außerdem, dass Viola, die in Sachen Jungs die Schüchternheit in Person war, noch nie mit einem Jungen Händchen gehalten hatte. Und Pilar wollte, dass ihre Freundinnen immer auf der Höhe der Zeit waren. Pilar wollte, dass Viola endlich geküsst wurde.

Und Viola wollte das auch.

Wenn sie nicht gerade davon träumte, in *Elfen der Nacht* mitzuspielen, träumte sie immer vom Küssen.

Viola hatte nämlich ein Geheimnis: Sie war schon vor einem Monat geküsst worden, und zwar bei den Aufnahmen zu *Seasons*. Zum Glück war die Szene später rausgeschnitten worden, sodass niemand davon wusste. Als sie das erste Mal das Drehbuch gelesen und erfahren hatte, dass ihr eine Kussszene bevorstand, hatte sie sich die Hand vor den Mund geschlagen und aufgeschrien. In ihrem Magen hatte sich ein Knoten zusammengeballt. Das war doch ungerecht! Sie wollte niemanden küssen! Und schon gar nicht Martin Goldblatt, den jungen Schauspieler, der ihren Kusspartner spielte. Er war doch erst elf! Und er kaute mit offenem Mund! Aber Viola hatte sich nicht getraut, sich zu beschweren. Schließlich hatte Ronald P. Harp ihr beigebracht, sich in jeder Situation professionell zu benehmen. Also hatte sie bei dem »Action!«-Signal den Widerwillen in ihrem Bauch ignoriert, hatte die Lippen geschürzt und sie zitternd auf die von Martin Goldblatt gedrückt. Obwohl sie beide den Mund geschlossen hatten, hatte Viola die Nachos gerochen, die Martin zuvor im Catering-Wagen gegessen hatte. Seine Hand lag auf ihrem Knie, aber so leicht, dass es sie kitzelte.

»Hast du gerade gefurzt?«, hatte Martin sie hinterher gefragt.

Unfähig zu sprechen, starrte Viola ihn an. Hatte sie gepupst? Sie war sich nicht sicher. Es lag tatsächlich ein übler Geruch in der Luft. Doch bevor Viola etwas erwidern konnte, dampfte Martin schon wieder Richtung Catering-Wagen davon, um noch mehr Nachos zu essen. Viola huschte so schnell zum Umkleidewagen, dass sie unterwegs beinahe Clint Lee über den Haufen gerannt hätte.

»Hey, alles klar bei dir?«, fragte Clint.

»Ja.« Viola biss sich auf die Lippe.

»Sicher?«, bohrte Clint weiter. Als Viola nickte, legte er ihr beruhigend eine Hand auf die Schulter. »Vergiss nicht, das war nur der erste Kuss deiner Figur«, sagte er, sah ihr in die Augen und drückte ihre Schulter ganz leicht, »nicht dein erster Kuss.« Viola wäre vor Erleichterung fast in Tränen ausgebrochen.

»Also ist das so, als wäre es nie passiert?«, fragte sie.

»Ganz genau.« Clint schenkte ihr sein magisches Lächeln, das Lächeln, das ihm schon Millionen Dollars eingebracht hatte, und Viola spürte, wie ihre Wangen brannten.

Auf einmal wünschte sie sich, er würde sie küssen.

Der echte Kuss

Seit ihrem Beinahe-Zusammenstoß mit Clint ging Viola das Thema Küssen nicht mehr aus dem Sinn. Sie hatte sogar ein, zwei Mal mit ihrem Kissen geübt. Okay, vielleicht auch zehn Mal. Aber Clint Lee war viel zu alt für sie. Einundzwanzig. Wenn Viola achtzehn war, würde er siebenundzwanzig sein, dann könnten sie heiraten und Kinder kriegen, die sie Topaz, Opal und Aquamarine taufen würden. Aber das war ja noch lange hin. Sie musste bis dahin noch viel Übung im Küssen bekommen, und zwar nicht nur an ihrem Kissen. Also warum nicht mit Alex Key? Der war richtig süß. Außerdem wollte sie Martin Goldblatts Kuss so schnell wie möglich auslöschen. Je länger das ihr einziger Kuss blieb, desto echter schien er zu werden.

Viola stand in der Küche, starrte aus dem Fenster und wartete darauf, dass Sylvie, Pilars französisches Au-pair-Mädchen, sie abholen kam und die Freundinnen zum Farmers Market brachte. Mom saß am Computer und erledigte Formalitäten für ihre Reise nach Kanada. Berta schnippelte frisches Obst und summte dabei leise vor sich hin. Zinnie und Lily schlangen ihr Lieblings-Berta-Gericht herunter – mexikanische Flautas mit Hühnchen. Endlich ertönte eine Autohupe.

»Oh, das ist Sylvie«, sagte Viola. »Ich muss los.«

»Augenblick mal«, sagte Mom. »Wer ist Sylvie?«

»Pilars neues Au-pair-Mädchen«, erklärte Viola und checkte im Handydisplay schnell ihr Spiegelbild. »Schon vergessen? Sie bringt uns zum Farmers Market und passt auf uns auf.«

»Kann ich mitkommen?«, fragte Zinnie.

»Nein«, wimmelte Viola sie ab und ging zur Tür.

»Warum nicht?«, hakte Mom nach.

»Weil ich die letzten Stunden in der zivilisierten Welt mit meiner besten Freundin allein verbringen möchte«, sagte Viola. »Außerdem ist Zinnie doch gerade beim Abendessen. Und wir gehen zum Essen aus. Also wüsste ich nicht, warum sie mitkommen sollte.«

Mom legte den Kopf schief und zog eine Augenbraue hoch, als wollte sie sagen: »Womit hab ich das verdient?«

Zinnie schob ihren Teller mit den restlichen Flautas weg, was ein deutliches Zeichen dafür war, wie sehr sie sich wünschte, Viola zu begleiten – sie liebte Bertas Flautas! »Kann ich mitkommen, bitte?«, flehte sie. »Ich stör euch auch nicht. Ich sag die ganze Zeit kein Wort.« Sie tat so, als würde sie sich den Mund mit einem Reißverschluss zumachen.

»Ich hab Nein gesagt«, antwortete Viola.

»Sie will doch nur bei dir sein«, sagte Mom.

»Und ich will mal für mich alleine sein. Ist das jetzt ein Verbrechen? Ich darf doch wohl auch mal was ohne meine Schwestern machen, oder, Berta?«

»Ich halt mich da raus«, erwiderte Berta ausweichend.

»Darf ich mitkommen?«, mischte sich Lily ein.

»Nein, du bleibst bei mir«, sagte Berta. »Wir backen Pan Dulce für morgen früh.«

»Und gucken uns dann eine DVD an?«, fragte Lily.

»Keine DVDs mehr heute, hab ich gesagt«, betonte Mom.

Doch als Lily so aussah, als würde sie gleich in Tränen ausbrechen, fügte sie hastig hinzu: »Okay, eine einzige DVD noch, aber dann ist Schluss.«

Es war unmöglich, Lily etwas abzuschlagen.

Das Auto hupte wieder.

»Bitte!«, jammerte Zinnie. »Ich will doch auch noch ein bisschen die zivilisierte Welt genießen.«

»Viola, mir gefällt deine Haltung nicht«, sagte Mom und verschränkte die Arme vor der Brust. »Wenn du deine Schwester so zurückweist, bin ich nicht sicher, ob ich dich überhaupt gehen lassen sollte.«

»Nein!«, rief Zinnie. »Du darfst Viola nicht meinetwegen zu Hause behalten!«

Bleiern senkte sich das Schuldbewusstsein auf Violas Schultern herab. »Na gut«, sagte sie. »Dann komm eben mit. Aber wehe, du blamierst mich.«

»Eure Handys sind bitte die ganze Zeit eingeschaltet!«, rief Mom, während Zinnie schon aufsprang und ihrer Schwester zur Haustür hinaus folgte.

»Hallo, Viola«, sagte Pilar vom Beifahrersitz, während Viola und Zinnie auf die Rückbank kletterten. »Na, Zinnie, kommst du auch mit?« Zinnie nickte und Pilar klatschte sie lachend ab.

»Ich darf aber nicht sprechen.« Zinnie ließ ihren Sicherheitsgurt einschnappen. »Ich darf nur stumm mitkommen.«

»Das ist ja schrecklisch!«, sagte Sylvie, die am Steuer saß.

Viola schrumpfte auf ihrem Sitz zusammen. So ging es ihr schon ihr ganzes Leben lang. Immer mochten alle Babysitter Zinnie lieber als sie. Schon als Baby hatte Zinnie eine ungeheure Anziehungskraft auf alle Menschen ausgeübt. Viola wusste, dass ihre Schwester das nicht mit Absicht tat, aber das machte es nicht weniger schmerzhaft, zu sehen, wie Zinnie sie durch ihr bloßes Erscheinen in den Schatten stellte, wenn Viola gerade dabei war, sich mit jemandem anzufreunden oder ein Spiel anzufangen. Kaum war Zinnie da, überstrahlte sie alles, wie die aufgehende Sonne an einem bislang wolkigen Tag. Manchmal wünschte Viola sich einfach, mal etwas auf ihre eigene Art, in ihrem eigenen Tempo zu machen, ohne ständig damit rechnen zu müssen, in den Schatten gestellt zu werden.

Sylvie hielt an einer roten Ampel. »In diesem Auto darf jeder sagen, was er denkt. Das ist französisches Art zu läben!«

»Vive la France!«, rief Zinnie, und Sylvie brach in Gelächter aus.

»Natürlich darfst du reden!«, keifte Viola.

»Was ist eigentlich dein Problem?«, fragte Pilar.

»Gar nichts.« Viola starrte aus dem Fenster und bereute es jetzt schon, Zinnie mitgenommen zu haben. Pilar war Einzelkind, sie hatte keine Ahnung, wie nervig so eine kleine Schwester sein konnte.

»Na, Zinnie, möchtest du wissen, was ich dir für die sechste Klasse raten würde?«, fragte Pilar.

»Ähm …« Zinnie schaute Viola unsicher an, und erst als die nickte, sagte sie: »Ja, klar.«

»Zieh bloß keine High Heels an, die sind uncool«, sagte Pilar. »Und versuch Mr Bonito als Beratungslehrer zu kriegen. Ach, und trag dich nicht für zu viele AGs ein, such dir nur eine oder zwei aus. Die Jahrbuch-AG und Irische Tänze sind echt gut.«

»Irische Tänze … klingt gut«, sagte Zinnie.

Viola kurbelte das Fenster so weit herunter wie möglich. Sie fuhren gerade an den Toren eines riesigen Fernsehsenders vorbei, vor dem sich haufenweise Leute mit Schlafsäcken und

Klappstühlen versammelt hatten, in der Hoffnung, am nächsten Tag vielleicht beim Casting einer Game Show teilnehmen zu dürfen oder Tickets für das Finale von *America Sings* zu ergattern. Als sie auf die Fairfay Avenue einbogen, fiel Viola eine riesige Plakatwand ins Auge, auf der der neueste Band von *Elfen der Nacht* beworben wurde. Sie konnte jetzt nur noch hoffen, dass der Gedanke ans Küssen sie von ihrem großen Traum ablenken würde, für den zu kämpfen sie nie die Chance bekommen würde.

Ungeküsst

Okay, lasst euch jetzt nichts anmerken, aber … Der Adler ist gelandet«, sagte Pilar und tupfte sich mit einer Serviette den Mund ab. Die Mädchen hatten sich gerade ein paar Cheeseburger genehmigt, an einem der vordersten Tische im Farmers Market, direkt neben dem Crêpes-Stand, wo sie mit Alex Key verabredet waren. Sylvie hatte eingewilligt, sich fernzuhalten, solange die Mädchen in Sichtweite blieben. Sie trank gerade einen Milchshake am Tresen des Fünfzigerjahre-Diners und tat wie versprochen so, als würde sie die Mädchen nicht kennen.

»Ein Adler? Ein Weißkopfseeadler? Wo?« Zinnie schaute sich aufgeregt um. Sie wollte schon aufstehen, da zerrte Viola sie wieder auf ihren Stuhl herunter. »Was ist?«, fragte Zinnie. »Weißkopfseeadler sind sehr selten, und wenn sich ausgerechnet im Farmers Market einer herumtreibt …« Sie brach ab, als ihr klar wurde, dass die beiden anderen Mädchen sie auslachten. »Was denn?«

»›Der Adler ist gelandet‹ ist ein Code. In dem Fall bedeutet es, dass gerade ein süßer Junge in Sicht ist«, erklärte Pilar. »Und zwar Alex Key. Violas zukünftiger fester Freund.«

»Ooooh«, seufzte Zinnie. »Alex Key.«

»Hey, Ladys«, sagte Alex lässig und kam näher an den Tisch heran.

»Heyyy«, antworteten alle im Chor.

»Was geht?«, fragte Alex.

Pilar wollte Viola den Vortritt lassen, aber nachdem diese sekundenlang betreten geschwiegen hatte, beschloss sie, ihr unter die Arme zu greifen. »Nichts Besonderes. Ähm … Viola kennst du ja schon. Das ist ihre kleine Schwester Zinnie.«

»Hi«, sagte Zinnie. »Hab schon viel von dir gehört.«

»Ach ja?«, sagte Alex.

»Ja, ganz viel.«

Viola und Pilar liefen knallrot an. »Also, wir sind gerade mit dem Essen fertig«, sagte Pilar geistesgegenwärtig und stand auf. »Wie wär's, wenn Viola und Alex zu Presto Gelato gehen und Eis holen, während Zinnie und ich uns ein bisschen Apfelkuchen besorgen?«

»Klingt gut«, sagte Alex.

»Aber ich würde lieber auch zu Presto …«, setzte Zinnie an.

Pilar zog sie schnell weg. »Nein, wir gehen Kuchen holen«, sagte sie.

»Ach jaaa, klaar! Ich lieeebe Apfelkuchen!«, rief Zinnie, als sie endlich begriffen hatte.

Lachend hakte Pilar sich bei ihr unter.

»Und?«, sagte Alex zu Viola, als sie sich auf den Weg zu Presto Gelato machten. »Wie läuft's mit dem Fernsehen? Drehst du gerade … oder wie heißt das?«

»Im Moment nicht«, erwiderte Viola. »Wir haben gerade Drehpause, bis die nächste Staffel geshootet wird.« Alex sah sie verständnislos an. »Gedreht.«

»Oh.« Sie schoben sich durch eine Menschentraube, die sich vor einem beliebten mexikanischen Restaurant gebildet hatte. »Cool.«

»Ich hab übrigens schon alle Eissorten durchprobiert, bis auf Honig-Lavendel«, sagte Viola stolz.

»Warum denn?«, fragte Alex.

»Hatte einfach Lust dazu«, sagte Viola schulterzuckend.

»Hm. Mädchen sind komisch.«

Viola wusste nicht, was sie antworten sollte. Sie war stolz darauf, alle Sorten probiert zu haben, außerdem war das sehr spannend gewesen. Schweigend standen sie in der Schlange vor dem Eisladen. Dann legte Alex plötzlich einen Arm um Viola. Was sollte sie denn jetzt tun? Ihm einen Arm um die Taille schlingen? Ihre Gliedmaßen fühlten sich auf einmal gummiartig und meterlang an, und sie war unfähig, sich zu bewegen.

»Und, welche Sorte möchtest du dir holen?«, fragte sie dann, dankbar dafür, dass zumindest ihr Sprechwerkzeug halbwegs funktionierte. Den Mund würde sie schließlich später auch zum Küssen brauchen.

»Knusperkeks«, erwiderte Alex.

»Ah, das schmeckt super.«

»Finde ich auch. Echt lecker.« Alex lächelte. »Und was möchtest du?«

»Honig-Lavendel, was sonst?«, sagte Viola.

»Das hört sich an wie Seife«, sagte Alex, und Viola lachte. Langsam entspannte sich die Situation. Alex ließ den Arm sinken, als sie in der Schlange vorankamen. Einerseits war Viola erleichtert, den schweren Arm auf ihrer Schulter los zu sein, andererseits vermisste sie ihn jetzt irgendwie.

Sie bestellten ihr Eis und suchten sich dann zwei Plätze an einem Tisch, der ein bisschen abseits stand. Die Unterhaltung kam immer mehr in Gang. Es stellte sich heraus, dass beide Sushi mochten, Hunde, die einen nicht so abschlabberten, und den Zuma Beach in Malibu. Und Honig-Lavendel schmeckte gar nicht übel. Unter dem Tisch berührten sich ihre Knie. Und irgendwann schloss Alex die Augen und beugte sich zu Viola herüber. Martin Goldblatts Kuss war kurz davor, aus Violas Leben ausradiert beziehungsweise vom ersten echten Kuss mit Alex Key ersetzt zu werden, da kam plötzlich Pilar angerauscht, ganz aufgelöst und mit rotem Gesicht.

»Gott sei Dank, da seid ihr ja!«, keuchte sie. »Komm mit, Viola, schnell! Zinnie hat voll den Ausschlag gekriegt und ist total angeschwollen. Sylvie will sie sofort ins Krankenhaus bringen!«

»Hat sie etwa Erdbeeren gegessen?«, fragte Viola.

»Ja! Oh Gott, ja!«, schrie Pilar. »Im Rhabarberkuchen waren Erdbeeren drin!«

»Aber sie weiß doch, dass sie keine Erdbeeren essen darf«, sagte Viola.

»Muss sie jetzt sterben?«, wimmerte Pilar. »Ich bin nämlich auch allergisch, gegen Nüsse. Wenn ich nur Nussstaub einatme, kann ich gleich mein Testament machen.«

»Nein.« Viola knüllte ihre Serviette zusammen. »Sie wird nur eine Weile dicke Quaddeln haben und komisch aussehen.«

»Sylvie hat gesagt, wir müssen uns beeilen«, drängelte Pilar. Aber Viola wollte nicht los. Sie wollte hierbleiben, mit Alex. »Jetzt komm schon, Viola. Mach schnell!«

»Okay, okay«, gab Viola sich geschlagen.

»Man sieht sich«, sagte Alex.

»Ja«, erwiderte Viola, stand auf und nahm ihre Handtasche. »Klar.«

Aber sie wusste, dass das nicht stimmte. Sie würden sich erst mal nicht mehr sehen, denn schon morgen würde Viola mit ihren Schwestern Richtung Massachusetts aufbrechen. Sie würde also den ganzen Sommer ungeküsst bleiben, und daran war nur Zinnie schuld. Zum Glück würde sie einen fünfstündigen Flug lang Zeit haben, sich zu überlegen, wie sie Zinnie das heimzahlen sollte.

Tschüss, Zuhause!

»Hey, Zin. Zeit zum Aufstehen. Wir fahren in zwanzig Minuten zum Flughafen«, sagte Dad und rüttelte Zinnie sacht an der Schulter.

Zinnie schlug die Augen auf, die von der allergischen Reaktion gestern immer noch leicht geschwollen waren, und schaute aus dem Fenster. Der Himmel draußen war immer noch dunkellila.

»Ich weiß, dass es noch sehr früh ist«, sagte Dad. »Aber wir müssen los.«

Irgendwie sah ihr Vater so früh am Morgen anders aus, dachte Zinnie. Als hätte er weichere Konturen. Oder vielleicht lag das nur an den Allergietabletten, die sie am Abend zuvor eingenommen hatte und von denen ihr am nächsten Tag immer ein bisschen schwummerig war.

»Mom, Lily und Viola sind schon unten beim Frühstück. Wir wollten dich ein bisschen länger schlafen lassen, aber jetzt wird es wirklich Zeit.« Dad stellte seine Kaffeetasse auf dem Tisch ab und reichte Zinnie beide Hände, aber statt aus dem Bett zu steigen, schlang sie auf einmal beide Arme um ihn.

»Du wirst mir fehlen«, sagte sie.

»Ich werde jeden Tag an dich denken«, sagte Dad und drückte sie an sich.

»Während du da oben in den Bäumen rumkraxelst?«

»Und während ich unter den Sternen zelte. Dann schaue ich

zum Himmel hoch und weiß, egal wie weit weg du bist, wir gucken immer auf denselben Mond.« Zinnie lächelte bei dem Gedanken. »Und jetzt wäschst du dir mal das Gesicht und putzt dir die Zähne, während ich die Koffer ins Auto packe, okay?«

»Okay.« Zinnie schlug die Decke zurück.

»Ist das alles, was du mitnimmst?« Dad zeigte auf ihren Rollkoffer und den Rucksack. Zinnie hatte kurze Hosen und lange Jeans eingepackt, Unterwäsche, Socken, T-Shirts, ihre beiden Lieblingsbadeanzüge, ein paar Sweatshirts, Turnschuhe, Flip-Flops, drei Bände von *Elfen der Nacht,* Zeichenblock und Bleistift und ihren Haarglättungsschaum, nur für den Fall, dass sie sich traute, es noch mal zu probieren.

»Wieso, hätte ich mehr einpacken sollen? Mom hat gesagt, wir sollen nur das Nötigste mitnehmen.«

»Nein, ich hab nur gefragt, weil Viola ungefähr dreimal so viel eingepackt hat.«

»Tja.« Zinnie dachte daran, wie Viola sie auf der Rückfahrt vom Farmers Market keines einzigen Wortes gewürdigt hatte. »Ich glaube, Viola liegt was auf der Seele.«

»Darüber können wir nachher unten reden«, sagte Dad und hob ihren Koffer an.

»Ich muss nur noch schnell meinen Laptop einpacken und mein Handy aufladen«, sagte Zinnie und stöpselte ihr Telefon ein. »Hab ich gestern Abend vergessen.«

»Du wirst deinen Computer dort nicht brauchen, Liebes«, sagte Dad. »Lass ihn doch lieber hier. Und jetzt geh und wasch dir das Gesicht, damit du noch schnell was frühstücken kannst. Berta ist da, um sich zu verabschieden. Sie hat Pan Dulce gemacht, und Champurrado, das magst du doch so gern.«

»Mmm«, machte Zinnie. Champurrado war eine besondere

Leckerei, die sie meist nur zur Winterzeit bekamen. Wahrscheinlich hatte Lily sich das zum Abschied gewünscht. Zinnie freute sich auf den warmen, würzigen Zimt-Schokoladentrunk, und der Gedanke daran lenkte sie für einen Moment von Viola und ihren bösen Blicken ab.

Aber eben nur für einen Moment. Sobald Zinnie die Küche betrat und sich an ihren Platz am Tisch setzte, stand Viola auf, stellte ihren Teller in die Spüle und verkündete, sie würde im Auto warten.

»Ganz alleine?«, fragte Lily.

»Wir brechen in fünf Minuten auf«, sagte Dad. »Könntest du so lange bitte noch sitzen bleiben, damit wir alle unser Frühstück gemeinsam beenden, als Familie?«

»Nein«, sagte Viola nur. Sie umarmte Berta, gab ihr einen Abschiedskuss und eilte dann aus der Tür.

Zinnie wollte ihr nachgehen, aber Berta hielt sie auf. »Lass sie erst mal in Ruhe abkühlen, *mija*. Sie ist fast schon ein Teenager, und Teenager brauchen manchmal ein bisschen Raum für sich.« Sie goss Champurrado in Zinnies Lieblingsbecher, den mit dem Hollywood-Aufdruck drauf, und reichte ihn Zinnie. »Nimm dir ein paar Besos dazu«, sagte sie und deutete mit dem Kopf auf den Korb mit zuckerbestreuten Teigteilchen, die mit Himbeermarmelade gefüllt waren.

»Danke, Berta.« Schon fühlte sich Zinnie ein bisschen besser. Besos waren ihr absolutes Lieblingsgebäck.

»Was ist denn eigentlich los mit euch beiden?« Mom fuhr Zinnie mit den Fingern durch die Haare und kämmte sie zu einem Pferdeschwanz zusammen.

»Sie ist sauer, weil ich Erdbeeren gegessen habe«, antwortete Zinnie.

»Sonst nichts? Ganz sicher?«, fragte Dad. Wie ein Detektiv in den alten Filmen, die sie sich dienstags gern im Klassiker-Kino anschauten, konnte Dad immer spüren, wenn eine wichtige Information verheimlicht wurde. »Es gehören immer zwei dazu, weißt du …«

»Wie beim Rumbatanzen!«, sagte Berta und wackelte mit den Schultern, was Lily zum Lachen brachte.

»Ihr werdet bei Tante Sunny aber miteinander auskommen müssen«, sagte Mom.

»Ich versuche immer gut mit ihr auszukommen«, sagte Zinnie. »Aber sie hasst mich!«

»Unsinn, Viola hasst dich doch nicht«, widersprach ihre Mutter. »Sie liebt dich.«

»Und sie bewundert dich«, fügte Berta über den Tisch hinzu und nippte an ihrem Champurrado. »Das weiß sie nur noch nicht.«

»Na klar!«, sagte Zinnie. »Das ist doch Quatsch. Sie hält mich für eine blöde Kuh!«

»Berta erzählt nie Quatsch!«, protestierte Lily. »Berta weiß alles und kann alles. Erst vorhin hat sie die Schnur wieder in meine Sweatshirtkapuze reingemacht, einfach so mit Zauberkraft!«

»Ach, mein Engel!«, wandte sich Berta liebevoll Lily zu. »Ich werde noch mindestens fünf Umarmungen brauchen, bevor ich dich gehen lassen kann.«

»Fünf Umarmungen, aber dann müssen wir wirklich los«, sagte Dad, und Berta und Lily fingen an, sich zu drücken und dabei laut mitzuzählen.

»Eins … zwei …«

»Na los, Zin, du kannst im Auto fertig essen«, sagte Mom.

»Drei … vier … viereinhalb … vierdreiviertel …«, fuhren Berta und Lily fort, während Zinnie ihr Gebäck in eine Serviette wickelte.

»Wie sollen wir Tante Sunny überhaupt erkennen?«, fragte Zinnie und packte noch einen Beso mehr ein, als Wegzehrung. »Was, wenn wir aus Versehen bei der falschen Frau einsteigen?«

»Füüüüünf!«, riefen Berta und Lily und zogen ihre letzte Umarmung noch ein bisschen in die Länge.

»Sunny kommt euch nicht selber abholen«, erklärte Mom und nahm ihren Schlüsselbund vom Küchentresen. »Wir wollten ihr nicht zumuten, während der Rushhour nach Boston und zurück fahren zu müssen. Ihr werdet am Bostoner Flughafen von einer Fahrerin abgeholt, und die bringt euch dann nach Pruet. Sie wird ein großes Schild mit euren Namen hochhalten.«

»Und wie lange fährt man vom Flughafen dann noch nach Pruet?«, fragte Zinnie und folgte Mom aus der Küche. In ihrem Kopf wirbelten noch eine Million weiterer Fragen durcheinander. Was würden sie bei Tante Sunny zum Frühstück bekommen? Konnte sie Champurrado kochen? Hatte Mom ihr gesagt, dass die Mädchen nach dem Abendessen und am Wochenende fernsehen durften? Hatte Tante Sunny viele Regeln, an die man sich halten musste? Würden sie ihre Zimmer jeden Tag aufräumen müssen? Würde sie Zinnie erlauben, abends lange zu lesen, wenn sie nicht einschlafen konnte? Wie viele Tage genau würden sie weg sein, weg von Kalifornien und ihren Eltern und Berta und ihren Zimmern und ihren ganzen Sachen? Wie viele Stunden, Minuten und Sekunden würden sie Tausende Meilen von ihrem Zuhause entfernt sein?

Ein anderer Ozean

Als sie aus dem Flugzeug stiegen, fiel Zinnie sofort eine rundliche, lächelnde Frau ins Auge, die ein Schild mit der Aufschrift SILVER-SCHWESTERN hochhielt. Zuerst dachte sie, das wäre Tante Sunny, aber dann erinnerte Viola sie daran, dass es die Fahrerin sein musste, die sie in das anderthalb Stunden entfernte Pruet bringen würde.

Nachdem sie ihr Gepäck in Empfang genommen hatten und ins Auto gestiegen waren, schaute Zinnie aus dem Fenster und dachte über ihre Situation nach. Lily schlief auf dem mittleren Sitz der Rückbank schnell ein, und Viola, die sich bewusst so weit weg von Zinnie gesetzt hatte wie möglich, starrte angestrengt aus dem Fenster auf der anderen Seite.

Der Flug war für Zinnie ziemlich turbulent gewesen, und zwar nicht nur, weil sie über den Rocky Mountains durch ein Unwettergebiet fliegen mussten. Und auch nicht nur, weil ihre Rückenlehne sich nicht nach hinten kippen ließ und weil sie schon irgendwo über dem Mississippi ihren im Handgepäck mitgebrachten *Elfen der Nacht*-Band zum x-ten Mal fertig gelesen hatte, sodass ihr nichts anderes übrig geblieben war, als gegen sich selbst Drei gewinnt zu spielen und aus herausgerissenen Bordmagazinseiten Origami-Tierchen zu falten.

Es war vor allem deswegen ein unangenehmer Flug gewesen, weil Viola immer noch sauer war, dass Zinnie ihr ihren ersten Kuss versaut hatte. Dabei hatte Zinnie das doch gar nicht mit Absicht getan, sondern nur in Bezug auf die Erdbeeren einen Fehler gemacht. Viola hatte während des ganzen Flugs kein Wort an sie gerichtet – mit einer Ausnahme, als sie Zinnie »Nummer zwei« genannt hatte. Und Zinnie wusste, dass das nicht nur darauf bezogen war, dass sie die Zweitgeborene war. Die Strafe war ihrem Verbrechen nicht angemessen, fand Zinnie. Zumal sie doch gar kein Verbrechen begangen hatte, sondern nur einen Fehler gemacht.

Mindestens fünf Mal hatte Zinnie versucht, Viola zu erklären, wie es dazu gekommen war: Sie hatte nicht gewusst, dass im Rhabarberkuchen Erdbeeren waren. Sie hatte noch nie Rhabarber gegessen, sie wusste vorher nicht einmal, was das war. Pilar hatte ihr davon vorgeschwärmt, bis Zinnie das Gefühl bekam, sie wäre die totale Niete, wenn sie nicht davon probierte. Natürlich wusste Zinnie, dass sie fragen musste, ob irgendwo Erdbeeren drin waren. Aber normalerweise sagte einem doch schon der Name, was drin war. In Pfirsichkuchen waren Pfirsiche drin, in Apfelkuchen Äpfel, in Blaubeerkuchen Blaubeeren. In keinem dieser Kuchen waren Erdbeeren versteckt, warum also im Rhabarberkuchen? Meinte Viola denn, dass Zinnie scharf drauf war, einen Ausschlag zu kriegen? Sich wie verrückt zu kratzen und bis zur Unkenntlichkeit anzuschwellen?

Aber vielleicht ging es auch um mehr als nur um den Kuss. Nachdem Viola mit Alex verschwunden war, waren Pilar und Zinnie in einen Wäscheladen gegangen, in dem Zinnie einen riesigen BH hochgehalten und mit tiefer Stimme ausgerufen hatte: »Der ist perfekt für meine riesigen Möpse! Gibt's auch das passende Höschen dazu?« Pilar hatte so heftig gelacht, dass Zinnie schon Angst hatte, sie würde sich gleich in die Hose machen. Und natürlich hatte das Zinnie ermutigt, weiterzumachen. Sie schnappte sich ein Unterwäsche-Set mit Leopardenmuster und rief: »Wo geht's denn hier zum Zoo? Ich bin ein wildes Tier!« Pilar fiel vor Lachen zu Boden und hielt sich den Bauch. Zinnie wünschte, Ronald P. Harp wäre da, damit er sah, dass die Leute es im wahren Leben sehr wohl klasse fanden, wenn sie Grimassen schnitt.

Außerdem wünschte sie sich, Viola wäre bei ihr. Sie wünschte sich, Viola wäre diejenige, die über ihre Witze lachte.

Zinnie hatte schon länger das Gefühl gehabt, dass Pilar sie gern mochte. Obwohl Zinnie noch in die fünfte Klasse ging (und damit für die Sechstklässler in die Kategorie »Uncool« fiel), redete Pilar täglich mit ihr, egal ob in der Bücherei oder auf dem Pausenhof oder vor den Schließfächern. Es war beinahe so, als würde Pilar und Zinnie eine ganz eigene Freundschaft verbinden. Und nachdem Pilar beim Ausflug in den Wäscheladen so laut gelacht hatte, dass ihr die Tränen kamen, hatte Zinnie sich gefragt, ob Pilar sie vielleicht lieber mochte als ihre ältere Schwester. So, wie Viola sie ständig ignorierte (oder höchstens tolerierte), tat es Zinnie echt gut, endlich mal wertgeschätzt zu werden.

Als die Fahrerin vom Freeway auf eine Nebenstraße abbog, begann Zinnie sich einzugestehen, dass es auch ein gutes Gefühl gewesen war, Pilars Aufmerksamkeit auf sich zu lenken, sozusagen Viola etwas davon weggenommen zu haben.

»Wir sind gleich da«, sagte die Fahrerin. Sie holperten über eine kleine Brücke, dann eine lange, baumbestandene Straße entlang und durch eine Kleinstadt mit Eisdiele, Café, Gemischtwarenladen, ein paar kleinen Geschäften, unter anderem mit Anglerbedarf, und einer winzigen Postfiliale. Ein Stück weiter die Straße hoch war eine kleine Werft, und als sie um eine Biegung fuhren, kam ein Hafen in Sicht. Dieser Ort war so anders als Los Angeles, wo alle Straßen breit und glatt gepflastert waren, wo die von Autos wimmelnden Freeways sich wie Schlangen über- und untereinander durchwanden, wo die Gehwege von Palmen gesäumt wurden, die aussahen wie langbeinige Wächter mit zerzausten Hüten. Während sie die Straße entlangfuhren, hatte Zinnie das Gefühl, sie bewegten sich durch ein Buch über die Freuden der Sommerferien. Die kleinen, mit grauen Schindeln gedeckten Häuser am Straßenrand sahen mit ihren grellweißen, roten oder grünen Fensterläden und ihren Blumenkästen vor den Fenstern wie Urlaubshütten aus. Die glatte Oberfläche des Wassers funkelte tiefblau. Segelboote zogen in der Ferne vorbei. Die dicht belaubten Bäume sahen aus, als könnten sie von sprechenden Tieren bewohnt sein.

»Ich dachte, wir wären hier weit weg von Kalifornien«, sagte Lily.

»Sind wir auch«, erwiderte Zinnie. »Wir sind ganz am anderen Ende von Amerika.«

»Warum ist der Ozean dann immer noch da?«, fragte Lily weiter.

»Das ist ein anderer Ozean«, erklärte Zinnie.

»Ein anderer Ozean?« Erschrocken umklammerte Lily ihren Benny.

Kurz darauf bogen sie auf einen Feldweg ein. Zu beiden Seiten ragte eine aus großen, runden Steinen gebaute Mauer auf, die so aussah, als könnte sie jederzeit einstürzen.

Sie fuhren eine lange Auffahrt hoch und hielten schließlich vor einem kleinen Haus. Zinnie kurbelte ihr Fenster ganz herunter. Die Luft duftete süß und grün und sonnendurchflutet. Am Fenster erschien ein Gesicht, dann flog die Eingangstür auf.

Tante Sunny

Tante Sunny hatte kurze graue Haare, eine schmale Brille und ein breites Lächeln im Gesicht. Sie eilte auf die Schwestern zu, begrüßte sie der Reihe nach, musterte sie von oben bis unten und schüttelte ihnen die Hand. Zinnie gefiel es, wie Tante Sunny ihr in die Augen sah. Die Lehrer, die das auch so machten, mochte sie am liebsten.

»Ach, ich kann nicht anders, ich muss euch alle mal drücken«, sagte Tante Sunny. Dann schlang sie die Arme um die Schwestern und presste sie an ihre Brust. Sie roch ein bisschen nach Kürbiskuchen. Sobald sie die Mädchen wieder losließ, schob Lily sich schüchtern hinter Zinnie, während Viola einen Schritt zurücktrat und erst mal den Handyempfang prüfte.

»Hm, ich krieg hier keinen Empfang, und wir müssen unbedingt unsere Eltern anrufen, dass wir gut angekommen sind …«, sagte sie.

Zinnie tastete in den Taschen nach ihrem Handy, vielleicht hatte das ja ein Signal. »Oh nein«, sagte sie dann und kramte erschrocken in allen Jeans- und Sweatshirt-Taschen. »Ich hab mein Handy in L. A. vergessen.«

»Bist du sicher?«, fragte Viola.

Zinnie nickte. Sie sah es vor sich, wie es eingestöpselt dalag. In der Eile heute Morgen hatte sie es einfach vergessen.

»Du wirst es sowieso nicht brauchen. Wir haben hier so gut

wie nie Empfang«, sagte Tante Sunny. Zinnie sah, wie Viola blass wurde. »Aber keine Sorge, ihr könnt vom Festnetz anrufen. Okay, also …« Tante Sunny klatschte dreimal in die Hände. »Zeit für den großen Rundgang.«

Ihr Gepäck hinter sich her ziehend, folgten sie ihr ins Haus.

So ein seltsames Haus hatte Zinnie noch nie gesehen. Es schien direkt einem Märchen entsprungen zu sein. Über der Eingangstür wölbte sich ein steinerner Bogen und statt eines Türknaufs war ein kleiner Riegel angebracht. Alles bestand hier aus Holz: hölzerne Böden, hölzerne Wände, hölzerne Decken.

Auch der Küchentresen war aus Holz gemacht, genau wie der Tisch und die zwei langen Bänke, die links und rechts von ihm standen. Und das ganze Haus war ein einziges Labyrinth, mit einer Vielzahl winziger Zimmer, die durch Türen miteinander verbunden waren und auf unterschiedlichen Ebenen lagen, sodass man fast immer eine Stufe hoch oder runter gehen musste, um ins nächste Zimmer zu gelangen. Wie sollen wir hier die Küche finden, wenn wir nachts Durst haben?, fragte sich Zinnie. Sie würde sich eine Karte zeichnen müssen, um sich zurechtzufinden.

Überall hingen Bilder von Booten an den Wänden: Fotos, Gemälde, Zeichnungen. Winzige, kunstvoll gearbeitete Skulpturen von Booten und andere Deko-Gegenstände, die mit Booten und dem Meer zu tun hatten, schmückten die Räume. Außerdem gab es überall gemalte Wellenlandschaften und Postkarten von Stränden, auf den Fenstersimsen waren Muschelsammlungen arrangiert und auf einem Beistelltisch lag eine Holzschnitzerei in Form einer Wal-Schwanzflosse.

Zinnie blieb vor einem der Fotos im Arbeitszimmer stehen.

Es war ein Schwarz-Weiß-Bild von einem Paar, das in einem kleinen Segelboot saß und demjenigen zuwinkte, der das Foto geschossen hatte.

»Schönes Bild, nicht wahr?«, sagte Tante Sunny.

»Wer ist das?«, fragte Zinnie.

»Na ja, das da bin ich.« Tante Sunny zeigte auf die junge Frau mit dem langen geflochtenen Zopf. Tatsächlich, jetzt erkannte Zinnie auch ihre Augen. »Das bin ich mit Ham auf der Tippy, unserem kleinen Katboot. War eine richtige Schönheit, unsere Tippy.«

»Ham? Was für ein Ham? Ich dachte, du lebst allein?«, fragte Lily.

Zinnie stupste sie peinlich berührt an.

»Ach, Ham ...« Tante Sunnys breites Lächeln schoss Lachfältchen nach allen Seiten ab. »Hamish Holt. Ein hübscher Teufel war das, findet ihr nicht? Er war mein Ehemann.«

»Und wo ist er jetzt?«, fragte Zinnie.

»An Krebs gestorben, schon vor vielen Jahren.«

»Oh, das tut mir so leid«, sagte Viola, und trotz ihres Streits war Zinnie auf einmal stolz auf ihre Schwester, weil sie genau die richtigen Worte gefunden hatte.

»Ich glaube, Bertas Mutter hat auch Krebs«, sagte Lily.

»Viele Leute schaffen es, den Krebs zu besiegen«, sagte Tante Sunny. »Bei Ham war das leider nicht so. Es hat eine Weile gedauert, bis ich mich dran gewöhnt hatte, dass er nicht mehr da ist. Ging nur Stück für Stück. Jetzt geh ich ihn immer auf dem Friedhof besuchen.«

»Ist er denn nicht als Ganzes gestorben?«, fragte Lily.

»Was meinst du damit?« Tante Sunny setzte sich auf die Kante ihres großen Holzschreibtisches.

»Du hast gesagt, er ist Stück für Stück gegangen. Sind da manche Körperteile zuerst abgefallen?«

Zinnie biss sich auf die Lippe. Was für eine merkwürdige Unterhaltung! Auch Viola hatte entsetzt die Hände vor den Mund geschlagen. Doch Tante Sunny legte Lily eine Hand auf die Schulter und kriegte sich vor Lachen gar nicht mehr ein.

»Du liebe Güte«, sagte sie, als sie endlich wieder sprechen konnte. Sie nahm ihre Brille ab und wischte sich die Augen. »Nein, er ist als Ganzes gestorben und wurde auch am Stück begraben. Ich wollte damit sagen, dass ich mich nur langsam, nach und nach, an seine Abwesenheit gewöhnt habe. Na los, wollen wir jetzt mit dem Rundgang weitermachen?«

Sie führte die Mädchen in einen weiteren niedrigen Flur, von dem aus sie über eine Stufe in einen kleinen Bogengang und von da in einen Raum gelangten, in dem es einen Kamin gab, ein Sofa und mehrere dicke, bequeme Sessel. »Das hier ist das Wohnzimmer«, sagte sie. »Nachmittags hat man hier herrlich viel Sonne. Und es ist der beste Ort im ganzen Haus, wenn man gemütlich ein Buch lesen will.« Da war ein großes Fenster, das auf den Garten und den dahinterliegenden Ozean hinausblickte. Ein breiter Teppich mit einer Meerjungfrau darauf bedeckte den Boden.

»Entschuldigung, aber wo ist denn dein Fernseher?«, fragte Zinnie.

»Ich hab gar keinen«, antwortete Tante Sunny und zeigte auf das Fenster. »Ich finde, die Natur bietet einem das beste Programm. Von hier aus kann man wunderbar beobachten, wie Sommerstürme über den Himmel fegen. Und nur ein Stück von dem Baum da drüben entfernt lebt eine kleine Fuchsfamilie.«

Lily hielt schon nach den Füchsen Ausschau, während Zinnie und Viola den ersten geschwisterlich einhelligen Blick seit dem Erdbeer-Vorfall wechselten. Kein Fernseher? Dad schrieb Drehbücher fürs Fernsehen, Viola spielte in einer Fernsehserie mit … Alle drei Silver-Schwestern hatten ihre Lieblingssendungen, die sie sich regelmäßig anschauten. Fernsehen war eine der wenigen Sachen, die sie gemeinsam machen konnten, ohne in Streit zu geraten.

»Ähm … Internet hast du dann wohl auch nicht?«, fragte Viola.

»Aber sicher! Ich lebe doch nicht hinter dem Mond! Kommt mit«, sagte Tante Sunny. »Ich zeige euch, wo ihr die nächsten drei Wochen schlafen werdet.«

Die Schlafkoje

Im Gänsemarsch gingen sie die schmale Treppe hinauf: erst Tante Sunny, dann Viola, dann Zinnie und schließlich Lily. Viola, die zwei Stufen unterhalb von Tante Sunny ging, konnte nicht anders, als auf deren Beine zu schauen, die für eine ältere Dame ziemlich kräftig und sonnengebräunt waren.

Oben befand sich ein Dachzimmer, dessen Fenster auf den hinteren Garten hinausblickte. Das Zimmer war komplett weiß gestrichen, von der Decke über Boden und Wände bis hin zum alten Heizkörper. Vier Türen, die kein Stück höher waren als Lilys Scheitel, säumten die Wände und waren mit hölzernen Riegeln verschlossen.

»Sind dahinter Geheimgänge versteckt?«, fragte Zinnie aufgeregt.

»Das sind Wandschränke«, erklärte Tante Sunny und öffnete eine der Türen, um ihre Worte zu verdeutlichen.

Viola wandte ihre Aufmerksamkeit den zwei schmalen, kurzen Betten im Raum zu. Auf jedem lag eine hellblaue Decke ausgebreitet, das Laken zu einem schmalen weißen Streifen umgeschlagen, und oben lag je ein einzelnes weißes Kissen. Diese Betten standen in krassem Gegensatz zu den rosafarbenen, flauschig-weichen Daunendecken-Burgen, die die Mädchen zu Hause hatten, wo kein Mitglied der Familie Silver jemals weniger als vier farblich aufeinander abgestimmte Kissen besaß, ob nun quadratisch, rechteckig oder rund.

Wären die bunten Teppiche am Boden nicht gewesen, die farblich irgendwie dazu passten, irgendwie aber auch nicht, dazu die zwei weiß lackierten Kommoden und das Puppenhaus, das direkt einer Folge von *Unsere kleine Farm* entnommen zu sein schien, Viola hätte beinahe geglaubt, sie wären in einem Armee-Camp gelandet. Clint Lee hatte einmal in einem Militärfilm mitgespielt, und die Pritschen, auf denen die Soldaten da schliefen, hatten genau wie diese schmalen Betten hier ausgesehen, nur mit grünen Decken statt der blauen.

»Sieht vielleicht nicht so aus, aber man schläft richtig bequem darauf. Ham hat die Betten eigenhändig gezimmert, nach dem Vorbild der Kojen, die er in seinen Booten eingebaut hat. Es ist einfach ein Stück Segeltuch, das auf einen hölzernen Rahmen gespannt wird. Da kann man sich wunderbar reinkuscheln.« Lily und Zinnie setzten sich jede auf eins der Betten. Zinnies Augen leuchteten und sie lächelte. Viola vermutete, dass sie sich vorstellte, ein blinder Passagier auf einem Schiff zu sein.

Das einzig Gute, das Viola diesem Zimmer abgewinnen konnte, war die Tatsache, dass nur diese beiden Betten darin standen, denn das bedeutete, dass Viola woanders schlafen würde. Und Viola brauchte ihre Privatsphäre unbedingt. Sie wollte die Tür hinter sich zumachen und ihre Schwestern aussperren können. Sie brauchte etwas Eigenes: einen eigenen Kleiderschrank, ein eigenes Fenster, eigene vier Wände. Viola legte immer viel Wert darauf, dass alles um sie herum so arrangiert war, wie sie es für richtig hielt. Zinnie war so unordentlich, dass Viola sich bei der Erinnerung an das Zimmer ihrer Schwester in L. A. regelrecht schüttelte – die ganzen Klamotten auf dem Fußboden, der mit Heften und Büchern übersäte Schreibtisch … Für Pruet hatte Viola ihre Erwartungen schon so weit heruntergeschraubt, dass sie kein eigenes Badezimmer erwartete, aber sie tröstete sich mit dem Gedanken, dass sie zumindest ein eigenes Zimmer haben würde, ihr eigenes Reich. Schließlich waren diese zwei Betten zu wenig für drei Schwestern, und bestimmt würde niemand von ihr erwarten, dass sie auf dem Fußboden schlief.

»Ich hoffe, ihr fühlt euch wohl hier«, sagte Tante Sunny, und Viola fiel auf einmal ihr Ostküstenakzent auf, ihre seltsame Art, die Vokale in die Länge zu ziehen. »Ich weiß, es ist alles ganz schlicht und bescheiden, aber schließlich sind die einfachsten Dinge oft auch die besten.«

»Keine Sorge«, sagte Viola. »Ich helfe den beiden, ihre Sachen einzuräumen, nachdem ich mich in meinem Zimmer eingerichtet habe.«

Tante Sunny lächelte, durchquerte das Zimmer, löste einen Riegel an der Wand – und zack, tauchte wie von Zauberhand eine dritte Koje auf.

»Ein Geheimbett!«, rief Lily und klatschte in die Hände. Zinnie lächelte. Viola schluckte trocken.

»Ist das nicht toll?«, sagte Tante Sunny. »So könnt ihr alle im selben Zimmer schlafen. Drei Betten für drei Schwestern. Und jetzt – wer hat Appetit auf Hamburger zum Abendessen?«

Während Tante Sunny das Fleisch auf dem Grill briet, riefen die Mädchen zu Hause an. Das Telefon stand mitten im Wohnzimmer, und der Hörer war über ein altmodisches Spiralkabel mit dem Telefon verbunden, ähnlich wie bei den Geräten, die sie in der Schule hatten. Viola hätte nie gedacht, dass es so etwas noch in Privathaushalten gab. Mit diesem einen Festnetzgerät im Haus und ohne jeglichen Handyempfang hatte sie das Gefühl, als wäre sie selbst des letzten Funkens Privatsphäre beraubt worden. Da sie die Älteste war, würde sie ihre Eltern anrufen müssen. Sie nahm den Hörer ab und wählte die Nummer.

»Hallo?«, meldete sich Mom.

»Hallo«, sagte Viola mit einem Kloß im Hals. Zum allerersten Mal würde sie länger als ein Wochenende von ihren Eltern getrennt sein. Sie hatte damit gerechnet, Pilar und ihr Zimmer und ihre ganzen Sachen zu vermissen, und sie war darauf gefasst gewesen, Zinnie und Lily trösten zu müssen, wenn sie Heimweh bekamen. Sie hatte sogar schon mit Mom darüber geredet. Aber womit sie eindeutig nicht gerechnet hatte, war, dass sie selbst Heimweh bekommen würde. Vielleicht weil sie eben die Älteste war und alle davon abhingen, dass sie stark blieb. Oder vielleicht hatte sie so mit dem Verpassen des Castings für *Elfen der Nacht* gehadert, dass sie sich gar nicht richtig klargemacht hatte, dass sie ganze drei Wochen lang von ihren Eltern getrennt sein würde. Vielleicht war sie nach dem langen, wackeligen Flug und dem Streit mit Zinnie auch einfach nur erschöpft. Jedenfalls hätte Viola nie damit gerechnet, dass der Klang von Moms Stimme, so warm und wohlvertraut, sie fast zum Weinen bringen würde.

»Wie geht es dir, Liebes?«, fragte ihre Mutter. »Wie war der Flug?«

»Okay.« Zinnie und Lily saßen auf der Couch und sahen sie aus ihren großen braunen Augen an. Viola wollte auf keinen Fall, dass sie mitbekamen, wie nahe sie den Tränen war. Egal wie sauer sie auf Zinnie war, weil die ihr den ersten Kuss ruiniert hatte – sie wusste genau, dass Zinnie auch sofort weinen würde, wenn sie selbst weinte, und Lily würde sich natürlich gleich anschließen. Und so holte Viola tief Luft und sagte: »Wir wollten euch nur Bescheid sagen, dass wir gut angekommen sind.«

»Ach schön. Ich hab euch so lieb!«, sagte Mom.

»Ich dich auch«, erwiderte Viola. »Ich geb dir jetzt Zinnie.« Sie reichte ihrer Schwester das Telefon und drehte sich hastig weg, damit niemand die zwei winzigen Tränen sehen konnte, die ihr die Wangen hinunterkullerten, obwohl sie sich doch solche Mühe gegeben hatte, sie zurückzuhalten.

Pancakes und Träume

Am nächsten Morgen wurde Zinnie vom Duft nach Pancakes geweckt. Lily war weg, nur die kleine Kuhle, die ihr zarter Körper auf dem Laken hinterlassen hatte, und die am Fußende zusammengeknüllte blaue Decke zeugten davon, dass sie hier geschlafen hatte. Viola schlief immer noch, einen Arm theatralisch über dem Gesicht drapiert, den anderen über dem Herzen. Zinnie tapste im Schlafanzug die Treppe hinunter und entdeckte Lily, die auf einem Stuhl vor dem Herd stand und mit einer Schöpfkelle Pfannkuchenteig in eine Grillpfanne goss, in der flüssige Butter zischte und Bläschen warf. Tante Sunny war schon fertig angezogen, stand neben Lily und führte deren Hand, als sie den Teig in drei Ringen hineingoss. Zinnie lief beim Geruch der ausgelassenen Butter das Wasser im Mund zusammen.

»Guten Morgen, Zinnia«, sagte Tante Sunny. »Auf dem Tisch steht Saft, und das Wasser aus der Leitung kann man auch gut trinken. Die Blaubeer-Pancakes sind gleich fertig, deine Schwester hat gerade noch die letzten paar in Arbeit, und sie macht das ganz fabelhaft. Wie hast du geschlafen?«

»Gut«, sagte Zinnie und goss sich etwas Saft in ein Glas. »Kannst du auch Champurrado kochen?«

»Shampoo-was?«, fragte Tante Sunny.

»Nicht Shampoo!«, sagte Lily lachend. »Champurrado.«

»Das ist ein mexikanisches Getränk«, erklärte Zinnie. »So ähnlich wie heißer Kakao.«

»Ich fürchte, das kann ich nicht, aber ihr könnt es mir ja vielleicht beibringen«, schlug Tante Sunny vor.

»Nur Berta kann das«, sagte Lily traurig.

»Vielleicht finden wir ja im Internet ein Rezept dafür«, schlug Zinnie vor. Sie hielt inne, weil ihr gerade etwas durch den Kopf geschossen war, doch sie konnte den Gedanken nicht greifen. »Oh, ich … ich hab was Komisches geträumt.«

»Erzähl«, sagte Tante Sunny und stellte einen Teller mit Blaubeer-Pancakes auf den Tisch. »Es haben auch schon andere Leute gesagt, sie hätten in den Betten lebhafte Träume gehabt.«

Zinnie nippte an ihrem Orangensaft und versuchte sich zu erinnern. »Da war eine Fee, die in der Dunkelheit herumflog.«

»Wie poetisch«, sagte Tante Sunny. »Hat vielleicht etwas mit deiner Gefühlslage zu tun.« Sie verteilte die Pfannkuchen mit den Händen auf fünf Teller. »War die Fee eher lieb oder eher bedrohlich?«

Zinnie stellte ihr Glas ab. »Nein, Moment, da waren zwei Feen. Eine gute und eine böse.«

»Ah, wie das Leben zwei Seiten hat, eine helle und eine dunkle.«

Zinnie ließ die Worte ihrer Tante nachhallen. Da war was dran – sie selbst dachte manchmal, sie sei der netteste Mensch der Welt, wie letzten Abend zum Beispiel, als sie Lily geholfen hatte, ihre Höschenwindel anzuziehen, und ihr versichert hatte, dass auch große Mädchen manchmal ein bisschen mehr Schutz brauchten. Aber andererseits war es noch nicht lange her, dass sie sich darüber gefreut hatte, Viola die beste Freundin abspenstig gemacht zu haben. Hell und Dunkel, Gut und Böse. Ach, lieber an Blaubeerpfannkuchen denken.

Da kam Viola in T-Shirt und Leggings in die Küche gestapft.

»Guten Morgen«, sagte Tante Sunny. »Willst du uns beim Frühstück Gesellschaft leisten? Ich dachte, wir könnten nachher vielleicht schwimmen gehen.«

»Lily nicht«, sagte Zinnie. »Sie hat Angst vor dem Wasser.«

»Ehrlich? Wie kommt das?«

»Als ich klein war, hat mich eine große Welle umgeworfen und mich so doll rumgeschmissen, dass ich gar keine Luft mehr bekommen habe ... Ich wäre fast gestorben.« Die letzten Worte flüsterte Lily nur noch. »Aber Daddy hat mich gerettet.«

»Wie schrecklich«, sagte Tante Sunny. »Die kalifornischen Wellen können echt tückisch sein.«

»Sie wurde von der Unterströmung erfasst«, erklärte Viola. »Und seitdem ist sie nie wieder ins Meer gegangen.«

»Kann ich verstehen. Muss eine beängstigende Erfahrung gewesen sein.«

»Aber das macht nichts«, sagte Lily. »Berta, mein Kindermädchen, kann nämlich auch nicht schwimmen.«

»Okay, dann kann Lily am Strand eine Sandburg bauen. Oder ich bleibe mit ihr zu Hause und wir werkeln im Garten, während ihr beiden anderen in die Stadt geht und euch ein bisschen umschaut«, schlug Tante Sunny vor. »Ich kann euch eine Karte zeichnen.«

»Wir dürfen ganz allein in die Stadt?«, hakte Zinnie nach.

»Na sicher.«

»In L. A. darf nur ich ohne die Begleitung eines Erwachsenen in die Stadt gehen. Zinnie nicht«, erklärte Viola – und fing sich gleich einen giftigen Blick von ihrer Schwester ein.

»Also, in Pruet ist es längst nicht so gefährlich wie in L. A. Das ist schon in Ordnung«, sagte Tante Sunny. »Ihr müsst nur versprechen, immer zusammen zu bleiben.«

Grinsend goss sich Zinnie einen großen Schluck Ahornsirup auf ihr letztes Stückchen Pancake.

Erste Kontaktversuche

Viola nahm ihre Sachen mit in das kleine Badezimmer unter dem Dach und zog ihr weißes Sommerkleid an. Dann schlüpfte sie in die goldenen Schuhe mit Keilabsatz, die sie knapp fünf Zentimeter größer erscheinen ließen. Pruet war vielleicht ein winziges Provinzkaff, aber das hieß ja noch lange nicht, dass sie hier wie eine Nullnummer herumlaufen musste. Der einzige Spiegel im Badezimmer war nur etwa so groß wie ein Mathe-Schulbuch und schon ziemlich blind und taugte damit höchstens dazu, dass man sich beim Zähneputzen darin sehen und sicherstellen konnte, dass einem nicht alle Haare zu Berge standen. Trotzdem trug Viola ein bisschen Lipgloss auf und – weil Mom nicht da war – sogar etwas Wimperntusche. Dann bürstete sie sich die Haare und steckte ihr Telefon in die Handtasche.

Ein funktionierendes Handynetz zu finden – das war Violas Aufgabe des Tages. Und es war ihr egal, wie weit sie laufen musste, um es zu finden, und sei es bis aufs Meer hinaus. Nach dem Anfall von Heimweh gestern Abend hatte sie beschlossen, dass sie hier nicht drei Wochen herumsitzen und Trübsal blasen würde. Sie musste in Bewegung kommen. Das Ziel: mit ihrer nigelnagelneuen Agentin in Kontakt treten. Viola war fest entschlossen, zum Casting für *Elfen der Nacht* zu gehen, egal was ihre Eltern sagten. Viola hatte für Notfälle eine Kreditkarte, und wenn es nicht anders ging, würde sie die eben einsetzen, um wieder nach Los Angeles zu kommen. Wenn sie erst mal ein Filmstar war, würden ihre Eltern das schon verstehen. Sie hatte sich sogar vorgenommen, ihrer ganzen Familie dann einen Urlaub auf Hawaii zu spendieren.

»Fertig?«, fragte Zinnie, als sie ins Badezimmer hereingerauscht kam. »Wow, du siehst aus wie ein Teenager. Nur der Busen fehlt noch.«

»Haha.« Viola musterte Zinnie mit ihrer kurzen Hose, ihrem T-Shirt, den schlicht zurückgekämmten Haaren und dem alten Sweatshirt, das sie sich um die Taille gebunden hatte. »Und du siehst aus wie mein kleiner Bruder. Was soll denn das Ding da um deine Hüften?«

»Tante Sunny hat gesagt, hier ist das Wetter ziemlich unberechenbar, da ist es immer besser, mehrere Schichten übereinander anzuziehen. Na los, lass uns gehen.«

Mit Tante Sunnys Karte gewappnet, machten sich die zwei Mädchen auf den Weg die Anchor Lane hinunter. Die Straße lag im Schatten und wurde zu beiden Seiten von Steinmauern gesäumt.

»Da, schau mal!« Zinnie blieb stehen, um zwei Pferde zu beobachten, die mit gesenktem Kopf und peitschendem Schweif auf einer Weide grasten.

Viola hielt ebenfalls inne, aber nur um ihr Handy zu checken. Immer noch kein Empfang.

»Weiter«, drängte sie.

Am Ende der Weide bogen sie auf die Harbor Road ein, die direkt in den kleinen Ort hineinführte. Nach wenigen Minuten leuchtete schon der erste Balken auf Violas Display. Sie schaute hoch – sie standen direkt vor einer breiten Zufahrt, über der ein Schild mit der Aufschrift JACHTKLUB PRUET hing. Viola ging ein paar Schritte weiter auf den Parkplatz, und das Empfangssignal verstärkte sich.

»Komm mit«, sagte sie.

»Okay«, erwiderte Zinnie. »Aber … dürfen wir da überhaupt rein?«

Zugegeben, auch Viola kam das nicht vor wie ein Ort, wo jeder einfach so rein- und rausspazieren konnte. Am Eingang saß ein Mann mit einem Klemmbrett an einem Tisch und kontrollierte, welche Autos hineinfuhren. Viola beschloss, eine Methode anzuwenden, die sie im Schauspielkurs gelernt hatte: das magische »Als ob«. Fast meinte sie Ronald P. Harps Stimme zu hören, während sie in Gedanken so tat, als ob sie den Typen mit dem Klemmbrett kennen würde, als ob sie ständig hierher käme und als ob sie genau wüsste, wohin sie wollte.

»Tu einfach ganz normal«, sagte Viola zu ihrer Schwester und setzte ihr gewinnendes Lächeln auf. Der Typ mit dem Klemmbrett kniff die Augen zu, als sie an ihm vorbeigingen.

»Hallo!«, rief Viola noch und winkte ihm zu, als würde sie ihn schon ein Leben lang kennen. Lächelnd winkte er zurück und widmete sich wieder seinem Klemmbrett. Geschafft!

Die Mädchen gingen die kiesbedeckte Auffahrt hoch, vorbei an einem grauen Gebäude, das ungefähr so groß war wie das Haus der Silvers, an einer großen grellgrünen Rasenfläche entlang, von der ein Fahnenmast aufragte, bis zu vier Anlegestegen, die sich in den kleinen Hafen hineinreckten. Boote waren zu beiden Seiten der Anleger festgemacht, andere dümpelten weiter draußen auf dem Wasser. Der Ort fühlte sich seltsam vertraut an, obwohl Viola noch nie hier gewesen war. Er erinnerte sie an einen Jachthafen, den sie mal in der Nähe von L. A. gesehen hatte.

Ein paar Jahre zuvor waren die Silvers nämlich am Muttertag zu einem großen Brunch in Marina del Ray gewesen, und vom Restaurant hatte man dort auf den mit Booten übersäten Hafen hinausblicken können. Da waren bestimmt zehnmal so viele Boote gewesen wie hier, und alle waren Viola riesig vorgekommen. Am Nachmittag war die Familie an den Kais entlangspaziert. Viola war vorneweg gelaufen und hatte sich auf einmal so verirrt, dass sie ihre Familie nicht mehr sehen konnte. Plötzlich war ihr der Hafen wie ein Labyrinth vorgekommen, aus dem sie vor lauter riesigen Bootsmotoren und haushoch aufragenden Schiffsrümpfen nicht mehr herausfand. Aus einer der Jachten dröhnte laute Musik hervor, und überall lag der schwere Geruch von Treibstoff in der Luft. Viola war kurzfristig in Panik geraten – bis schließlich ihre Familie wieder in Sicht kam.

Hier dagegen konnte man sich unmöglich verlaufen, dachte sie mit Blick auf den friedlich daliegenden Hafen, in dem auch ein paar große, aber mehrheitlich kleine Boote vertäut waren. Eine Entenfamilie schwamm unter einem der Anleger hindurch. Die Flagge schlappte leise gegen den Mast. Eine leichte Brise zerzauste Viola das Haar. Sie hielt einen Augenblick inne, in Gedanken daran, wie viel kleiner als in Kalifornien hier alles war, der Ozean, die Häuser, die Welt. Selbst die Möwen. Aber dann ging sie wieder weiter. Sie musste einen Anruf tätigen, bevor Zinnie und sie womöglich als Unbefugte wieder rausflogen. Sie hielt auf einen der Anleger zu, ihre Schwester war ihr dicht auf den Fersen.

»Der Junge da drüben starrt dich an«, sagte Zinnie.

Viola drehte sich zu der Gruppe Kinder um, die ungefähr in ihrem Alter zu sein schienen. Alle trugen die gleichen blauen T-Shirts mit der Aufschrift »Segelteam Pruet«. Sie waren zu acht, hauptsächlich Jungs, und sie standen auf dem Kai und sahen einem Lehrer zu, der ihnen im Inneren eines Segelboots irgendetwas demonstrierte. Tatsächlich, einer der Jungs schaute zu ihr herüber. Er hatte ganz kurz geschnittenes rotes Haar, im Gegensatz zu den Jungs in Kalifornien, die ihre Haare gern lang trugen, damit sie sie aus dem Gesicht schütteln konnten, wenn sie ihre Skateboard-Tricks vorführten.

»Ganz schön heiß«, sagte Zinnie und wackelte vielsagend mit den Augenbrauen. »Da kommt man echt ins Schwitzen.«

»Hör auf mit dem Unsinn«, sagte Viola und schaute wieder auf ihr Handy. »Oh Gott, hier hab ich richtig Empfang! Ich muss sofort Jill anrufen!« Sie tippte im Gehen Jills Nummer ein, aber die Verbindung konnte nicht hergestellt werden. Also stapfte Viola weiter bis zum Ende des Anlegers. »Hier ist es noch besser«, sagte sie und stellte sich so weit links hin wie möglich, direkt vor ein kleines Segelboot, das dort festgemacht war. Dann sprang sie kurz entschlossen auf das Boot und schwankte leicht bei der Landung.

»Äh … Viola …«, raunte Zinnie. »Ich weiß nicht, ob das so eine gute Idee ist.«

»Hier hab ich gleich zwei Signalbalken! Zwei!« Viola machte noch ein paar Schritte auf das Boot hinaus.

»Viola!«, zischte Zinnie und winkte sie hastig wieder zurück an Land.

»Oh, es klingelt!« Das Boot schaukelte, als Viola vor Freude auf und ab hüpfte, und sie musste leicht in die Knie gehen, um ihr Gleichgewicht zu halten.

»Hallo? Ja, hier ist Viola Silver! Ich muss dringend Jill sprechen!«, schrie Viola. Zinnie legte warnend einen Finger auf den Mund. Und dann war die Telefonleitung auf einmal tot.

»Mist!«, rief Viola. »Unterbrochen!« Sie stampfte mit dem Fuß auf. »Ich hatte sie fast dran und jetzt ist sie wieder weg!«

»Wir sollten jetzt wirklich schnell weg hier«, drängte Zinnie.

»Jetzt mach mal nicht so einen Stress«, sagte Viola.

»Aber die Leute gucken schon.«

In der Tat, das ganze Segelteam starrte bereits zu ihnen herüber. Viola warf sich das Haar über die Schulter und stopfte ihr Telefon in die Handtasche. »Na schön, dann gehen wir eben zur Eisdiele. Vielleicht hab ich da auch Empfang.«

Da fing ihr Handy plötzlich an zu summen. »Vielleicht ist das Jill!«, rief Viola. Aber als sie herumwirbelte, um ihr Handy wieder aus der Tasche zu holen, verfing sich ihr Schuhabsatz in einem Tau und sie geriet aus dem Gleichgewicht.

Mit einem lauten *Platsch* stürzte sie kopfüber ins kinntiefe, grünlich-trübe Hafenwasser.

Schwimmen oder untergehen!

»Viola!«, schrie Zinnie. Ihre Schwester tauchte an der Wasseroberfläche auf, die Haare klebten an ihrem Kopf. Sie schnappte nach Luft. Zinnie umklammerte die Kante des Anlegers. »Da drüben ist eine Leiter!« Auch wenn sie nie die Beste im Team gewesen war, konnte Viola doch ziemlich gut schwimmen, und so war es keine Überraschung, dass sie es schnell zum Anleger schaffte. Sie hatte es sogar hingekriegt, unter Wasser ihre Handtasche festzuhalten, die sie jetzt zu Zinnie auf die Kaibretter hochwarf, als sie die Leiter erreicht hatte. Zinnie fing die durchweichte Tasche auf. Sie spähte zu Viola hinunter, die ihre im Wasser dümpelnden Schuhe einsammelte und ebenfalls auf den Anleger hochschleuderte. Dann kletterte sie zitternd und triefnass die Leiter hoch, die Augen wegen des Salzwassers fest zugekniffen.

Violas dünnes weißes Sommerkleid, das noch vor einer Stunde so schick und erwachsen gewirkt hatte, war nun komplett durchnässt und klebte durchsichtig an ihrem Körper. Zinnie konnte ihre Unterhose sehen, weiß mit blauen Sternchen. Schützend verschränkte Viola die Arme vor der Brust, während sie prustete und Wasser spuckte. Zinnie fühlte sich selbst merkwürdig atemlos. Sogar fies und besserwisserisch war ihr ihre Schwester lieber als jetzt, wo sie wie ein halb ertrunkenes Kätzchen aussah. Ohne zu zögern hätte Zinnie mit ihr getauscht.

»Alles okay bei euch?«, rief eine Stimme.

Zinnie wirbelte herum – der Segellehrer kam auf sie zugerannt, dicht gefolgt von der kompletten Schülerschaft.

»Alles bestens«, rief Zinnie und hoffte wider besseres Wissen, dass sie daraufhin alle umkehren und sich wieder um ihren eigenen Kram kümmern würden.

»Oh nein«, sagte Viola zähneklappernd. »Das ist doch echt zum Kotzen.«

»Schnell.« Zinnie wickelte sich das Sweatshirt von den Hüften und warf es Viola über den Kopf. Viola zerrte es über ihren Körper herunter und hatte es gerade geschafft, ihren Hintern damit zu bedecken, als auch schon die ganzen Segler sie umzingelten.

»Ist hier wirklich alles in Ordnung?«, fragte der Lehrer.

»Ja, mir geht's gut«, sagte Viola und reckte sich, um ihre Worte zu unterstreichen.

»Ihr solltet hier nicht unbeaufsichtigt rumspazieren«, sagte der Lehrer. »Wo sind denn eure Eltern?«

»Die sind heute nicht mitgekommen«, erwiderte Viola. »Meine Schwester und ich wollten nur einen kleinen Bootsausflug machen.«

»Ich hab euch noch nie hier gesehen. Gehört ihr überhaupt zu diesem Jachtklub?«, fragte der Junge mit dem kurz geschorenen Haar.

»Warum sollten wir hier sein, wenn wir nicht hierher gehören?«, gab Viola zurück und drückte sich den Pferdeschwanz aus, dass das Wasser auf den Anleger pladderte. Im Schutz des selbstbewussten Auftretens ihrer Schwester spürte Zinnie, wie ihre eigene Panik sich etwas lockerte. Irgendwie würde Viola das alles schon wieder in Ordnung bringen.

»Ich hab dich auf jeden Fall schon mal gesehen«, wandte sich der Lehrer an Viola. Zinnie musste ein Lächeln unterdrücken. Bestimmt hatte er Viola im Fernsehen gesehen! »Aber wenn ihr Mädchen im Umgang mit Booten noch so unsicher seid, solltet ihr auch keinen Bootsausflug machen.«

»Okay«, sagte Viola.

»Los, zurück zum Unterricht«, sagte der Mann zu seinen Schülern. »Und ihr beiden – ich will euch hier kein zweites Mal so allein herumlaufen sehen. Entweder ihr tragt euch für einen Segelkurs ein oder ihr kommt in Begleitung eines Erwachsenen.«

»Alles klar«, sagte Viola.

Die beiden Mädchen stapften den Anleger hinunter. Obwohl Violas goldene Schuhe bei jedem Schritt quatschten und die Handtasche, die sie sich über die Schulter geschwungen hatte, triefnass war, marschierte sie hoch erhobenen Hauptes dahin, die Schultern gestrafft, als wäre sie die Königin des Jachthafens.

Peter Pasque

Sie waren fast am Ende des Kais angekommen, als jemand Viola auf die Schulter tippte. Sie wirbelte herum – es war der Junge mit den kurzen roten Haaren.

»Ich glaub euch kein Wort«, sagte er.

»Was meinst du?« Viola kniff die Augen zu einem Schlitz zusammen.

»Ich glaub euch nicht, dass ihr segeln gehen wolltet«, sagte er. »Erstens hab ich euch noch nie hier gesehen – und ich kenne jeden im JKP, mein Dad ist nämlich der Chef hier.«

»Vielleicht sind wir dir nur noch nie aufgefallen«, sagte Viola. Langsam gewöhnten sich ihre Ohren an den hiesigen Akzent und die anders ausgesprochenen Vokale.

»Ihr wärt mir bestimmt immer aufgefallen«, sagte der Junge und lief rot an. Dann fügte er schnell hinzu: »Und zweitens: deine Schuhe. Kein Mensch geht mit High Heels aufs Boot.«

»Das sind keine High Heels, das sind Schuhe mit Keilabsätzen«, erklärte Viola.

»Wie auch immer – fürs Segeln sind sie jedenfalls nicht gemacht.«

»Doch, die sind sehr bequem und robust. Und vielleicht hast du uns ja deswegen noch nicht gesehen, weil wir zufällig neu in der Stadt sind«, sagte Viola lächelnd. »Okay?«

»Wie heißt du?«, fragte er.

»Seraphina«, sagte Viola. »Und das ist meine Schwester …«

»Xiomara«, borgte sich Zinnie den Namen einer anderen Figur aus *Elfen der Nacht*.

»Nein, ich meine euren Familiennamen«, bohrte der Junge weiter.

Viola verzog das Gesicht. Die Elfen hatten keinen Familiennamen.

»Snoopy«, sagte Zinnie.

Das klang so idiotisch, dass Viola beinahe losgelacht hätte. Und sie wusste, warum Zinnie den Namen genannt hatte. Direkt vor ihnen lag ein Boot, auf dem in goldener Schrift »Snoopy« stand. Viola biss sich auf die Lippe. Sie musste sich zusammenreißen. Der Junge zog misstrauisch eine Augenbraue hoch, aber sie würde sich von ihm nicht unterbuttern lassen. Im Schauspielkurs lernte man, wie wichtig es war, sich in unerwarteten Situationen blitzschnell eine Geschichte einfallen zu lassen.

»Also, du hast es gehört«, sagte sie. »Wir sind die Snoopys. Und wie heißt du?«

»Peter. Peter Pasque.« Es war, als würden sie einen Anstarr-Wettbewerb veranstalten. Seine Augen waren knallblau. Fast so blau wie die von Clint Lee.

»Wir müssen jetzt los, Peter«, sagte Zinnie schließlich und zupfte Viola am Arm. »Komm, Seraphina.«

»Augenblick noch«, sagte Peter. »Wenn ihr segeln könnt, dann könnt ihr auch einen Palstek machen.« Lächelnd hielt er ein Tau hoch, das auf dem Anleger aufgerollt war. »Versucht's mal mit dem Tau hier.«

»Einen was machen?«, fragte Viola und schaltete schnell, dass in der Seglersprache ein Seil offenbar Tau hieß.

»Einen Palstek. Das ist ein Knoten«, sagte er.

»Das weiß ich. Ich hab nur … ich hab nur einfach keine Lust jetzt.«

»Dachte ich mir.« Peter spuckte zur Seite aus.

»Iiih!« Viola beäugte ihn angewidert. »Ich hab mir gerade die Nägel maniküren lassen und hab nicht vor, sie mir durch Knotenknüpfen zu ruinieren.« Sie wackelte geziert mit ihren dunkellila lackierten Fingern.

»Weißt du was – wenn du den Palstek hinkriegst, dann zahl ich dir die nächste Mani… wie auch immer das heißen mag.«

Viola stemmte eine Hand in die Hüfte. Wieso ließ der Typ einfach nicht locker? »Na schön«, sagte sie. Sie streckte die Hand aus und Peter gab ihr das Tau. Dann stand sie da, die Haare immer noch triefnass, das weiße Kleid an die Beine geklatscht, die Zehen in den durchweichten Sandalen hin und her rutschend, und begann mit fliegenden Fingern zu knoten. Zinnie fiel schier die Kinnlade herunter.

»Palstek«, sagte Viola und reichte Peter das Tau zurück.

Peter untersuchte den Knoten und starrte Viola dann ungläubig an. »Nicht übel, Miss Snoopy.«

»Da schuldet mir jemand eine Maniküre«, sagte Viola. »Und wenn du uns jetzt entschuldigen würdest – Xiomara und ich müssen nach unseren Pferden sehen und wollen uns dann ein Eis gönnen. Man sieht sich.«

»Ja«, sagte Zinnie. »Man sieht sich.«

Während Viola davonstapfte, war sie heilfroh, dass Zinnies Sweatshirt ihr über den Po reichte. Manchmal konnten kleine Schwestern echt ganz praktisch sein.

Und Pfadfinderinnen-Kurse auch.

Ein Bad für den Engel

Am Abend nahm Viola sich vor, sich auf Tante Sunnys Computer in ihren Mailaccount einzuloggen. Sie hatte sich inzwischen halbwegs von ihrem unfreiwilligen Bad im Hafen von Pruet erholt und konnte es kaum erwarten, Pilar von der verrückten Begegnung mit Peter, dem rothaarigen Jungen, zu berichten. Aber Tante Sunnys Rechner musste erst ans Telefon angeschlossen werden, um eine Internetverbindung herzustellen. Während sie darauf wartete, dass die Startseite geladen wurde, fragte Tante Sunny Viola, ob sie Lily beim Baden helfen könnte.

»Ich hab dem Flötenregenpfeifer-Klub versprochen, ein bisschen Papierarbeit für sie zu erledigen«, sagte Tante Sunny. »Zinnia kümmert sich um den Abwasch, und es wäre mir eine große Hilfe, wenn du in der Zeit Lily baden könntest.«

»Ähm … klar«, sagte Viola. Lily baden klang zumindest besser als Geschirrspülen.

»Ich dachte, es ist ihr bestimmt lieber, wenn ihre Schwester ihr beim Baden hilft, nicht ich«, fügte Tante Sunny hinzu.

»Nö, Viola kann das auch nicht«, widersprach Lily. »Nur Berta weiß, wie ich gerne bade.«

»Aber Berta ist nicht hier, Schatz«, sagte Tante Sunny.

»Dann warte ich mit dem Baden eben, bis wir wieder zu Hause sind«, sagte Lily.

»Oh, bis dahin bist du aber so schmutzig, dass dir Steckrüben aus den Ohren sprießen!«

»Steckrüben?«, wiederholte Lily.

»Na komm schon«, sagte Viola und zog ihre Schwester in das kleine Badezimmer unterm Dach hinauf. Sie hatte bisher weder Lily noch irgendein anderes kleines Kind je gebadet. Obwohl sie die älteste der drei Schwestern war, war sie auch nur selten als Babysitterin im Einsatz gewesen. Der Abstand zu Zinnie war zu klein, und nach Lilys Geburt war gleich Berta eingestellt worden, die sich meistens um die Kleine kümmerte. Aber so schwer konnte es ja wohl nicht sein, so ein Kind zu baden?

Viola ließ die Wanne einlaufen und sagte zu Lily, sie könne jetzt reinsteigen.

»Nicht ohne Blubberschaum«, sagte Lily.

»Komm schon, Lily, wir haben hier keinen Blubberschaum«, sagte Viola. »Steig einfach rein.«

»Du könntest mit der Seife Blubberschaum machen. Macht Berta auch immer«, erklärte Lily.

»Na schön.« Viola krempelte die Ärmel ihres Sweatshirts hoch. Dann nahm sie das Seifenstück aus der Schale und rieb es unter dem Wasserstrahl, bis zumindest ein paar Schaumbläschen entstanden waren. »Okay so?«

Lily nickte und stippte einen Zeh ins Wasser. »Zu heiß.«

»Das ist nicht zu heiß«, widersprach Viola und prüfte sicherheitshalber noch mal die Wassertemperatur.

»Wenn es heiß ist, dann trocknet meine Haut aus, und dann juckt's mich überall«, sagte Lily.

Viola verdrehte die Augen, ließ dann aber noch etwas kaltes Wasser einlaufen. »Versuch's jetzt.«

Lily steckte einen Finger ins Wasser. Sie wollte gerade in die

Wanne einsteigen, da hielt sie noch mal inne. »Wo ist das Badespielzeug? Ich brauch mindestens drei Spielsachen.«

»Lily …« Viola verlor langsam die Geduld. »Steig einfach rein.«

»Ich kann doch nicht ohne Spielsachen baden. Dann wird mir langweilig.«

»Kein Wunder, dass Berta abends immer so erschöpft aussieht!«, sagte Viola. »Ich komme gleich wieder.« Sie rannte in die Küche hinunter, wo Zinnie gerade das Geschirr fertig machte. »Ich bade Lily oben«, sagte Viola, »und sie führt sich total auf. Sie will ohne Badespielzeug nicht in die Wanne.«

»Hab ich dir doch gesagt!« Zinnie trocknete einen Teller ab. »Lily kommt immer mit allem durch! Hier, gib ihr die.« Sie reichte ihr ein paar Messbecher aus Plastik, die sie gerade abgetrocknet hatte.

»Die müssen reichen«, sagte Viola und rannte wieder nach oben.

»Plastikbecher?«, sagte Lily.

»Oder Hüte.« Viola stülpte sich einen auf den Kopf. »Oder Boote«, fügte sie hinzu und pflügte mit einem Becher durchs Wasser. »Und jetzt steig endlich rein.«

»Okay, okay«, sagte Lily und kletterte in die Wanne.

»Mach deine Haare nass«, sagte Viola.

»Jetzt drängel doch nicht so!«, protestierte Lily.

»Tauch unter!«

»Berta macht meine Haare immer mit der Handbrause nass.«

»Berta hat dich völlig verzogen«, sagte Viola.

»Ich bin doch ihr Engel!«, sagte Lily.

»Du musst langsam lernen, auch mal was selber zu machen.«

»Okay.« Lily hielt sich die Nase zu und tauchte rücklings ins Wasser.

Tante Sunny erschien in der Badezimmertür, gerade als Lily den Kopf wieder aus dem Wasser hob. »Ich dachte, ich guck mal nach euch. Wie läuft's?«

»Bestens«, antwortete Viola.

»Hey, du hast ja gar keine Angst vor Wasser«, wandte sich Tante Sunny an Lily.

»Nö. Ich hab nur Angst vor dem Meer.«

»Und ich dachte die ganze Zeit, du hättest Angst, unter Wasser zu geraten.«

»Doch nicht in der Wanne.« Viola klatschte Lily einen Klecks Shampoo auf den Kopf und schäumte ihr die Haare ein.

»Ich weiß, was du brauchst«, sagte Tante Sunny, während Viola einen Messbecher dazu benutzte, Lilys Haar auszuspülen. »Du brauchst Schwimmunterricht. In einem Schwimmbad. Wir gehen gleich morgen früh zum Sportverein rüber.«

»Ich will jetzt raus«, verkündete Lily. »Du kannst meine Badetücher im Trockner aufwärmen, Viola!«

»Oje«, seufzte Tante Sunny.

»Oder nicht?«, fragte Lily vorsichtig.

»Nein.« Viola faltete ein zimmerwarmes Badetuch auseinander. »Mit Sicherheit nicht.«

Der städtische Strand

Während der nächsten Tage wagten sich Viola und Zinnie nicht wieder in den Jachtklub von Pruet. Violas Handy war bei dem überraschenden Bad im Hafen kaputtgegangen, sodass sie auch keinen Drang mehr verspürte, einen Ort mit gutem Empfang ausfindig zu machen. Und Zinnie wollte nicht riskieren, dem Segelschullehrer noch mal über den Weg zu laufen. Er hatte es ja deutlich genug gemacht, dass sie nicht unbeaufsichtigt herumlaufen durften, und Zinnie wollte keinen Ärger bekommen, falls er sie wieder allein erwischte. Aber der wichtigste Grund, sich vom JKP fernzuhalten, war – wie Viola ihrer Schwester im Schutz der Nacht anvertraut hatte – Peter Pasque.

Viola hatte gesagt, sie habe in ihrer Pfadfinderinnengruppe zwar als Erste das Knotenabzeichen gemacht, aber das sei schon mehrere Jahre her und sie erinnere sich an keinen einzigen anderen Knoten. Sie sagte, sie würde vor Verlegenheit im Boden versinken, wenn Peter ihr irgendwas Komplizierteres abverlangen würde, was sie schon jahrelang nicht mehr geübt hatte.

»Und was, wenn er seinen Vater nach Familie Snoopy fragt?«, flüsterte Zinnie in der Dunkelheit. »Dann weiß er sofort, dass wir gelogen haben, und wir müssten zugeben, dass er von Anfang an recht hatte!«

»Oh Gott, wir dürfen ihm nie wieder über den Weg laufen!«, sagte Viola.

»Auf keinen Fall!«, stimmte ihr Zinnie zu und zog sich lächelnd die Decke bis unters Kinn hoch.

Seitdem waren sie zwar nicht mehr zum Jachtklub gegangen, hatten zu Zinnies Verwunderung aber auch keinen großen Bogen darum gemacht. An den vergangenen drei Tagen waren Viola und Zinnie immer an den Strand gegangen, während Lily Tante Sunny zum Einkaufen begleitete oder ihr im Garten half. Es gab auch einen zweiten Weg zum Strand, der zwar durch einen privaten Hinterhof führte, ihnen jedoch ermöglicht hätte, den Jachtklub großräumig zu umgehen. Aber trotzdem gingen die Mädchen jedes Mal den gewohnten Weg in die Stadt, sodass sie nun insgesamt schon sechs Mal am JKP vorbeigekommen waren. Zinnie vermutete, dass Viola nur so tat, als würde sie Peter nicht begegnen wollen, sich insgeheim aber genau das wünschte. Doch als sie ihrer Schwester ihre Vermutung vor den Latz knallte, warf Viola nur ihre Haare zurück und sagte: »Auf dem anderen Weg sind mir zu viele Stechmücken!«

Im Vergleich zu den kalifornischen Stränden war der Stadtstrand von Pruet winzig. Wenn sie nicht gerade nach Santa Monica fuhren, um in den Vergnügungspark zu gehen, die Arkaden entlangzuschlendern, auf den Wiesen Volleyball zu spielen oder über die breite gepflasterte Promenade mit ihrer Unzahl von Fahrradfahrern und Inlineskatern zu flanieren, gönnten sich die Silvers gerne mal einen Tag am Strand von Malibu. Dort wütete der Ozean geradezu. Oft waren die Wellen so hoch, dass nur die wagemutigsten wettergegerbten Leute im Neoprenanzug sich auf ihren Surfbrettern ins Wasser stürzten, und die Unterströmungen waren so mächtig und gefährlich, dass nicht einmal Violas und Zinnies Eltern weiter reinwollten als bis zu den Knöcheln. Und obwohl die Sonne in Südkalifornien beinahe durchgehend schien, war das Wasser oft viel zu kalt zum Schwimmen, zumindest für die Mädchen. Natürlich gab es im Sommer auch genug Tage, an denen das Wasser ruhig und warm genug war, um baden zu können, aber solche Tage erwischten die Silvers nur ein paar Mal im Jahr. Die Strände waren, je nach Verkehrslage, mindestens eine Autostunde von ihrem Zuhause entfernt.

Zum Strand von Pruet konnten Viola und Zinnie dagegen in nicht einmal zehn Gehminuten gelangen. Statt über einen Freeway brausen zu müssen, mussten sie hier nur Tante Sunnys lange Zufahrt hinuntergehen, die schattige, von den bemoosten Mauern gesäumte Gasse entlang, dann weiter über den grasbewachsenen Pfad zwischen dem Angelladen und dem Sandwich-Shop. Der mit gepunkteten Sonnenschirmen, Strandliegen und bunten Badelaken übersäte Strand war nicht einmal so groß wie der Parkplatz am Santa Monica Pier. Und weil er sich direkt an den Hafen schmiegte, gab es hier auch so gut wie keine Wellen. Die Einzigen, die hier surfen konnten, waren die kleinen braunen Krebse, die Zinnie und Viola gern dabei beobachteten, wie sie über den Sand huschten. Aber der Sand war weich und das Wasser immer warm genug zum Schwimmen, selbst an bewölkten Tagen. An einer kleinen Snackbar konnte man Kaltgetränke, Wassereis, Hotdogs, Pommes, Schokoriegel und kleine Eiscremebecher kaufen, auf deren Deckel flache hölzerne Löffelchen klebten. Solange Viola und Zinnie zusammenblieben und nicht weiter hinausschwammen als bis zum Ponton, durften sie mit Tante Sunnys Erlaubnis so oft hierher kommen, wie sie wollten.

Für Zinnie waren diese Spaziergänge ohne Erwachsenenbegleitung wie eine neue Stufe der Freiheit. Ohne die ständige Beobachtung durch Eltern, Babysitter oder Lehrer fühlte sie sich gleich ein Stück erwachsener und wilder. Ihr erster Gedanke war, dass sie hier nicht mehr immer so »vernünftig« sein musste. »Vernünftig« war so ein typisches Lieblingswort von Eltern und Lehrern. Sie benutzten es so häufig, dass Zinnie nicht einmal hätte sagen können, was genau es bedeutete. Aber zu ihrer Enttäuschung fiel ihr jetzt nichts »Unvernünftigeres« ein, als Furzgeräusche zu machen, was Viola noch nicht mal ansatzweise witzig fand.

Obwohl sie jetzt erst zum vierten Mal zum Strand gingen, hatte Zinnie an diesem Vormittag irgendwie das Gefühl, als gehöre ihnen der Platz beinahe schon. Ihre Lieblingsstelle war ein Plätzchen auf der linken Seite, neben dem Rettungsschwimmerturm, ganz nah am Wasser. Sie hatten sogar schon das Mädchen kennengelernt, das in der Snackbar jobbte. Sie hatte einen Pony, und ihr Akzent war noch stärker als Peters. Schon beim zweiten Strandbesuch hatte Zinnie herausgefunden, dass sie Ashley hieß, vierzehn Jahre alt war, dass dies ihr erster Ferienjob war und sie unbedingt einen festen Freund haben wollte. Heute zauberte Ashley, kaum dass Zinnie in Sichtweite erschienen war, sofort ein rotes Wassereis unter der Theke hervor, ohne dass Zinnie überhaupt danach fragen musste.

»Kann ich bitte auch ein Wasser haben?«

»Warum trinkst du nicht einfach aus dem Blubbler?«, fragte Ashley.

»Aus dem Blubbler?«, wiederholte Zinnie verwirrt.

»Ja, du weißt schon, der Blubbler.« Ashley zeigte auf den Wasserbrunnen an der Seite der Snackbar.

»Ah, okay.« Sobald sie den Hahn aufdrehte und ihr ein Schwall kalten Wassers in die Nase hochschoss, wurde Zinnie klar, warum das Ding Blubbler hieß. Ashley summte zu dem Song im Radio mit. »Du hast eine echt hübsche Stimme«, sagte Zinnie und wischte sich über den Mund. »Du solltest zu *America Sings* gehen.«

»Meinst du echt?« Ashley stapelte neue Schokoriegel ins Regal.

»Ich würde für dich anrufen. Zehn Mal! Mehr darf man von derselben Nummer nicht.«

»Danke«, sagte Ashley. »Vielleicht versuch ich's ja irgendwann.«

Zinnie konnte es kaum erwarten, Viola das neu erlernte Wort zu präsentieren. Blubbler, murmelte sie auf dem Weg zu ihrer Schwester kichernd vor sich hin.

Viola trug heute ihren Lieblingsbadeanzug und hatte sich auf einem Handtuch ausgestreckt. Der Badeanzug hatte einen schmalen Nackenträger, marineblaue Streifen und eine Aufschrift namens *Excusez-moi, s'il vous plaît* aus silbernen Pailletten quer über der Brust. Zinnies schlicht blauer Anzug wirkte dagegen viel weniger stylish. Eigentlich war er noch nicht mal ein richtiger Badeanzug, sondern ein UV-Anzug, wie sie auch die Surfer trugen. Das Oberteil war wie ein T-Shirt geschnitten, das Unterteil wie Shorts. Zinnie fand es gut, dass ihr das Ding auf keinen Fall runterrutschen konnte, wenn sie vom Schwimmponton ins Wasser hechtete, so wie sie es hier mindestens fünf Mal am Tag tat. Außerdem musste sie sich keine Sorgen machen, dass sie sich auf Schultern oder Rücken einen Sonnenbrand holen könnte, und weil es ein Zweiteiler war, war auch der Gang zur Toilette nie ein Problem. Obwohl Zinnie schon zugeben musste, dass Viola in ihrem schicken Einteiler wie ein zukünftiger Filmstar aussah, wenn sie sich hinter ihrer zum Badeanzug passenden Herz-Sonnenbrille verschanzte und lässig die neueste Ausgabe von *Young & Lovely* durchblätterte.

Für ihre Schwester war der Verlust ihres Handys eine absolute Katastrophe, das wusste Zinnie. Ohne Telefon hatte Viola keine Chance, mit ihrer Agentin Kontakt aufzunehmen. Vom Festnetz konnte sie Jill nicht anrufen und sie anflehen, ihr irgendwie einen Casting-Termin zu verschaffen, denn Tante Sunny hatte ihnen erklärt, dass sie mit ihrem Tarif nur eine bestimmte Anzahl von Ferngespräch-Minuten pro Monat zur Verfügung hatte. Nicht einmal ihre Eltern würden sie allzu oft anrufen können.

Tante Sunny hatte erklärt, dass Mom, Dad und die Mädchen sich in verschiedenen Zeitzonen aufhielten. Zudem würde ihr Vater im Wald sicher keinen Empfang haben, Mom befand sich im Ausland, sodass Telefonate sehr teuer kämen, und sie hatten völlig unterschiedliche Arbeitszeiten. Deshalb hatten die Eltern der Mädchen und Tante Sunny beschlossen, die Anrufe auf einige wenige Familien-Konferenzen zu beschränken, solange die Kinder in Massachusetts waren. Im Notfall konnten sie natürlich Tante Sunnys Festnetz benutzen, um Mom auf die Handy-Mailbox zu sprechen oder die Nummer des Basislagers von Dads Dokumentarfilmer-Team zu wählen, über die er zu erreichen war. Höchstwahrscheinlich würde er nicht selbst drangehen, weil er irgendwo oben in den Baumwipfeln herumkletterte, aber man könnte ihm sicher eine Nachricht übermitteln.

Doch es war nicht die komplizierte Kommunikation mit ihrer Agentin oder ihren Eltern, die Viola am meisten zu schaffen machte. Ohne ihr Handy konnte sie nicht mit Pilar SMS austauschen, nicht mit ihren Fashion-Apps herumspielen oder im Internet surfen. Tante Sunnys Webanbindung war so gut wie nutzlos. Bei einem spätabendlichen Gespräch zwischen den Kojen hatte Viola Zinnie gestanden, dass sie sich vorkam, als wäre sie auf einer einsamen Insel gestrandet.

»Blubbler ist ein komisches Wort, findest du nicht?« Zinnie ließ sich neben ihre Schwester in den Sand plumpsen.

»Irgendwie schon«, sagte Viola, ohne auch nur aufzuschauen.

»Wollen wir um die Wette schwimmen? Wer als Erste beim Ponton ist?«

»Später vielleicht.«

Seufzend beschloss Zinnie, einen kleinen Strandspaziergang zu machen. Vielleicht konnte sie ja noch mehr von den kleinen, perlförmigen goldenen Muscheln finden, aus denen sie sich eine Halskette basteln wollte. Als sie aufstand, fiel ihr auf, dass Viola zum Hafen hinausblickte, wo eine Flotte kleiner Segelboote sich eine Regatta lieferte.

»Ich wette, Peter ist auch auf einem davon«, sagte Zinnie.

»Wer?«, fragte Viola.

»Du weißt genau wer.« Zinnie klopfte sich den Sand vom Hintern ab. »Peter Pasque.«

»Du hast dein Wechselgeld vergessen«, sagte da plötzlich eine Stimme hinter ihnen. Zinnie wirbelte herum und sah Ashley vor sich, einen Vierteldollar auf der ausgestreckten Hand.

»Oh, danke«, sagte Zinnie und nahm die Münze.

»Ihr kennt also Peter Pasque?«, fragte Ashley.

»Ja, wir haben ihn neulich kennengelernt«, erklärte Zinnie. »Aber wir haben ihm vorgeschwindelt, wir wären Seraphina und Xiomara. Wie in diesen Büchern, *Elfen der Nacht,* kennst du die? Ich hab gesagt, unser Familienname wäre Snoopy. Und Viola hat behauptet, wir hätten ein Boot und könnten segeln!« Zinnie lachte, aber Viola schob ihre Sonnenbrille hoch und starrte sie böse an. Zinnie schlug sich auf den Mund, aber es war schon zu spät.

»Na ihr seid mir ja zwei«, sagte Ashley kopfschüttelnd. »Übrigens werdet ihr Peter morgen hier am Strand sehen. Mein Bruder feiert Geburtstag und Peter ist auch eingeladen.«

»Echt?« Zinnie brannte darauf zu erfahren, was Viola jetzt vorhatte, aber ihre Schwester hatte ihre Sonnenbrille wieder heruntergeklappt und sich hinter ihrer *Young & Lovely*-Zeitschrift verschanzt, als stünden darin die Antworten auf alle brennenden Fragen des Universums.

Tante Sunnys berühmte Überraschungs-Brownies

Das Muschelessen beginnt gegen Mittag, und wir müssen mehrere Ladungen von meinen berühmten Überraschungs-Brownies backen, also sollten wir uns lieber mal in die Hufe schwingen«, sagte Tante Sunny am nächsten Morgen, nachdem Zinnie und Lily ihre Pfannkuchen aufgegessen hatten und Viola, die in der *Young & Lovely* gelesen hatte, dass Zucker schlecht für den Teint sei, ihre Schüssel mit Naturjoghurt ausgelöffelt hatte.

»Eigentlich wollen wir heute wieder zum Strand«, sagte Viola. Seit Ashley ihnen gestern erzählt hatte, dass das Segelteam am Strand Geburtstag feiern würde, hatte sie an nichts anderes mehr denken können als daran, wie viel Spaß es ihr gemacht hatte, Peter mit dem Palstek zu verblüffen. In welchen Bereichen sie ihn wohl noch übertrumpfen konnte? Bestimmt würde die nächste Begegnung zumindest unterhaltsam werden.

Seit vier Tagen machten Zinnie und sie immer nur dasselbe. Am Vormittag Richtung Strand marschieren und dabei im Gemischtwarenladen eine Zeitschrift oder eine Postkarte kaufen, die man an Pilar, Berta, Mom oder Dad schreiben konnte. Am Strand sitzen, immer in der gleichen Ecke – Zinnie mit der Nase in ihrem Buch, Viola mit der Nase in ihrer Zeitschrift. Dann tauschen. Dann an der Snackbar Wassereis kaufen. Dann zum Ponton rausschwimmen, Arschbomben und Hechtsprünge trainieren. Dann Muscheln sammeln (weil Zinnie sich in den Kopf gesetzt hatte, irgend so eine Halskette zu basteln). Dann im Sand Drei Gewinnt spielen. Dann rechtzeitig zum Mittagessen wieder zu Tante Sunnys Haus zurückkehren, vorbei an der Post, wo sie ihre Ansichtskarten einwerfen konnten. Nach dem Essen wieder an den Strand und das Ganze von vorn beginnen. Nur dass sie nachmittags immer an Ediths Eisdiele haltmachten statt im Gemischtwarenladen.

Viola konnte es kaum erwarten, diese tägliche Routine mal zu durchbrechen. Sie war bereit für eine Herausforderung. Sie war bereit, sich Peter Pasque zu stellen. Und weil sie bei der ersten Begegnung mit ihm so schrecklich ausgesehen hatte, hatte sie den heutigen Morgen erst mal damit verbracht, sich aufzuhübschen. Sie hatte sich die Haare gewaschen und geföhnt und ihren kirschroten Tankini mit den Rüschen am Hintern angezogen.

»Zinnie und ich wollten heute Sandengel machen, stimmt's, Zinnie?«

»Ähm … ach ja?«, stammelte Zinnie.

Viola zwickte sie unter dem Tisch in den Oberschenkel.

»Autsch«, sagte Zinnie und rieb sich das Bein.

»Oder vielleicht geh ich auch allein zum Strand«, sagte Viola.

»Unsinn, wir gehen alle zusammen zum Muschelessen«, entschied Tante Sunny und holte zwei Rührschüsseln aus einem Schrank.

Die Enttäuschung schnürte Viola schier die Brust zu. Durfte sie denn hier gar nichts alleine machen? Tante Sunny wollte einfach nicht verstehen, dass die zwei Schwestern nicht immer alles gemeinsam unternehmen mussten. Klar, auch Mom sah es gern, wenn Viola ihre Schwester überallhin mitnahm, und sie konnte da manchmal sehr streng sein, aber sie achtete auch darauf, dass Viola genug Zeit für sich bekam. Wäre ihre Mutter hier, würde sie sofort begreifen, dass Zinnie jetzt lange genug um ihre große Schwester herumscharwenzelt war, und würde Viola mal eine Pause nur für sich gönnen. Aber Viola merkte schnell, dass Tante Sunny da nicht mit sich reden lassen würde.

»Ich glaube, eure Eltern fänden es nicht gut, wenn ich zulassen würde, dass du das verpasst«, sagte Tante Sunny, als hätte sie Violas Gedanken gelesen. »So ein Muschelessen ist ein wichtiger Bestandteil jedes Sommers in Neuengland.«

»Was passiert denn so auf einem Muschelessen?«, fragte Lily.

»Wir versammeln uns alle am Strand, buddeln ein Loch in den Sand und bauen einen Ofen aus heißen Steinen, Seetang und Abdeckplanen. Und da drin backen und kochen wir dann alle möglichen leckeren Sachen: Hummer, Muscheln, Würstchen, Maiskolben, Kartoffeln … Das schmeckt köstlich. Und …«, fuhr sie fort, während sie ein Dutzend Eier und die Butter aus dem Kühlschrank holte und auf den Küchentresen legte, »… der Strand, wo das Muschelessen stattfindet, ist mein absoluter Lieblingsstrand. Da gibt es große Dünen, auf denen man herumkraxeln kann, super Wellen zum Wellenreiten und einen überfluteten Bereich, wo man sich auf den Rücken legen und sich von der Strömung bis zum Meer tragen lassen kann. Das macht Riesenspaß! Mir ist noch nie jemand begegnet, der das nicht genossen hätte.«

Viola sah Lily an, die von dem Gerede übers Meer ganz blass geworden war, und sagte leise: »Dann ist das heute vielleicht das erste Mal.«

»Ich finde, das hört sich cool an«, sagte Zinnie.

»Ich hab doch gesagt, ich gehe nicht ans Meer«, protestierte Lily.

»Wenn du erst mal da bist, wird es dir sicher Spaß machen«, erwiderte Tante Sunny und verschwand in der Speisekammer.

Viola und Zinnie wechselten einen Blick. Tante Sunny hatte offenbar immer noch nicht begriffen, wie sehr Lily den Ozean hasste.

»Lily geht niemals an den Strand«, sagte Viola. »Sie hat Angst vor dem Wasser.«

Lily nickte.

»Dann wird's vielleicht Zeit, dass sie ihre Angst überwindet.« Tante Sunny kam aus der Speisekammer heraus, die Arme voller Zutaten. »Lasst uns nicht mehr so viel darüber nachdenken und lieber backen.« Damit stellte sie alles auf dem Tisch ab: Mehl, Zucker, zwei Sorten Schokolade und Vanilleschoten.

»Wieso benutzen wir nicht einfach eine Backmischung?«, fragte Viola. Sie hatte schon oft genug Brownies gemacht: Man musste nur Öl und Eier in das braune Pulver einrühren, das in der Schachtel war, und – tadaa! – fertig waren die Brownies.

»Bloß nicht! Das wäre ja gotteslästerlich!« Tante Sunny wedelte mit einem Holzlöffel gen Himmel. Lily und Zinnie kicherten. Tante Sunny zog eine Schublade auf und holte einen Messbecher und ein paar Löffel heraus. »Meinst du wirklich, meine berühmten Brownies wären so berühmt, wenn ich sie aus einer Backmischung machen würde?«

Viola zuckte mit den Schultern. Ihre Tante goss Wasser in einen Topf, dann stellte sie einen zweiten Topf in den ersten. Schließlich kippte sie die Schokolade und die Butter in den inneren Topf.

»Ich will die Schoki sehen«, sagte Lily, und Tante Sunny zog ihr einen Stuhl an den Herd heran, damit sie zusehen konnte, wie die Butter zerschmolz. Sie reichte ihr einen Holzlöffel, mit dem sie die Masse vorsichtig umrühren sollte.

»Ihr beiden anderen könnt die Eier in die Schüssel aufschlagen. Die Schalen kommen auf den Kompost«, fügte sie hinzu und deutete mit dem Kopf auf die Bioabfall-Schüssel neben der Spüle. »Und wenn ihr damit fertig seid, gebt ihr noch einen Messbecher voll Zucker und das Vanillemark dazu.«

»Einen ganzen Messbecher voll?«, fragte Viola.

»Das sind Überraschungs-Brownies, keine Diät-Brownies«, sagte Tante Sunny.

»Und wieso heißen sie Überraschungs-Brownies?«, bohrte Zinnie.

»Weil ich jedes Mal eine Überraschung erlebe, wenn ich sie backe.«

»Zum Beispiel?« Viola schlug ein Ei an der Kante der Rührschüssel auf.

»Das erste Mal, als ich sie gebacken habe, für den Wohltätigkeitsbasar der Gemeinde, hab ich einen kleinen, gut aussehenden Mann namens Ham kennengelernt, der neu in der Stadt war und mich zum Essen eingeladen hat«, erklärte Tante Sunny.

»Ich dachte, alle gut aussehenden Männer müssten groß sein«, sagte Viola.

»Also, dieser eine war nicht so groß. Aber er war trotzdem der bestaussehende Mann, den ich je kennengelernt habe.« Tante Sunny siebte eine abgemessene Menge Mehl in eine zweite Rührschüssel.

»Habt ihr euch gleich beim ersten Date geküsst?«, wollte Viola wissen.

»Na was denkst du denn?« Lächelnd streute Tante Sunny drei Prisen Salz in ihre Schüssel.

»Oh la la!«, sagte Zinnie.

»Genau«, sagte Tante Sunny und wischte sich die Hände ab. »Und als ich das nächste Mal meine Überraschungs-Brownies gebacken hab, hat er mir einen Heiratsantrag gemacht. Dabei kannten wir uns erst seit einem Monat! Das war eine Überraschung, kann ich euch sagen. Mir ist fast das Herz stehen geblieben.«

»Ich glaube, das sind eher Liebes-Brownies«, verkündete Zinnie. »Wenn man sie isst, verliebt man sich auf der Stelle.«

»Knutschi knutschi«, sagte Lily und schmatzte mit den Lippen. Zinnie und Tante Sunny lachten.

»Das hab ich auch erst gedacht«, erklärte Tante Sunny. »Aber beim dritten Mal hab ich eine Überraschung der ganz anderen Art erlebt.«

»Eine böse Überraschung?«, fragte Viola, während sie Zucker und Vanille in den Teig rührte.

»Kommt ganz drauf an, wie man es sieht«, erwiderte ihre Tante. »Oh, das hast du toll gemacht, Lily. Die Schokolade ist perfekt geschmolzen. Jetzt rühren wir alles zusammen, was wir mit vereinten Kräften zubereitet haben.« Sie stellte den Herd aus und schüttete die flüssige Schokolade in die Eiermischung.

»Was war denn nun die dritte Überraschung?«, fragte Viola.

»Ham hat seinen Job verloren.«

»Oh nein!«, rief Zinnie aus.

»Also doch eine böse Überraschung«, sagte Viola. »Wusste ich's doch.«

»Na ja, nicht ganz«, sagte Tante Sunny und reichte Viola einen Rührlöffel. »Noch in derselben Nacht hat er beschlossen, sich selbstständig zu machen. Als Bootsbauer.«

»Dann war es eine gute Überraschung, die sich in einer bösen versteckt hatte«, sagte Zinnie.

»Das hast du wunderbar formuliert, Zinnia. Jetzt reich mir bitte die Pfefferminzessenz vom Regal runter, Viola.«

»Äh … wieso?«, fragte Viola.

»Für die Brownies natürlich.« Tante Sunny goss etwas von der dicken Flüssigkeit in den Teig. »Das ist die geheime Zutat, die die Überraschungen in Gang bringt.«

»Ich bin gespannt, was heute Überraschendes passieren wird«, sagte Lily.

»Abwarten und Tee trinken …«, sagte Tante Sunny geheimnisvoll.

Viola verdrehte die Augen.

Durch die Dünen

Zinnie kletterte auf die Rückbank von Tante Sunnys Kombi, dessen stoffbezogene Sitze leicht nach Donuts dufteten. Das Auto lag wesentlich tiefer als der Wagen ihrer Mutter und war längst nicht so gut gefedert. Außerdem konnte man die Fenster nur mit einer Handkurbel herabsenken. Aber genau wie zu Hause durfte Viola auch hier vorne sitzen, während Zinnie und Lily hinten saßen. Sobald Tante Sunny den Motor anließ, schaltete Viola das Radio ein. Sie spielten gerade Amanda Mills' neuen Hit *Kiss Me to Crazytown*.

»Das ist mein absoluter Lieblingssong«, sagte Viola und sang mit, während sie finster aus dem Fenster blickte. »Erinnert mich an zu Hause.«

»Meiner auch«, rief Zinnie und sang ebenfalls mit, obwohl sie nur den Text des Refrains kannte und bei den Strophen bloß summen konnte.

Viola drehte sich zu ihr um. »Nur weil das mein Lieblingssong ist, muss es ja nicht gleich auch deiner sein«, sagte sie. »Such dir doch einen eigenen Lieblingssong aus.«

»Meinetwegen.« Zinnie hielt den Atem an. Wenn Violas Stimme so scharf klang wie jetzt, konnte sie Zinnie innerhalb weniger Sekunden zum Weinen bringen.

Tante Sunny drehte das Radio ab. »Lasst uns lieber den Vögeln lauschen«, sagte sie und kurbelte ihr Fenster herunter.

Viola sackte schmollend in ihrem Sitz zusammen. Sie bogen auf einen kleinen Schotterweg ein, der sich durch ein Feld schlängelte.

»Schaut mal da!«, rief Viola plötzlich aus.

Zinnie richtete sich auf. Violas Zeigefinger war auf ein großes Anwesen gerichtet, das auffällig zwischen den wenigen anderen Häusern hervorragte, die alle so klein waren wie das von Tante Sunny.

»Ach, dieses Monstrum!«, sagte Tante Sunny. »Vier Stockwerke, zwölf Zimmer, zehn Badezimmer, zwei Pools und sogar ein eigenes kleines Kino. Der Kerl, der das Ding gebaut hat, hat allen anderen Leuten die Aussicht verbaut, ganz zu schweigen davon, dass er einen der besten Brutplätze für die zauberhaften Flötenregenpfeifer zerstört hat. Diese Vögel sind vom Aussterben bedroht, wohlgemerkt. Ich hab alles versucht, um den Bau zu verhindern. Hab sogar den Flötenregenpfeifer-Klub gegründet und so weiter. Dabei wohnt der Mann nur zwei Wochen im Jahr hier!«

»Ich finde das Haus total schön«, sagte Viola.

»Das würdest du vielleicht anders sehen, wenn es dir die Aussicht verbaut hätte«, sagte Tante Sunny.

»Oder wenn du ein Flötenregenpfeifer wärst«, fügte Lily hinzu.

»Genau«, gab ihre Tante ihr recht.

»Dann hattest du also Streit mit dem Hausbesitzer?«, fragte Zinnie.

»Kann man wohl sagen!« Während sie weiter über den Feldweg rumpelten, versuchte Zinnie sich ihre Tante vorzustellen, wenn sie wütend wurde. »Na ja, eher mit seinen Anwälten. Der Kerl hat sich nicht mal die Mühe gemacht, sein Gesicht zu zeigen.«

»Wer hat dann gewonnen?«, fragte Viola.

»Da das Haus jetzt hier steht, offensichtlich er. Aber es war schon ein Haufen gewiefter kalifornischer Anwälte nötig, um mich in die Knie zu zwingen.«

»Wir sind auch aus Kalifornien«, sagte Lily.

»Stimmt«, sagte Tante Sunny. Sie bremste vor einem niedrigen, breiten Tor und reichte Viola einen Schlüssel. »Als Beifahrerin hast du die Aufgabe, das Tor aufzumachen, damit ich durchfahren kann, und es hinter uns wieder abzuschließen.«

»Wieso muss der Strand überhaupt mit einem Tor abgesperrt werden?«, fragte Viola.

»Wirst du gleich sehen.«

Brummelnd stieg Viola aus dem Wagen.

»Die muss wohl mal an ihrer Haltung arbeiten«, zitierte Lily das, was ihre Mutter immer sagte, wenn Viola mal wieder unhöflich war.

Tante Sunny lachte. Viola schloss das Tor auf und sie fuhren hindurch.

»Soll damit verhindert werden, dass jemand reinkommt?«, fragte Zinnie und sah zu, wie Viola das Tor hinter ihnen wieder abschloss.

»Eigentlich ist das Tor eher dazu da, dass keiner rauskann«, erwiderte Tante Sunny.

Draußen war Viola offenbar gerade erst bewusst geworden, dass sie sich ausgesperrt hatte. Sie kletterte über das Tor und sprang auf der anderen Seite wieder herunter. Zinnie nahm sich vor, beim nächsten Mal den Beifahrersitz für sich zu erkämpfen, damit sie diejenige sein konnte, die für das Tor verantwortlich war.

»Wer denn?«, fragte Zinnie und drehte sich wieder nach vorn, um zu sehen, was Tante Sunny meinte.

»Die Herrschaften da.« Ihre Tante zeigte auf ein paar Rinder mit langem, zotteligem Fell.

»Haarige Kühe!«, rief Lily, während Viola wieder ins Auto stieg.

»Wo?«, fragte Viola.

»Da vorne! Die eine hat Hörner«, sagte Zinnie und kurbelte das Fenster runter. Erst da wurde ihr klar, dass es sich nicht nur um eine Kuh handelte, sondern um eine ganze Herde. Es waren vielleicht zwanzig Tiere, die sich da grasend über die Wiese schoben.

»Die hätten mich zertrampeln können!«, rief Viola.

»Das sind Shetland-Rinder«, erklärte Tante Sunny und holperte weiter über den sandigen Feldweg. »Im Sommer leben sie hier draußen. Und sie sind nicht gefährlich.«

»Die schauen uns an«, stellte Lily fest.

»Na ja, sie haben euch noch nie gesehen.« Tante Sunny bremste ab, damit eine der Kühe den Weg überqueren konnte. »Vielleicht solltet ihr euch erst mal vorstellen.«

»Hallo, Kuh«, sagte Lily. Eine Kuh muhte zur Antwort und Tante Sunny fuhr weiter.

Nur wenige Minuten später stellten sie den Wagen ab und stiegen im Gänsemarsch eine Düne hinauf: Tante Sunny mit den Brownies vorneweg, Zinnie mit einer Tasche voller Badetücher hinterher, und zum Schluss Viola mit Lily auf dem Rücken, weil Lily sich geweigert hatte, die Düne auf eigenen Füßen hochzuklettern.

Oben angekommen, sah Zinnie sich nach allen Seiten um. Vor ihr erstreckte sich ein breiter Sandstrand und dahinter der scheinbar endlose, glitzernde Ozean. Große Wellen klatschten an den Strand und zogen sich dann wieder zurück, wobei sie runde Säume aus zarter Gischt-Spitze hinterließen. Zu ihrer Rechten war eine Wasserfläche zu sehen, wie ein See, der sich erst in einen Fluss und dann ins Meer ergoss. Das musste wohl das Delta sein! Und zu ihrer Linken entdeckte sie mehrere Leute am Strand. Sie hatten sich um etwas versammelt, das wie ein dampfender Haufen alter Decken aussah.

»Ist das da drüben das Muschelessen?«, fragte Zinnie, aber Tante Sunny war damit beschäftigt, den Himmel zu beobachten.

»Das ist ja ein finsterer Nimbostratus, wie er im Buche steht«, sagte sie.

»Wie bitte?«, fragte Zinnie, erinnerte sich dann aber daran, dass Tante Sunny früher Naturwissenschaften unterrichtet hatte.

»Eine ernst zu nehmende Unwetterwolke«, erklärte Tante Sunny.

»Ach so.« Eigentlich hätte Zinnie es wissen sollen, schließlich hatten sie im letzten Schuljahr Wetterkunde durchgenommen. Sie sah zu der dunklen, flachen Wolke hin, die sich aus der Ferne langsam auf sie zuschob.

»Dann wird's also bald regnen?« Viola keuchte von der Anstrengung, weil sie Lily die ganze Zeit getragen hatte. Sie wollte ihre Schwester absetzen, aber so leicht wollte Lily es ihr nicht machen. Sie umklammerte Violas Taille mit den Beinen und krallte sich mit den Händen an ihrem Hals fest.

»Wahrscheinlich schon«, bestätigte Tante Sunny.

»Dann sollten wir wieder nach Hause fahren«, sagte Lily, ohne ihren Griff zu lockern.

»Ja, wie wär's mit Kino?«, fügte Viola hinzu.

»Nein, nein«, wehrte Tante Sunny ab. »Wir machen einfach das Beste aus dem Nachmittag und hoffen, dass das Unwetter sich draußen auf See entlädt.«

Damit setzte sie sich in Bewegung, die Düne hinunter Richtung Meer. Zinnie und Viola folgten ihr. Aber sobald Lily sah, dass sie sich aufs Wasser zubewegten, sprang sie von Violas Rücken herunter und pflanzte ihre Füße fest in den Sand.

»Ich geh da nicht hin, ich geh da nicht hin«, sagte sie und verschränkte die Arme. »Ich bleib hier.«

»Komm schon, Lily, oder willst du etwa den ganzen Spaß verpassen?«, sagte Tante Sunny, aber Lily ließ sich bloß kopfschüttelnd in den Sand fallen.

»Ich geh nicht ans Meer!«, rief sie.

»Die gibt nicht nach«, sagte Zinnie. »Lily macht immer nur das, was sie will, glaub mir. Deswegen brauchen wir Berta.«

»Zinnia, Viola, kann ich mal kurz mit euch reden?«, fragte Tante Sunny und nahm die beiden beiseite.

»Ihr wisst das vielleicht nicht«, begann sie, »aber ich bin auch die jüngste von drei Schwestern, also weiß ich genau, wie sehr Lily euch bewundert. Auf euch hört sie bestimmt mehr als auf jeden anderen.« Die Mädchen nickten. »Zeigt ihr, wie viel Spaß es macht, am Strand zu sein. Zeigt ihr, dass es keinen Grund gibt, Angst zu haben.«

»Ich hab eine Idee«, sagte Zinnie und reichte ihrer Tante die Stofftasche. Dann nahm sie Anlauf und rannte mit weit ausgestreckten Armen die Düne hinunter.

»Wuuuhuuu!«, schrie sie, als sie taumelnd unten ankam und auf dem Hintern landete. Lily hatte ihr die ganze Zeit neugierig zugesehen.

»Jetzt ist Viola dran«, sagte Tante Sunny und zwinkerte ihr zu.

Lächelnd rannte Viola die Böschung hinunter. »Na los, Lily!«, rief sie, als sie unten angekommen war. »Versuch's auch mal!«

Aber Lily schüttelte den Kopf.

»Okay, dann bin ich jetzt dran!«, sagte Tante Sunny und stapfte die Düne hinunter. Rennen konnte sie nicht, so schwer beladen, wie sie war. Zu dritt winkten sie Lily dann von unten zu.

»Na komm, Lily«, rief Viola. »Du brauchst keine Angst zu haben.«

»Schau mal«, fügte Zinnie hinzu, »bis hierher kommen die Wellen gar nicht. Die sind ganz weit weg!«

»Geh in die Hocke, mach die Augen zu und purzel runter!«, rief Tante Sunny. »Wir fangen dich dann hier unten auf.«

»Du schaffst das!«, feuerte Zinnie ihre Schwester an.

»Eure Mutter ist auch immer so gern diese Düne runtergeflitzt«, erinnerte sich Tante Sunny. »Ich weiß noch genau, wir haben hier mal einen ganzen Sommer verbracht, da war sie kaum älter als du, Lily. Sie ist immer nur Düne hoch, Düne runter, den ganzen Tag!«

»Den ganzen Tag?«, echote Lily.

»Du solltest das echt auch machen, dann kannst du Mom davon erzählen«, sagte Zinnie.

Lily überlegte.

»Du darfst mir dann auch die Haare machen«, bot Viola an.

»Echt?«

»Ganz echt.«

Und damit kriegten sie sie. Zu ihrer aller Überraschung ging Lily in die Hocke, hielt sich mit den Händen die Augen zu und purzelte die Böschung hinunter. Unten angekommen, spähte sie zwischen ihren Fingern hindurch zu Tante Sunny, Viola und Zinnie rüber, die alle klatschten und jubelten. Mindestens eine Minute lang hielt Lily ihr Gesicht noch verdeckt, aber alle konnten das Lächeln sehen, das zwischen ihren Fingern hindurchblitzte.

Das Muschelessen

Obwohl sie schon pappsatt war, konnte Zinnie sich nicht beherrschen und genehmigte sich noch einen Nachschlag. Es gab rote Babykartoffeln und Maiskolben, die in Alufolie eingewickelt waren, würzige Würstchen und Hummer – Tante Sunny musste den Mädchen zeigen, wie sie die Scheren knacken und mit einer kleinen Gabel das Fleisch herausholen konnten. Lily, die noch nie Hummer gegessen hatte, futterte gleich zwei ganze Scherenladungen. Außerdem gab es jede Menge Muscheln und Meeresfrüchte, die Viola nicht essen wollte, weil sie behauptete, man könnte davon krank werden. Zinnie hingegen schmeckten sie wunderbar. Dazu gab es jede Menge geschmolzene Butter, in die man die Muscheln tunken oder die man über das Essen gießen konnte. Und alles war direkt am Strand zubereitet worden, auf einem Haufen Steine inmitten von stinkendem Seetang! Jetzt, wo sie alles durchprobiert hatte, wusste Zinnie genau, wovon sie sich unbedingt noch mal nachholen wollte. Muscheln! Salzige, buttrige Muscheln! Unglaublich, aber die schmeckten ihr sogar noch besser als Tacos!

Sie stand von der Picknickdecke auf, auf der sie mit ihren Schwestern gesessen hatte. Viola ließ sich von Lily »die Haare machen«, während sie ihr aus ihrem *Elfen der Nacht*-Buch vorlas. »Die Haare machen« hieß für Lily, dass sie Violas Haare mit der Handvoll Haargummis, die sie in Violas Handtasche gefunden hatte, zu einem Wust aus wild geflochtenen Zöpfen und Pferdeschwänzchen verknotete. Normalerweise ließ Viola nie jemand anderen als ihren Lieblingsfriseur an ihre perfekte goldene Mähne ran, aber diesmal musste sie ja halten, was sie Lily versprochen hatte. Außerdem war ja niemand da, von dem sie nicht so gesehen werden wollte, also …

Zinnie ging zu den Leuten hin, die sich um den Muschelofen versammelt hatten. Es waren rund fünfzehn Menschen aus vier verschiedenen Familien, darunter aber niemand in ihrem Alter. Die einzigen anderen »Kinder« waren ein paar College-Studenten, die einander lachend durch die Dünen jagten. Die Erwachsenen hatten Zinnie und ihren Schwestern die üblichen Fragen gestellt: »In welche Klasse gehst du?« und »Wie alt bist du?« Zinnie hatte schon immer gedacht, wenn man die Antwort auf die eine Frage kannte, bräuchte man doch gar nicht erst die zweite zu stellen, aber sie war höflicher als Viola und weniger schüchtern als Lily, und so beantwortete sie die Fragen gleich für alle drei Schwestern.

Immer, wenn jemand erfuhr, dass sie Tante Sunnys Nichten waren, rief der- oder diejenige: »Oh, das ist meine beste Freundin!« oder »Ihr habt echt ein Glück, so eine Tante zu haben!« oder »Ist sie nicht einfach großartig?« oder »Sunny ist die große weise Frau von Pruet«. Und dann lachten alle mit leuchtenden Augen. Tante Sunny selbst hatte seit Beginn der Party noch keine Minute ruhig dagesessen. Ständig lief sie lachend und plaudernd hin und her oder schwebte um den Muscheltopf herum wie ein Kolibri über ein Feld voller Wildblumen.

Tony, ein groß gewachsener Mann mit grauen Haaren und sonnenverbrannter Nase, der die meiste Kocharbeit übernommen hatte, lächelte so sehr, wenn er über Tante Sunny sprach, dass Zinnie schon dachte, gleich würde sein Gesicht sich in zwei Hälften spalten.

»Ich hätte gern noch ein paar Muscheln, bitte«, sagte sie zu ihm.

»Dann kommst du wohl nach deiner Tante«, sagte er und häufte ihr die Muscheln auf ihren Teller. »Diese kleinen Venusmuscheln mochte sie schon immer am allerliebsten. Sie isst sie wie Bonbons! Vielleicht wirst du ja eines Tages genauso klug wie sie, wenn du genug von den Dingern isst! Sie ist wirklich die klügste Frau, die ich kenne. Wusstest du, dass sie mir mal bei einer Tasse Kaffee in Sues Café die Gesetze der Hydrodynamik erklärt hat?« Zinnie schüttelte den Kopf. »Ja, so ist sie«, fügte er nach einer Pause hinzu. »Und dazu hübsch wie eine Rosenblüte.«

Hübsch wie eine Rosenblüte? Okay, Tante Sunny hatte ein richtig nettes, freundliches Gesicht, aber Zinnie hatte sich noch nie Gedanken darüber gemacht, dass sie hübsch sein könnte. Sie trug ihr graues Haar kurz geschnitten, hatte eine altmodische Brille und gelbliche Zähne, schminkte sich nie und brezelte sich auch nie mit tollen Kleidern auf.

»Ah, du hast Zinnia schon kennengelernt«, sagte Tante Sunny und legte Tony eine Hand auf die Schulter – wozu sie sich ziemlich weit hochstrecken musste, da sie wesentlich kleiner war als er. Tony errötete sofort bis zu den Haarwurzeln.

»Haben dir die Ohren geklingelt oder was?«, fragte er. »Wir haben gerade von dir gesprochen.«

Und deine Ohren sind gerade knallrot geworden, dachte Zinnie.

»Aber du hast ihr hoffentlich nicht erzählt, dass wir Einheimischen beim Muschelessen gerne mal einen über den Durst trinken, oder?«, fragte sie.

»Nein«, sagte Tony lachend.

»Sehr gut. Ich muss doch ein gutes Vorbild sein.« Tante Sunny sah in die Ferne und kniff die Augen zu. »Na so was. Dann kommen die also doch, trotz des drohenden Unwetters.«

Zinnie aß gierig zwei Muscheln auf, Tante Sunny klaute ihr eine dritte vom Teller – »Tantensteuer« nannte sie das. Zinnie bereute es kein Stück, heute nicht zum Stadtstrand gegangen zu sein. Im Gegenteil, während sie in die nächste Muschel biss, wünschte sie sich, es gäbe jeden Tag so ein köstliches Festmahl.

Tante Sunny winkte hinter Zinnies Rücken jemandem zu. »Schön dich zu sehen, Jean! Und du hast sogar deinen Segelmeister mitgebracht!«

»Wir sind spät dran, wegen einer Geburtstagsfeier am Stadtstrand, aber wir konnten es kaum erwarten, herzukommen«, sagte eine Frau.

»Darf ich dir meine Nichte Zinnia Silver vorstellen?«

»Freut mich, Sie …« Zinnie drehte sich um, um zum millionsten Mal an diesem Tag eine Erwachsenenhand zu schütteln. Aber plötzlich fühlten sich ihre Finger wie gelähmt an, und ihre Wangen wurden so heiß wie die Steine, auf denen die Muscheln gegart worden waren. Zinnie hatte keine Ahnung, wie sie den Satz zu Ende bringen sollte. Denn vor ihr stand niemand anderer als Peter Pasque, der sie unter einem ganz anderen Namen kannte.

Unwetter!

Innerhalb von Sekunden verwandelten sich die ersten vereinzelten Tropfen in richtigen Regen. Aber Viola schien die Einzige zu sein, der es etwas ausmachte. Sie duckte sich unter dem Regen und stopfte ihr Buch ganz tief in ihre Handtasche. Diese Leute sind echt verrückt, dachte sie, als sie sah, wie die Einheimischen lachend den Müll einsammelten und sich die Strandliegen, Badetücher, Essenstöpfe und Brötchenkörbe aufluden. Sie lächelten, während sie ihre Teller mit umgedrehten anderen Tellern abdeckten, ihre Getränke in ihre Strandtaschen schoben und sich dann auf den Weg zurück über die Dünen machten. Als wäre das alles völlig normal! Als wäre es cool, am Strand vom Regen überrascht zu werden! Als wäre es egal, dass Violas Ledertasche hinterher nicht mehr zu gebrauchen wäre – die zweite Tasche innerhalb weniger Tage! Ganz zu schweigen von ihren nagelneuen römischen Sandalen!

»Na los«, sagte Viola, stand auf und rollte ihr Handtuch zusammen. Dann nahm sie Lily an die Hand und schaute sich nach Zinnie um. Die wäre in der Menge bestimmt leicht zu erkennen, weil ihre Haare bei Regen sofort so frizzelig und kraus wurden, dass sie ihr nach allen Richtungen vom Kopf abstanden. Und tatsächlich – sie entdeckte Zinnie ohne Probleme. Sie half gerade dabei, Planen aufzurollen, und redete währenddessen mit einem Jungen. »Zinnie!«, rief Viola. »Wir müssen los!«

Zinnie und der Junge hielten inne, drehten sich um und schauten zu Viola herüber. Zinnie hatte die Augen weit aufgerissen. Seltsam sah das aus! Wie eine wortlose Warnung. Viola zuckte fragend mit den Schultern. Und dann wurde ihr klar, was Zinnie ihr sagen wollte: Es war Peter Pasque, mit dem Zinnie sich da unterhielt! Der Junge, der Viola unter dem Namen Seraphina Snoopy kannte! Und der gesehen hatte, wie sie rücklings ins Wasser gepurzelt war! Sie wollte sich mit den Fingern durchs Haar fahren, wie sie es immer tat, wenn sie nervös war – und blieb in den Zopfkreationen hängen, die Lily ihr auf den Kopf gezaubert hatte. Ein Zopf ragte wie eine Palme senkrecht nach oben, zwei weitere standen links und rechts zur Seite ab, und ihr Hinterkopf war mit Flechtkunstwerken übersät. Viola war klar, dass sie wie ein absoluter Freak aussah, aber sie hatte keine Zeit, etwas daran zu ändern.

»Hey, Lily, wer als Erste beim Auto ist!«, rief sie und stürzte davon. »Wir tun so, als würden diese haarigen Kühe uns verfolgen!«

»Ihr kriegt mich nicht, ihr haarigen Kühe!«, schrie Lily. Doch dann, nur wenige Sekunden später: »Viola, warte mal!«

Viola blieb kurz stehen, damit Lily sie einholen konnte, dann griff sie nach deren Arm und rannte wieder los. Atemlos zerrte sie die keuchende, kichernde Lily die Düne hoch.

»Es regnet, es regnet, die Kühe werden nass …«, trällerte Lily und lachte gegen den sommerlichen Schauer an.

»Und die Kühe sind sauer und verfolgen uns«, sagte Viola in der Hoffnung, dass ihre Schwester dann schneller laufen würde.

Doch stattdessen ließ Lily sich plötzlich einfach auf den Boden fallen und streckte die Zunge raus, weil sie angeblich durstig sei. Viola nahm sie auf den Arm, lief mit ihr die Düne hinunter und pflanzte sie auf den Rücksitz von Tante Sunnys Kombi.

Dann hüpfte sie vorne rein und blieb atemlos sitzen, während Lily vor lauter Aufregung haltlos kicherte. Viola hätte eigentlich durchaus nichts dagegen gehabt, Peter wiederzusehen, aber doch nicht so triefnass und mit diesen irren Zotteln auf dem Kopf! Und nicht so, dass sie gezwungen wäre, ihren echten Namen preiszugeben. Aber das schien jetzt unvermeidlich zu sein.

Wenigstens hatte sie heute nicht mit ihm reden müssen. Puh! Sie versuchte einen der Zöpfe aufzuflechten, aber Lily kreischte sofort los: »Nein, nicht! Mach sie nicht weg! Das sieht so schön aus und ich hab mir so viel Mühe gegeben!«

Violas Finger erstarrten mitten in der Bewegung, als sie in Lilys Gesicht das Stirnrunzeln erkannte, das meist einem Heulkrampf vorausging. »Schon gut, schon gut«, sagte Viola mit ihrer sanftesten Stimme. »Ich lass sie drin, aber nicht weinen, okay?«

»Versprochen?« Lilys Unterlippe bebte unheilverkündend.

»Versprochen.« Viola duckte sich tiefer in den Sitz, für den Fall, dass Peter am Auto vorbeikommen sollte. »Ich lass sie drin, zumindest bis ich heute Abend ins Bett muss.«

»Nein, du musst sie den ganzen Sommer drin lassen«, beharrte Lily, während Viola sich seltsam verkrümmt unter das Lenkrad schob.

»Aber ich kann doch nicht schlafen mit diesen ...«, begann Viola, doch in diesem Augenblick riss Zinnie die Wagentür auf und kletterte auf den Rücksitz – dicht gefolgt von Peter Pasque.

»Ich hab ihm gesagt, wie wir wirklich heißen«, sagte die triefnasse Zinnie. »Ging nicht anders, Tante Sunny hatte mich schon vorgestellt. Wahrscheinlich war das die Überraschung, die die Überraschungs-Brownies mit sich gebracht haben.«

Peter grinste. »Warum guckst du denn so unglücklich, Viola? Hat dir der Regen die Frisur und die Laune verhagelt?«

Die Überraschung

Jetzt sind meine Schuhe endgültig im Eimer«, sagte Viola und versuchte ruhig zu bleiben, während sie den Gurt über sich und Lily schloss, die auf ihrem Schoß saß. Aber mit dem Wissen um diese dämlichen Zöpfe auf ihrem Kopf war es nicht so einfach, ruhig zu bleiben. Und als wäre das alles nicht schon schlimm genug, war sie auch noch auf den Rücksitz verbannt worden. Tante Sunny hatte sich nämlich bereit erklärt, Peter und seine Mutter Jean nach Hause zu fahren, weil sie zu Fuß an den Strand gekommen waren. Und als Erwachsene durfte Jean natürlich automatisch vorne sitzen. »Schon wieder ein Paar Schuhe kaputt! Das erste Paar …« Viola verstummte.

»Meinst du diese Keilabsatz-Dinger, Viola?«, hakte Peter mit einem teuflischen Grinsen nach. Dabei sprach er ihren Namen so komisch aus, wie sie es noch nie gehört hatte, und sie war sich nicht sicher, ob ihr der Klang gefiel.

»Peter, woher weißt du überhaupt, was Keilabsätze sind?«, fragte Jean lachend und drehte sich zu ihm um. Dann fiel ihr Blick auf das Buch, das aus Violas Tasche herauslugte. »Oh, du liest *Elfen der Nacht?*«

»Ja!«, antworteten die drei Schwestern im Chor.

»Wusstet ihr, dass die Bücher verfilmt werden sollen?«, fragte Jean weiter. »Unter der Regie von Philip Rathbone?«

»Ja«, erwiderte Viola. Ob sie das wusste?? Und ob sie das

wusste! Sie konnte an gar nichts anderes denken! Tag und Nacht. Am Strand. In ihrer Koje. Am Frühstückstisch.

»Und wisst ihr auch, wo Philip Rathbone jedes Jahr im Juli zwei Wochen Urlaub macht?«

»Nein.« Viola beugte sich nach vorn.

»Genau da!« Jean deutete auf die große Villa auf dem Hügel und tippte dabei mit dem Fingernagel auf die Scheibe.

»In dem Monstrum!«, rief Lily.

»In dem Monstrum, das dem Flötenregenpfeifer fast den Garaus gemacht hat«, fügte Tante Sunny lachend hinzu.

Viola starrte voller Ehrfurcht zu dem Anwesen hinaus. Zinnie hat sich geirrt!, dachte sie. Das war die Brownie-Überraschung! Viola und Zinnie wechselten lächelnd einen Blick. Inzwischen prasselte der Regen ohrenbetäubend auf das Wagendach ein, und Tante Sunny musste an den Straßenrand fahren, weil sie einfach nichts mehr erkennen konnte. Aber Viola kümmerten jetzt weder die Sturzbäche mehr noch die Wolken, die den Himmel verdunkelten. In ihrem Inneren strahlte die Sonne.

Stromausfall

Weil alle noch so voll waren vom Muschelessen, gab es zum Abendbrot nur Müsli mit Blaubeeren. Danach versammelten sich alle im Wohnzimmer, an dessen Fenster immer noch der Regen trommelte. Viola, deren Laune den ganzen Nachmittag lang bombastisch gewesen war, saß an Tante Sunnys Uralt-Computer und schwitzte vor Verzweiflung. Fast zehn Minuten hatte der dämliche Rechner allein zum Hochfahren gebraucht! Und jetzt versuchte sie nach Kräften, im Internet an Infos über Philip Rathbone zu kommen. Der unglaublicherweise – Viola wurde jedes Mal ganz schwummerig vor Freude, wenn sie daran dachte – direkt hier in Pruet wohnte!

Sie dachte schon, sie würde die Informationen vermutlich selbst dann schneller bekommen, wenn sie nach Los Angeles zurückfliegen und sich mit einem Gerät aus diesem Jahrtausend in ein Wi-Fi-Netz aus diesem Jahrtausend einloggen würde, da leuchtete endlich die Google-Seite auf. Viola tippte »Philip Rathbone« und »Pruet« ein, in der Hoffnung, etwas darüber zu erfahren, wo der Mann sich in diesem mickrigen Hinterpfuideifi-Kaff so aufhielt, damit sie ihm irgendwo über den Weg laufen könnte. Sie klickte auf den Suche-Button und der Computer stöhnte vor Anstrengung. Die Aktion würde bestimmt die ganze Nacht dauern, aber Viola war fest entschlossen, sie durchzuziehen. Frustriert seufzte sie auf und wartete.

Und wartete. Und wartete. Und schaute zu ihren Schwestern hinüber.

Zinnie saß auf dem Sofa, das vor dem großen Fenster mit Blick auf den Garten stand, und las *Elfen der Nacht* im Licht einer Lampe, deren leicht staubiger Schirm mit einem – was sonst? – Segelboot verziert war. Sie hatte sich an die Wolldecke gekuschelt, die über der Rückenlehne des Sofas lag. Das Buch, das sie las, war der Band, den Viola erst gestern Abend zu Ende gelesen hatte, und sie konnte erkennen, dass auch Zinnie nicht mehr viele Seiten übrig hatte. Wahrscheinlich war sie gerade bei der Szene, die im Gespensterwald spielte, wo Seraphina und Xiomara nur noch bis zur Morgendämmerung Zeit hatten, das Amethyst-Amulett zu retten, und gegen die dämonischen Raben, die ihnen auf der Spur waren, eine magische Aufführung mit Tanz und Gesang auf die Beine stellten. Zinnie zuckte zusammen, als es draußen donnerte, schnappte nach Luft und legte sich kurz die Hand aufs Herz, bevor sie mit angehaltenem Atem die Seite umblätterte.

Lily kauerte auf dem knotigen Meerjungfrauen-Teppich und klebte Knöpfe auf eine alte Hutschachtel. Die Knöpfe hatte Tante Sunny im vergangenen Winter auf dem Dachboden entdeckt, und sie sagte, sie hätte schon geahnt, dass sie irgendwann gebraucht würden, und daher habe sie sie entgegen ihrem ersten Vernunftimpuls nicht weggeworfen. Lily wollte ihrem Teddy Benny ein Bettchen damit basteln. Sie hatte schon immer darauf bestanden, dass Benny in Schachteln schlief, vor allem in hübschen runden Schachteln, die sie mit Knöpfen in allen Farben und Formen beklebte: mit großen, klotzigen schwarzen Knöpfen, winzigen perlweißen, dreieckigen pinkfarbenen und sogar solchen mit Tigerstreifen.

»Ich bin so froh, dass ich die nicht weggeschmissen habe«, sagte Tante Sunny und ließ ihre Zeitung für einen Moment sinken. Dann legte sie sie auf ihren Schoß und schielte über den Rand ihrer Brille hinweg zu Lily und ihrem immer schöner werdenden Meisterwerk hin. »Ein tolles Muster hast du da gelegt, Lily. Benny freut sich bestimmt, dass er so ein hübsches Bett bekommt.«

Das Unwetter wurde immer stärker und rüttelte am Haus.

»Scheint ein wirklich übles Tiefdruckgebiet zu sein«, bemerkte Tante Sunny.

»Ich fühle mich wie in einem schrecklichen Spukhaus!«, sagte Viola, während gleich drei grelle Blitze den Himmel spalteten.

»Der Herr der Raben muss sehr zornig sein!«, sagte Zinnie, während der Wind die Fenster klirren ließ. Viola erkannte das Buchzitat sofort. Und schon krachte der nächste Donner über das Haus herein.

»Ich glaube, die haarigen Kühe trampeln gerade über unser Dach«, sagte Lily und brachte damit alle zum Lachen.

Aber das Gelächter erstarb sofort, als plötzlich das Licht ausging und sie in völlige Finsternis getaucht wurden.

»Oh, Stromausfall«, sagte Tante Sunny. »Bleibt alle da, wo ihr seid. Wir wollen doch nicht, dass sich jemand verletzt. Ich hole schnell die Laternen aus dem Schrank neben dem Pfeifloch. Oder waren sie über dem Eiskasten?«

Die Mädchen hörten, wie sie aufstand und sich durch den Raum schob, den sie so gut kannte wie ihre Westentasche.

»Was meint sie mit ›Pfeifloch‹?«, raunte Viola.

»Keine Ahnung«, erwiderte Zinnie. »Und was soll ein Eiskasten sein?«

Alle drei Schwestern sprangen erschrocken auf, als ein gleißend heller Blitz das Zimmer erleuchtete. Viola hechtete zu Zinnie aufs Sofa und klammerte sich – zu ihrer eigenen Überraschung – an ihre Schwester. Keine Sekunde später kauerte auch Lily dicht zwischen den beiden auf dem Sofa, je einen Arm um ihre Schwestern geschlungen.

Im Schein des Feuers

»Bei Sturm geht nichts über ein warm loderndes Feuer«, sagte Tante Sunny und stocherte mit einem langen Schürhaken in den glimmenden Holzscheiten. Sie hatten sich alle um den Kamin herum versammelt. Tante Sunny saß in einem Sessel, Zinnie und Viola auf dem Teppich, Lily auf einem kleinen Schaukelstuhl.

Fasziniert sah Zinnie zu, wie die Flammen sich in die Höhe schraubten. Tante Sunny hatte ein paar der Holzscheite aufgelegt, die sie unter der Treppe lagerte, und sie mithilfe von Kienspänen aus einem Messingeimer neben dem Kamin sowie einer alten Zeitung angezündet. Zu Hause hatten die Mädchen auch einen Kamin, aber der wurde per Fernbedienung entfacht, und Zinnie konnte sich kaum erinnern, wann sie ihn zuletzt benutzt hatten. Dieses Feuer hingegen war lebendig und wild und zauberte allen einen magischen Schimmer ins Gesicht. Während Zinnie den orangefarbenen Funken zusah, wie sie in den Kaminschacht hochschossen, stellte sie sich vor, die winzigen Lichter wären Elfen der Nacht, die vor der Gefahr wegtänzelten. Sie hatte ihr Kapitel wegen des Stromausfalls nicht zu Ende lesen können, und ihre Fantasie fand immer noch keine Ruhe.

»Der Schaukelstuhl ist genau perfekt für mich«, sagte Lily. Und es stimmte – sie kam mit ihren kräftigen Füßchen gerade so bis auf den Boden.

»Du hast recht«, sagte Tante Sunny. »Ham hat ihn extra für mich gebaut.«

»Aber du bist doch viel zu groß dafür«, sagte Lily und schaukelte ein paarmal hin und her, um zu zeigen, dass sie viel besser reinpasste.

»Ja«, sagte Tante Sunny, und Zinnie sah, wie ein trauriger Schatten über das Gesicht ihrer Tante huschte und sich in deren Mundwinkeln niederließ. »Wir hatten immer gedacht, wir würden irgendwann mal Kinder haben.« Sie beugte sich vor und stocherte wieder im Feuer, obwohl es noch lichterloh brannte. Bis auf das Knacken der Scheite war eine Weile nichts zu hören.

»Wollen wir jetzt das Eis holen?«, schlug Zinnie dann vor. Sie wusste, dass sie Kaffee-Eis im Haus hatten, und Tante Sunny hatte gesagt, dieses Eis gehöre für sie zu den fünf tollsten Sachen auf der Welt. »Es schmilzt doch sowieso, wenn wir keinen Strom haben.«

»Das ist eine großartige Idee«, sagte Tante Sunny. Zinnie stand auf, knipste ihre Taschenlampe an und machte sich auf den Weg in die Küche. »Es ist ganz hinten im Eiskasten. Ihr sagt wohl eher Kühlschrank dazu. Und du brauchst keine Schalen zu holen, nur vier Löffel«, rief Tante Sunny ihr aus dem Wohnzimmer hinterher.

»Wenn der Eiskasten also ein Kühlschrank ist, was ist dann das Pfeifloch?«, fragte Zinnie, als sie mit vier Löffeln und der Eispackung zurückkam und sich wieder auf den Teppich setzte.

»Die Toilette«, antwortete Tante Sunny lächelnd. Lily kicherte.

»Wie bitte?«, fragte Viola.

»Warum sagst du Pfeifloch dazu?«, fragte Zinnie.

»Erkläre ich euch gleich. Aber erst mal brauche ich ein bisschen Eis.« Zinnie reichte ihr die Packung, und Tante Sunny schöpfte sich einen großen Löffel voll heraus, bevor sie das Eis an Viola weitergab. »Also, alles begann im Jahr 1978. Mr und Mrs William P. Winthrop, die an der Wall Street ein Vermögen gemacht hatten und den Sommer immer hier verbrachten, beschlossen, um die Welt zu segeln.«

»Um die ganze Welt?«, fragte Lily.

»Ganz recht, einmal um die ganze Welt. Und sie wollten ihre Reise hier in Pruet starten, auf einem Schoner namens Elizabeth. Im Rahmen ihrer Vorbereitungen lernten sie Ham kennen, der an ihrem Boot einiges reparierte. Ham konnte nämlich jeden um den Finger wickeln, selbst Millionäre aus New York. Ihr könnt euch sicher vorstellen, wie aufgeregt wir waren, als wir dann viel später einen Brief aus Südamerika bekamen, in dem die Winthrops uns einluden, ihnen auf der letzten Etappe ihrer Reise Gesellschaft zu leisten – von Griechenland bis nach Deutschland.«

»Und, seid ihr mitgesegelt?«, fragte Zinnie, den Mund voller Eiscreme.

»Na was denkst du denn! Mein Vater, euer Urgroßvater, hat mir eingebläut, großzügige Einladungen niemals auszuschlagen. Und diesen Rat gebe ich jetzt gern an euch weiter. Wir buchten also unsere Flüge und stießen in Griechenland zu den Winthrops. Und es wurde ein Wahnsinnsabenteuer!«

»Aber was hat das mit dem Pfeifloch zu tun?«, hakte Lily nach.

»Ach so, ja, auf der Elizabeth gab es zwei Bordtoiletten. Die waren wie kleine Klohäuschen, eine auf der linken Seite – oder backbord – und eine auf der rechten, der Steuerbordseite. Eigentlich bestanden sie nur aus vier niedrigen Holzwänden und einem Loch, durch das man direkt ins Meer machen konnte.«

»Ihr habt durch ein … Loch ins Meer gemacht?«, fragte Viola

so angeekelt, dass sie das Eis weitergab, ohne sich davon zu nehmen.

»Ja«, antwortete Tante Sunny. »Und der Wind pfiff ganz schön lautstark da durch.« Sie spitzte die Lippen und ahmte das Geräusch nach.

»Deswegen Pfeifloch!«, sagte Lily und nickte zufrieden.

»War das nicht kalt, da draufzuhocken?«, fragte Zinnie.

»Ich würde sagen, es war ziemlich erfrischend«, sagte Tante Sunny und lachte. »Jedenfalls sagten wir seitdem zu jedem Klo Pfeifloch, und das haben wir dann auch nach unserer Rückkehr beibehalten.«

»Hm, ach so … Aber mal was anderes, Tante Sunny, weißt du eigentlich, wo Philip Rathbone hier so rumläuft?«, fragte Viola.

»Willst du immer noch zum Casting bei diesem schrecklichen Menschen gehen?«, fragte Tante Sunny. »Trotz allem, was ich euch über die vom Aussterben bedrohten Flötenregenpfeifer erzählt habe?«

»Ähm … das mit den Vögeln tut mir wirklich leid, aber … die machen da einen richtig großen Film«, erwiderte Viola. »Der könnte mein Leben verändern.«

»Und die Bücher sind echt klasse«, eilte Zinnie ihr zu Hilfe. Sie wollte nicht, dass Tante Sunny einen schlechten Eindruck von ihrer Schwester bekam. Das mit dem Film war schon immer Violas großer Traum gewesen, lange bevor sie wusste, dass es Flötenregenpfeifer überhaupt gab.

»Na ja, ein Abenteuer wäre es bestimmt, in einem Film mitzuspielen«, sagte Tante Sunny.

»Könntest du mir vielleicht nur einen klitzekleinen Tipp geben, wo ich dem Mann über den Weg laufen könnte?«, bat Viola.

»Am besten redest du mal mit Jean.«

»Peters Mom?«, fragte Lily.

»Ja«, antwortete Tante Sunny. »Ihr Ehemann Mack ist der Geschäftsführer des Jachtklubs, sie leitet das Kasino, und die beiden könnten genauso gut auch die Bürgermeister von Pruet sein.«

»Hier gibt's ein Spielkasino? Wie in Las Vegas?«, fragte Viola erstaunt.

»Nein, nein. Es sei denn, man zählt den Bingo-Abend der Senioren zu den Glücksspielen.« Tante Sunny lachte leise. »›Kasino‹ ist ein altes Wort für ›Kurhaus‹, so was wie ein Gemeindehaus oder Gemeindezentrum. Dort finden alle Stadtratssitzungen statt, die Tanzfeier im Sommer und so weiter. Früher gab es da auch mal Theateraufführungen. Wir hatten sogar professionelle Gastensembles aus New York da. Und diese alljährliche Tanzparty wird immer nach den Regatten des Junioren-Segelteams abgehalten. Dieses Jahr könnt ihr sogar hingehen!« Tante Sunny kratzte den letzten Rest Eiscreme aus der Packung und sah Viola an. »Also, ich kann dir nur raten: Sprich mit Jean. Aber ich möchte mit diesem Mistkerl Rathbone nichts zu tun haben, und es wäre wohl besser, wenn du ihm nicht sagst, dass du mich kennst.«

Sie hatte kaum zu Ende gesprochen, da ging plötzlich das Licht wieder an.

Ein genialer Geistesblitz

Die Idee kam Zinnie, nachdem sie schon gefühlt mehrere Stunden schlaflos im Bett gelegen hatte. Es hatte aufgehört zu regnen, der Duft nach feuchtem Gras drang durch das offene Fenster herein. Zinnie hörte den Ozean in der Ferne, die Zikaden vor dem Haus und eine Stechmücke direkt im Zimmer. Aber sobald ihr die Idee durch den Kopf geschossen war, konnte sie an nichts anderes mehr denken. Sie sprang genauso schnell aus dem Bett, wie die goldenen Funken in den Kaminschacht hochgeschossen waren.

»Viola, wach auf!«, raunte sie und eilte zum Bett ihrer Schwester.

»Ich schlafe gar nicht.«

»Wir könnten ein Theaterstück aufführen!«, sagte Zinnie aufgeregt. »Wir führen ein Stück auf und laden Mr Rathbone dazu ein.« Viola setzte sich aufrecht hin. Sie sagte kein einziges Wort, sondern hörte nur gebannt zu. Ihre Augen starrten ins Leere, und es war, als würde sie sich nicht einmal trauen zu atmen. »Ich meine, ich hab keine Ahnung, welches Stück wir machen könnten oder ob er dann überhaupt kommt, um es zu sehen. Ich weiß auch nicht, wie wir das in der kurzen Zeit auf die Beine stellen sollen. Aber ich glaube … ich glaube trotzdem, dass wir es schaffen könnten.«

»Zinnie«, sagte Viola, während sie aufstand und ihre Schwester bei den Schultern packte, »du bist ein Genie! Wie bist du bloß darauf gekommen?«

»Keine Ahnung.« Irgendwie war ihr der Gedanke plötzlich durch den Kopf geschossen, so plötzlich, wie am vergangenen Tag der Regen eingesetzt hatte. Aber dann fiel es ihr wie Schuppen von den Augen. »Doch! Eine Szene aus *Elfen der Nacht* hat mich darauf gebracht! Weil Xiomara und Seraphina dieses Musical inszenieren, um die dämonischen Raben zu verhexen. Wir verhexen Mr Rathbone!«

Viola riss ihre Schwester in die Arme. Und es war das erste Mal seit sehr langer Zeit, dass sie es von sich aus tat, ohne dass jemand sie dazu aufgefordert hätte.

Das Kasino

»Was für eine nette Überraschung!«, rief Jean aus, als Viola, Zinnie und Lily am darauffolgenden Nachmittag ins Kasino gingen, um zu fragen, ob sie dort ein Theaterstück aufführen dürften. Jean war gerade dabei, Stühle für eine Stadtratssitzung aufzustellen, die am selben Abend stattfinden sollte. »Außerdem kommt ihr mir gerade recht. Ich könnte wirklich ein bisschen Hilfe mit den Stühlen gebrauchen. Normalerweise erledige ich so was schon viel früher, aber diesmal musste ich noch einige Besorgungen machen.«

Das war für die Mädchen nichts Neues – sie waren schon direkt nach dem Mittagessen hier gewesen, aber da sie Jean nicht angetroffen hatten, waren sie gezwungen gewesen, in der Leihbücherei Zeit totzuschlagen, wo Zinnie sich zwei neue Romane ausborgte, obwohl sie schon bei Tante Sunny einen Haufen vielversprechender Bücher entdeckt hatte. Und weil danach immer noch Zeit war, hatten sie sich Eiscreme geholt und einen Abstecher an den Strand gemacht, um sich mit Ashley zu unterhalten. Zwischendurch hatten sie immer wieder nachgeschaut, ob Jean inzwischen am Kasino eingetroffen war. Jetzt, wo sie ihre Chance endlich gekommen sahen, waren die Mädchen aber plötzlich ganz ungewöhnlich verlegen. Zinnie und Viola griffen sich je einen Stuhl. Lily dagegen, der die Stühle zu schwer waren, spazierte umher und schaute sich die Porträts längst verstorbener Herrschaften an, mit denen die Wände geschmückt waren.

Während Zinnie einen Stuhl aufklappte, schielte sie zur Bühne hoch. Sie war kleiner und niedriger als die Bühne an ihrer Schule, und es gab weder Vorhang noch Scheinwerfer, aber das machte ihr nichts aus, sie hätte sowieso nicht gewusst, wie man so eine komplizierte Lichtanlage bediente.

»Ich bin euch wirklich dankbar, dass ihr mir helft«, sagte Jean, als auch der letzte Stuhl aufgestellt war. »Aber ich habe so das Gefühl, dass ihr nicht hergekommen seid, um Stühle aufzuklappen.«

Zinnie und Viola wechselten einen Blick. Dann nickte Viola ihrer Schwester zu, und Zinnie wusste, es war nun an ihr, die entscheidende Frage zu stellen.

»Eiiiiigentlich …«, begann Zinnie und zog das Wort in die Länge, »… hatten wir überlegt, ob es vielleicht möglich wäre, dass wir hier im Kasino ein Theaterstück aufführen.«

Aber statt sofort »Ja!« zu rufen, wie die Mädchen gehofft hatten, brummte Jean nur »Hmm« und biss sich auf die Lippe.

Viola beschloss einzuspringen. »Tante Sunny hat uns nämlich erzählt, dass hier früher auch schon Theaterstücke aufgeführt wurden, und wir dachten, wir könnten den Leuten eine Freude machen, indem wir die alte Tradition wieder aufleben lassen.«

»Ganz so einfach ist das nicht«, sagte Jean. »Das Kasino wird mit dem Geld der Stadt betrieben, und es gibt ein Komitee, das darüber entscheidet, wer das Geld bekommt und zu welchem Zweck.« Sie setzte sich auf die Stufen zur Bühne. »An welches Stück hattet ihr denn gedacht?«

Zinnie und Viola tauschten einen panischen Blick. Sie waren von der Idee so begeistert gewesen, dass sie an die tatsächliche Durchführung noch keinen Gedanken verschwendet hatten.

»*The Sound of Music?*«, sagte Zinnie, einfach um irgendwas zu sagen. Und wer liebte dieses Musical nicht?

»Ich weiß nicht, Mädchen …«, erwiderte Jean. »Ich bewundere euren Tatendrang, aber ich glaube kaum, dass man in zwei Wochen eine Musical-Produktion auf die Beine stellen kann, selbst wenn man Broadway-Experten mit im Boot hätte.«

»Außerdem kann ich nicht singen«, sagte Viola, ließ sich auf einen Klappstuhl fallen und stützte das Kinn auf die Hände.

»Das stimmt.« Zinnie kam sich richtig dumm vor. »Keine von uns dreien trifft die Töne.«

»Hey, ist das Tante Sunny?«, rief Lily plötzlich aus dem hinteren Teil des Kasinos. Sie stand vor einem kleinen gerahmten Foto, das ziemlich niedrig an der Wand hing. »Die sieht aber komisch aus!«

»Hat sie einen Matrosenanzug an?«, fragte Jean.

»Ja.« Lily kicherte. »Und sie tanzt mit einem Mann, der Kokosnüsse anhat!«

»Ja, dann ist sie das«, bestätigte Jean.

Das konnten sich Viola und Zinnie nicht entgehen lassen. Sie eilten zu Lily, um sich das Foto anzuschauen. Tatsächlich, Tante Sunny trug einen Matrosenanzug und hatte sich tanzend und singend bei Ham eingehakt, der nicht nur einen BH aus Kokosnussschalen anhatte, sondern dazu noch ein neckisches Baströckchen!

»Da tanzen sie gerade zu einem Song aus dem Musical *South Pacific*«, erklärte Jean. »Sie waren der Knaller, haben allen anderen die Show gestohlen.«

»Moment mal.« Zinnie war auf dem Foto ein Banner aufgefallen. PRUETS ALLJÄHRLICHE TALENTSHOW, stand darauf. »Ihr habt jedes Jahr eine Talentshow?«

»Hatten wir früher mal. Euer Onkel Ham hatte das Ganze in die Gänge gebracht. Er und eure Tante organisierten die Talentshow jedes Jahrs aufs Neue und brachten die ganze Gemeinde dazu, mitzumachen. Aber als er starb, ist die Talentshow sozusagen mit ihm gestorben«, erklärte Jean.

»Warum hat Tante Sunny nicht allein weitergemacht?«, fragte Viola.

»Wahrscheinlich wäre es für sie unerträglich traurig gewesen.«

»Vielleicht sollten wir die Talentshow wieder zum Leben erwecken?«, schlug Zinnie vor.

»Ich glaube, damit hätte ich bessere Chancen, das Komitee zu einem Ja zu überreden«, sagte Jean.

»Okay, *The Sound of Music* schaffen wir nicht, aber wir könnten es schaffen, die Leute für eine Talentshow zu begeistern«, sagte Zinnie.

»Und wir könnten trotzdem ein Stück dafür aufführen, ein ganz kurzes«, fügte Viola hinzu. »Und ganz ohne Gesang.«

Jean lächelte. »Das hört sich doch schon viel besser an.«

Dann schnappte sie sich ihren Kalender und suchte nach einem Abend, der noch nicht belegt war. Und tatsächlich: In gut zwei Wochen, kurz nach der Tanzparty, aber noch vor der geplanten Heimkehr der Silver-Mädchen, fand sich ein freier Abend. Jean entschied, dass fünfzehn Teilnehmer genug wären, um das Publikum einen ganzen Abend lang wunderbar zu unterhalten. Wenn sie weitere vierzehn Kinder dazu bringen könnten, sich bis zum Ende des morgigen Tages einzutragen, sagte sie zu den Mädchen, dann sollten sie ihre Talentshow kriegen.

Mit einer Umarmung verabschiedeten sie sich von Jean. Sie waren schon halb die Straße runter, als Jean sie noch einmal einholte und Zinnie das Foto von Tante Sunny in die Hand drückte. »Ich finde, das sollte sie bekommen.«

Tante Sunny, weißt du was?

»Wie eine Herde wilder Fohlen!«, sagte Tante Sunny, zog ihre Gartenhandschuhe aus und richtete sich auf, um die Mädchen zu begrüßen, die zum Zaun geeilt kamen, vor dem sie gerade kleine Pflänzchen herausgezupft hatte, die neben riesigen, rosa blühenden Blumen gesprossen waren. Grillen zirpten überall, in der Luft lag der Duft von Heckenkirschen, und obwohl es noch hell war, schimmerte schon ein fahler Mond am Himmel. Zinnie und ihre Schwestern waren so aufgeregt, dass sie atemlos keuchend rannten. Selbst Viola joggte, um ihrer Tante die guten Neuigkeiten so schnell wie möglich zu überbringen. »Ich hatte mir schon ein bisschen Sorgen gemacht. Ihr seid seit dem Mittagessen weg, und bald ist Abendbrotzeit!«

»Jean war heute Nachmittag nicht im Kasino«, erklärte Viola. »Also waren wir erst mal in der Bücherei, dann in der Eisdiele und dann am Strand, bei unserer Freundin Ashley. Irgendwie mussten wir ja die Wartezeit überbrücken«, erklärte Zinnie.

»Das klingt, als hättet ihr einen netten Nachmittag gehabt«, sagte Tante Sunny.

»Warum reißt du denn die ganzen Blumen raus?«, fragte Zinnie. Sie fand die hohen Stängel mit den üppigen roten und rosafarbenen Blüten eigentlich ganz hübsch.

»Weil es wilde Triebe sind«, sagte Tante Sunny und hielt ein Exemplar hoch. »Ich hab sie nicht gepflanzt. Sie sind von allein gewachsen, aus Samen, die die Stockrosen selbst gestreut haben. Aber das Problem ist, dass Stockrosen nicht zu dicht beieinander sprießen dürfen. Sie brauchen Platz, um richtig wachsen zu können. Also, habt ihr es dann noch geschafft, mit Jean zu sprechen?«

Zinnie nickte.

»Und weißt du was?«, sagte Lily.

»Was denn?«, fragte Tante Sunny.

»Wir haben ein Foto von dir entdeckt!«

Zinnie reichte ihrer Tante das Bild. Tante Sunny keuchte überrascht auf, schlug sich die Hand vor die Brust und lachte. »Wo habt ihr das denn her?«

»Es hing im Kasino«, erklärte Lily. »Ganz hinten an der Wand. Ihr seht echt lustig aus, du und Ham.«

Tante Sunny strich lächelnd über das Foto. »Ja, wir haben wirklich viel Spaß gehabt. Meine Güte, an die Talentshow hab ich schon seit Jahren nicht mehr gedacht.«

»Dann freut es dich sicher zu hören, dass wir, deine Nichten, sie wieder zum Leben erwecken werden«, verkündete Viola.

»Tatsächlich? Hat Jean Ja gesagt?«

»Jep. Zumindest wenn wir bis morgen Abend vierzehn weitere Teilnehmer zusammentrommeln können«, sagte Zinnie. »Und wenn das Komitee zustimmt.«

»Das ist ja großartig!«, sagte Tante Sunny. »Aber dann solltet ihr jetzt lieber mal in die Puschen kommen, oder?«

»Sie hat recht«, sagte Viola. »Wir müssen sofort los und alle Häuser abklappern.«

Tante Sunny hob den Zeigefinger. »Oh nein, erst nach dem Abendessen. Ich hab ein Brathähnchen im Ofen, und ich brauche jemanden, der mir beim Salatwaschen hilft.« Sie griff in ihren Korb und reichte Viola den Salatkopf. »Dann noch jemanden, der die Karotten schält …« Sie reichte Zinnie eine Handvoll Möhren. »Und du, Lily, kannst den Mais schälen, der schon auf dem Küchentisch liegt.«

»Wer als Erstes fertig ist!«, rief Lily, und gemeinsam stürmten die Mädchen zwischen den Birnbäumen und unter dem steinernen Bogen hindurch zum Haus. Doch als Zinnie bemerkte, dass Tante Sunny ihnen nicht folgte, blieb sie stehen, drehte sich um und ging zurück in den Garten. Sie spähte unter dem Steinbogen hindurch – Tante Sunny stand im Garten, das Licht der schwindenden Sonne im Gesicht, und schaute mit einem weichen, stillen Lächeln auf das Foto in ihrer Hand. Schließlich steckte sie das Bild in ihre Schürzentasche und machte sich auf den Weg zum Haus. Zinnie wartete auf sie.

»Habt ihr die Talentshow damals gewonnen?«, fragte Zinnie, als sie den mit Steinplatten belegten Gartenpfad hochgingen.

»Nein, die Talentshow war schon immer nur für die Kinder gedacht. Wir haben sie bloß organisiert. Aber wir waren wirklich ein perfektes Team.«

»Möchtest du nicht irgendwann … wieder mit jemandem ein Team bilden?«, fragte Zinnie und dachte daran, wie Tony an dem Nachmittag des Muschelessens ihre Tante angesehen hatte.

»Für so was bin ich schon zu alt«, erwiderte Tante Sunny.

»Für die Liebe ist niemand zu alt«, widersprach Zinnie und deutete auf den blassen Himmel. »Nicht mal der Mond!«

»Ach, Schätzchen, du kannst wirklich ganz wunderbar mit Worten umgehen«, sagte Tante Sunny und legte ihrer Nichte eine Hand auf die Schulter. »Und jetzt erzähl mir, was ihr bei der Talentshow aufführen wollt.«

»Ein kurzes Theaterstück«, sagte Zinnie.

»Fabelhaft! Und von wem stammt das Stück?«

Zinnie dachte einen Augenblick nach. »Ich glaube, ich werde es selber schreiben«, sagte sie dann.

Als am Abend das Telefon klingelte, stürzten sich alle drei Mädchen gleichzeitig darauf. Sie wussten, dass ihre Eltern dran sein würden, um wie abgemacht eine Telefonkonferenz zu führen, und sie brannten alle darauf, ihnen die großen Neuigkeiten zu erzählen. Viola, die heute mit Geschirrspülen dran war, stürmte hinter dem Waschbecken hervor, ohne sich die Mühe zu machen, die Gummihandschuhe auszuziehen. Zinnie sprang vom Sofa auf, wo sie ein Buch über eine kleine Detektivin las, das sie in einem von Tante Sunnys Bücherregalen entdeckt hatte. Aber am Ende war es Lily – die mit Schwimmflügeln an den Armen neben Tante Sunny auf dem Boden lag und Paddeln übte –, die ihre Schwestern im Rennen um das Telefon besiegte.

Als Erstes erzählte sie ihren Eltern davon, wie tapfer sie über die Düne geklettert war. Dann beschrieb sie die haarigen Kühe in allen Einzelheiten. Schließlich zählte sie alle Sachen auf, die sie nicht nur beim Muschelessen, sondern während der gesamten letzten Tage zu sich genommen hatte. Ihren Schwestern kam es vor wie eine Ewigkeit, bis sie den Hörer endlich an Viola weiterreichte.

»Ich kann vielleicht doch noch bei Philip Rathbone vorsprechen!«, rief Viola. Zinnie hörte zu, wie ihre Schwester atemlos von dem Muschelessen erzählte und von der Entdeckung, dass Philip Rathbone jedes Jahr zwei Wochen in Pruet verbrachte. Tante Sunny schüttelte den Kopf, als Viola hinzufügte: »Er wohnt in einer superschönen Villa.« Aber Zinnie strahlte, als ihre Schwester dann noch sagte: »Zinnie hatte die Idee, eine Aufführung auf die Beine zu stellen, und wir denken, wir können es echt schaffen!«

»Klingt, als hättet ihr jede Menge Spaß«, sagte Mom, als Zinnie endlich Gelegenheit bekam, auch mit ihren Eltern zu sprechen. »Erzähl doch mal von dieser Talentshow.«

»Ich schreibe ein Theaterstück dafür«, verkündete Zinnie und hatte das Gefühl, als wäre sie plötzlich mindestens einen Zentimeter gewachsen.

»Das ist ja großartig!«, riefen ihre Eltern gleichzeitig, und obwohl sie Tausende von Meilen entfernt waren, konnte Zinnie ihr Lächeln mithören.

Eine Mütze mit Macht

Oh nein«, stöhnte Peter, als er Viola auf sich zukommen sah. Er füllte gerade Beutel mit Eis aus der Eismaschine in eine Schubkarre. »Ich werde nicht bei eurer Talentshow mitmachen«, sagte er und dampfte mit der Schubkarre den Kai entlang davon.

»Hey, warte doch!« Viola eilte hinter ihm her. Um ihre Chancen bei der Teilnehmersuche zu erhöhen, hatten sie und Zinnie sich am Morgen getrennt voneinander auf den Weg gemacht. Viola hatte den Jachtklub übernommen, Zinnie den Stadtstrand. Zu Mittag wollten sie sich dann in der Eisdiele treffen und sich austauschen, wer wie viele Leute an Land gezogen hatte. Tante Sunny war in der Zwischenzeit mit Lily im Sportzentrum, damit die Kleine ihre erste Schwimmstunde bekam. Die Kurse waren zwar längst ausgebucht, sodass Lily nicht auf offiziellem Wege schwimmen lernen konnte, aber Tante Sunny hatte sich vorgenommen, Lily während der Freischwimmzeiten selbst zu unterrichten.

Eigentlich wären Viola und Zinnie heute selbst auch viel lieber schwimmen gegangen. Zwar wehte eine leichte Brise, aber es war trotzdem sehr heiß. Viola rann der Schweiß den Nacken hinunter, als sie nun hinter Peter herhetzte. Und wieder mal verfluchte sie sich für die verkehrte Schuhauswahl. Mit ihren Glitzer-Ballerinas dauerte es viel zu lange, Peter einzuholen.

Konnte man in dieser blöden Stadt denn nichts anderes anziehen als hässliche Turnschuhe?

Als Peter vor einem großen Boot namens Sweet Caroline stehen blieb, konnte Viola endlich zu ihm aufschließen. Sie wartete, bis er die Eisbeutel einem Mann auf dem Boot gereicht und das Geld dafür gezählt hatte.

»Willst du es dir nicht wenigstens überlegen?«, fragte sie dann, während er sich die Scheine in die Tasche schob.

»Nein«, antwortete er. Er nahm seine Basecap ab, um sich den Schweiß von der Stirn zu wischen, dann setzte er sie wieder auf, griff nach der Schubkarre und machte sich auf den Weg zurück zum Klubhaus. »Ich stell mich nicht gern vor so vielen Leute auf die Bühne.«

»Aber deine Mutter hat gesagt, du kannst richtig gut Gitarre spielen«, bohrte Viola weiter.

»Sie ist meine Mutter! Natürlich sagt sie, ich wäre gut. In Wirklichkeit kann ich nur vier Songs spielen.«

Viola sprang vor die Schubkarre und versperrte ihm so den Weg. »Na komm schon, Peter, warum sträubst du dich so?«

»Die Frage ist doch eher, warum sollte ich das tun?« Er musterte Viola und schüttelte den Kopf. »Wieso ziehst du dich eigentlich immer so an, als wolltest du auf eine Party?«

»So was nennt man guten Style«, gab Viola zurück. »Ist doch kein Verbrechen, oder? Nicht mal hier.« Tatsächlich hatte sie sich heute noch etwas mehr als sonst aufgebrezelt. Sie trug ein gelbes Kleid mit aufgestickten Gänseblümchen und dazu silbern glitzernde Ballerinas, und sie hatte sich die Haare zu einem Dutt hochgesteckt. Sie wollte so gut wie möglich aussehen, um die Leute überreden zu können, bei der Show mitzumachen. »Ich könnte dich genauso gut fragen, warum du ständig diese schmierige Schirmmütze aufhast.« Sie deutete auf die zerschlissene, von der Sonne ausgeblichene Basecap auf Peters Kopf. »Du solltest das Ding mal waschen. Bestimmt tummeln sich schon Insekten drin.«

»Viola, wenn ich diese Cap wasche, bringt das den Red Sox Unglück. Und jetzt geh mir bitte aus dem Weg, okay?«

»Glaubst du wirklich, die Siege und Niederlagen der Red Sox hängen davon ab, ob irgendein Junge eine dreckige Schirmmütze trägt oder nicht?« Viola rührte sich keinen Millimeter von der Stelle.

»Ich bin nicht irgendein Junge«, entgegnete Peter. »Nur zu deiner Information: Als ich diese Basecap getragen habe, hab ich in Fenway einen Flugball gefangen.«

»Wo liegt Fenway?«, fragte Viola.

»Wie bitte?«

Viola überlegte, ob das irgendein wichtiger Ort sein könnte, den sie eigentlich kennen müsste. »Moment, ist Fenway nicht die Hauptstadt von New Hampshire?«

»Sag mal, geht's dir noch gut?«, entrüstete sich Peter. »Der Fenway Park ist das Stadion, in dem die Red Sox Baseball spielen. Baseball sagt dir doch was, oder?« Er ließ die Schubkarre los und tat so, als würde er einen Baseballschläger schwingen. Dann senkte er die Stimme. »An deiner Stelle würde ich niemanden hier merken lassen, dass du keine Ahnung hast, was Fenway ist. Und nur damit du's weißt – bei einem Spiel der Red Sox einen Ball zu fangen ist eine ziemlich große Sache. Kann gut sein, dass mir nie im Leben was Tolleres passiert. Ich war sogar im Fernsehen und so.« Er griff wieder nach der Schubkarre und schob sie an Viola vorbei. »Ich bin ziemlich berühmt hier in der Gegend.«

»Ich war auch schon mal im Fernsehen, weißt du«, gab Viola zurück.

»Ja, ich weiß.«

»Ich meine … Falls du mal wieder ins Fernsehen willst, könnte meine Talentshow ein gutes Sprungbrett für dich sein. Komm schon, wir könnten doch Freunde werden.«

»Wer will schon mit einem Mädchen befreundet sein?« Peter schob seine Karre wieder an ihren Platz neben der Eismaschine, schöpfte eine Handvoll Eis und fuhr sich mit einem Würfel über den Nacken.

»Mädchen sind viel stärker als Jungs. Wir schaffen alles, was wir uns in den Kopf setzen.« Viola holte sich auch einen Eiswürfel heraus und fuhr sich damit über die Handgelenke, als wäre es Parfüm.

Peter grinste. »Na klar. Kannst du zum Beispiel bis zu der Boje da raussegeln?«

Viola folgte seinem ausgestreckten Finger mit den Augen bis zu einem Ding, das aus dem Wasser ragte, aber kein Fels war. So weit entfernt kam es ihr gar nicht vor. Wahrscheinlich würde sie sogar hinschwimmen können, wenn sie wollte. Und es war ja nicht so, dass sie noch nie gesegelt wäre. Bei den Pfadfinderinnen hatte sie es schon mal gemacht. Okay, das war mittlerweile vier Jahre her, und sie hatte die ganze Zeit einen Betreuer dabei gehabt, aber so schwer war es nun wirklich nicht gewesen. Und wie man einen Palstek knotete, war ihr schließlich auch ratzfatz eingefallen.

»Klar«, sagte sie. »Wenn ich es wirklich wollen würde, könnte ich. Aber ich will nicht. Für so was hab ich keine Zeit.«

»Vielleicht hab ich auch keine Zeit, um bei einer Talentshow mitzumachen«, erwiderte Peter. »Schon mal daran gedacht?«

»Du hast doch bloß Angst«, gab Viola zurück.

»Nö. Ich hab nur einfach keine Lust.«

Viola stemmte eine Hand in die Hüfte. Sie konnte doch unmöglich in der Eisdiele aufkreuzen, ohne wenigstens Peters Namen in die Liste eingetragen zu haben. Außerdem hatte sie irgendwie das Gefühl, als hätte er gewonnen, wenn sie ihn nicht überreden konnte. Und wenn Viola etwas nicht ausstehen konnte, dann zu verlieren. »Wenn ich dahin segele, machst du dann bei der Show mit?«

»Du meinst, du würdest jetzt sofort lossegeln?«, fragte Peter.

»Auf der Stelle.«

»Willst du wetten?«

»Jep.« Viola streckte ihm die Hand hin.

»Augenblick mal«, sagte Peter. »Was ist, wenn du verlierst? Dann muss ich doch was dafür kriegen.« Ein Lächeln breitete sich wie Honig auf seinem Gesicht aus. »Du musst meine Basecap aufsetzen. Und du darfst sie nicht waschen.«

»Igitt«, sagte Viola. Aber dann dachte sie, sie könnte das Ding ja schließlich auch zu Hause tragen, im Haus. »Na meinetwegen.«

»Bei der Tanzparty«, sagte Peter.

Viola schnappte nach Luft. »Aber ich trage nie was auf dem Kopf …«

»Abgemacht?«, sagte Peter grinsend.

»Na gut«, sagte Viola widerstrebend und schüttelte ihm die Hand.

Eine sehr teure Bekanntmachung

»Lass mich raten – du möchtest bestimmt ein rotes Wassereis«, sagte Ashley, kaum dass Zinnie vor der Snackbar aufgetaucht war.

»Ja, genau das brauche ich jetzt«, sagte Zinnie.

»Ich kenne doch meine Kundschaft.« Ashley reichte ihr das Eis und richtete sich in der spiegelnden Scheibe des Snackbar-Fensters ihren Pony. »Wo ist denn deine Schwester? Die immer so ein bisschen hochnäsig tut?«

»Im Jachtklub«, antwortete Zinnie.

»Na das passt. Hast du nicht auch noch eine kleine Schwester?«

»Jep.«

»Große Schwester, kleine Schwester … Wahrscheinlich kannst du es schon nicht mehr hören, was?« Zinnie fand es schön, wie sie die Wörter beim Sprechen in die Länge zog.

Sie schleckte an ihrem Eis, musterte Ashley und überlegte, wie sie sie am besten dazu bringen sollte, bei der Talentshow mitzumachen.

»Warum guckst du mich so komisch an?«, fragte Ashley.

»Ich muss dich was fragen«, erwiderte Zinnie. »Und es ist eine komische Frage.«

»Aufgeklärt bist du aber hoffentlich schon, oder?«

»Ja. Darum geht's nicht«, sagte Zinnie lachend.

»Gut, denn sonst hätte ich gesagt, frag lieber deine Mutter. Ich verkauf hier nur Eis.« Ashley wischte kopfschüttelnd den Tresen sauber.

Zinnie lachte wieder. »Nein, keine Sorge. Es ist nur ... Meine Schwestern und ich wollen eine Talentshow auf die Beine stellen, und da hab ich dran gedacht, was für eine hübsche Stimme du hast.«

Ashley lief sofort rot an. »Echt? Das weißt du noch?«

»Na klar. Ich finde deine Stimme echt toll. Und deswegen finde ich, du solltest bei der Talentshow mitmachen.«

»Okay«, sagte Ashley schlicht und putzte weiter.

Wow, das war ja einfach, dachte Zinnie, während sie ihren Notizblock herausholte und Ashleys Namen auf die Liste schrieb. »Und welchen Song möchtest du singen?«

»Das *Ave Maria*«, antwortete Ashley wie aus der Pistole geschossen, als hätte sie den ganzen Tag schon drauf gewartet, das gefragt zu werden.

»Kenne ich nicht«, sagte Zinnie.

»Wie bitte? Du kennst das *Ave Maria* nicht?« Ashley packte eine Lieferung Mineralwasserdosen aus und stellte sie in den Kühlschrank. »Das ist so ziemlich das berühmteste Lied der Welt. Und so schön, dass man beim Zuhören weinen muss wie ein Baby. Du müsstest mal meine Oma sehen, wenn sie es hört. Der reinste Wasserfall. Vor Weihnachten wird der Song besonders oft gespielt.«

»Mein Vater ist Jude«, erklärte Zinnie. »Und Mom ist gar nichts, also gehen wir auch nie in die Kirche.«

»Okay, das ist natürlich eine Erklärung«, sagte Ashley.

»Jep.« Zinnie schaute auf den Strand hinaus, wo bestimmt zwanzig Kinder mit ihren Familien oder den Babysittern herumtollten. Sollte sie jetzt alle der Reihe nach abklappern und fragen, ob sie bei der Show mitmachen wollten? Auf einmal fühlte sie sich gar nicht mehr so mutig wie eben noch.

»Oh-oh, du bist ja auf einmal so still?«, sagte Ashley. »Sonst bist du nie so still. Stimmt was nicht?«

»Ich brauche noch ganz viel andere Teilnehmer, und ich weiß nicht, wie ich das schaffen soll«, gestand Zinnie.

»Gibt's da auch was zu gewinnen?«

Zinnie runzelte die Stirn. Daran hatte sie ja noch gar nicht gedacht.

»Ihr müsst unbedingt einen Preis zur Verfügung stellen.«

»Ich hab von meinem Taschengeld hundert Dollar gespart«, sagte Zinnie.

»Perfekt.« Und bevor Zinnie etwas einwenden konnte, schnappte sich Ashley das Megafon, das hinter der Snackbar lag. Es quietschte kurz, als sie es einschaltete. »Alle mal herhören!«, begann Ashley. Sofort drehten sich die Rettungsschwimmer zu ihr um. Die Kinder, die Sandburgen bauten, hielten inne. Teenager, die gerade SMS-Texte eintippten, hoben den Kopf und lauschten, was Ashley zu sagen haben würde. »In zwei Wochen findet im Kasino eine Talentshow statt. Eine total irre, coole Talentshow! Vielleicht werdet ihr da entdeckt und seid schon bald ein großer Star! Man kann nie wissen. Also, Leute, probiert's mal aus! Als Hauptpreis winken einhundert Dollar in bar. Hier an der Snackbar könnt ihr euch anmelden. Aber beeilt euch, bevor alle Startplätze belegt sind! Wer will schon die Chance seines Lebens verpassen?«

»Hey, wo hast du denn das gelernt? Ist ja Wahnsinn!«, sagte Zinnie.

»Mein Dad hat ein Toyota-Autohaus draußen an der Route

Six. Ich war schon oft dabei, wenn er Werbung macht für seine Autos«, erklärte Ashley.

Schon bald war Zinnie von Kindern umringt. Kara und Tara, Zwillingsmädchen aus Boston, wollten Gymnastik-Übungen vorführen. Derek, ein Junge aus Ashleys Klasse, würde einen Comedy-Auftritt hinlegen, und sein jüngerer Bruder Cody wollte mit einer Tiernummer auftreten. McKenzie, ein Mädchen etwa in Zinnies Alter, wollte auf der Bühne Zaubertricks zeigen.

Während Zinnie alle Namen aufschrieb, fing Ashley hinter der Snackbar schon mal an, ihre Tonleitern zu proben. Zinnie freute sich sehr, dass die Talentshow wirklich Gestalt annahm, aber andererseits versetzte es ihr auch einen Stich, dass sie dafür alles hergeben musste, was sie seit Jahren in einem Umschlag angespart hatte. Es war ein kleiner, rosafarbener Umschlag, auf den sie in ihrer schönsten Handschrift ihren Namen geschrieben hatte.

Leinen los!

Das ist ein sogenanntes Cape-Cod-Katboot«, erklärte Peter, während er sie zu dem kleinen Segelboot hinausruderte. »Aber das weißt du bestimmt längst alles. Mein Vater und ich haben das Boot letztes Jahr hergerichtet. Nur einen Namen hat es noch nicht.«

»Cool«, sagte Viola und schluckte. Sie verstand nicht mal, warum sie ein Ruderboot – das Peter Beiboot nannte – benutzen mussten, um zu einem anderen Boot zu gelangen. Wieso hatten sie das Segelboot nicht direkt am Anleger festgemacht, damit man von dort einfach an Bord gehen konnte? Sie sah sich im Hafen um – da dümpelten noch jede Menge andere Boote, festgebunden an runden Dingern, die wie riesige Volleybälle aussahen, einige weiß, andere farbig, wiederum andere gestreift. Wahrscheinlich reichte der Platz an den Kais nicht für alle aus, vermutete Viola, aber was genau waren diese Volleyball-Dinger und wie bewahrten sie die Boote vor dem Abdriften? Sie hatte Angst, Peter Fragen zu stellen, die ihre Unwissenheit offenbaren würden. Sie wollte ihm nicht zeigen, dass sie von Booten und vom Segeln so gut wie null Ahnung hatte. Und mit jedem Ruderschlag, der sie dem Segelboot näher brachte, bereute sie es mehr, sich auf diese dumme Wette eingelassen zu haben.

»Hüpf schon mal rüber, während ich das Beiboot an der

Mooring festmache«, sagte Peter und steuerte längsseits an das kleine Segelboot heran.

Okay, diese Volleyballdinger heißen also schon mal Mooring, dachte Viola, als Peter die Ruder einholte und beide Boote mit einem Arm zusammenhielt. Sie stieg auf das Segelboot hinüber. Woah, dachte sie, als das Gefährt bedenklich schaukelte. Aber sie fing sich schnell wieder und holte tief Luft, um gegen die aufkommende Übelkeit anzukämpfen. Wahrscheinlich war es am besten, wenn sie sich einfach ein bisschen hinsetzte. Ja, sie musste sich dringend hinsetzen. Aber da waren weder Stühle noch sonst was zu sehen, also ließ sie sich einfach auf das Deck fallen. Sofort saugte sich ihr gelbes Kleid an mehreren Stellen mit Wasser voll, und Viola fragte sich zum wiederholten Mal, wie sie sich bloß in diesen Schlamassel hatte reinreiten können. Aus der Ferne hatte das Segelboot wie ein Spielzeug ausgesehen, das jedes Kind bedienen konnte, aber so aus der Nähe war es eben doch ein echtes, großes Ding – das sie jetzt von einer Stelle zur anderen bewegen sollte?!

Peter sprang an Bord und starrte Viola an. »Alles okay mit dir?«

Sie nickte. Jetzt nur keine Panik, dachte sie. Lass ihn nicht mitkriegen, wie viel Angst du hast. Sie war fest entschlossen, die Wette zu gewinnen, auch wenn es längst nicht so einfach werden würde wie erhofft.

Peter lächelte. »Ich geb dir mal ein bisschen Starthilfe.« Er hob ein Stück Holz aus dem Boot und legte es in den hinteren Teil, dann legte er ein zweites Stück in die Rumpfmitte. Schließlich machte er ein paar Taue los – oder Flaggleinen, wie er sie nannte – und zog daran, bis das Segel oben war. Knatternd flappte es im Wind.

»Leinen los!«, sagte er.

»Okay«, erwiderte Viola, rührte sich aber nicht vom Fleck. Erstens mal hatte sie keine Ahnung, was bei dem Befehl »Leinen los!« genau von ihr erwartet wurde, und zweitens hatte sie inzwischen echte Probleme mit ihrem Magen. Sie wusste nicht, ob sie seekrank war oder einfach nur panische Angst davor hatte, Peter zu gestehen, dass sie vom Segeln keinen Schimmer hatte. Alles, was sie bei den Pfadfinderinnen je gelernt hatte, war auf einmal wie weggeblasen. Dass sie sich an diesen blöden Knoten erinnert hatte, war nur ein idiotischer Zufall gewesen!

»Also gut. Du nimmst die Pinne, ich mach die Leinen los«, sagte Peter und drehte ihr ein langes, glattes Stück Holz hin. Die Pinne, dachte Viola, und wie durch Zauberhand kehrte einiges von ihrer Erinnerung zurück. Damit steuerte man ein Boot! Auf einmal wusste sie auch wieder, dass man das Ruder immer nach links drehen musste, wenn das Boot nach rechts fahren sollte, und umgekehrt. Sie spürte eine kühle Brise im Gesicht und die Krämpfe in ihrem Magen lockerten sich etwas. Ich schaffe das, sagte sie sich.

»Wir sind los«, sagte Peter, und das Boot trieb ein Stück zurück. »Hier, nimm die Schot.«

»Hä?«, machte Viola.

Peter kauerte sich neben sie und reichte ihr ein Seil. Das ist also die Schot, dachte sie und fügte das Wort ihrem schnell anwachsenden Segelvokabular hinzu. Sie hielt die Ruderpinne ruhig, nahm die Schot in die freie Hand und spürte, wie der Wind das Segel zu einer Seite blies.

»Trimmen!«, ordnete Peter an und machte eine Zugbewegung mit der Hand. Instinktiv zog Viola die Schot zu sich heran, sodass das Segel sich straffte. »Nicht zu viel. So ist es gut.«

Viola lächelte. Es war, als spräche er eine Fremdsprache, aber eine, die sie halbwegs verstehen konnte. Das Boot glitt übers Wasser, und sie hatte es in Bewegung gesetzt! Die Sonne schien ihr ins Gesicht, der Wind zauste ihr die Haare, und sie segelte!

Peter beugte sich zu ihr. »Okay, allerdings hältst du jetzt auf den Strand zu. Du musst eine Halse machen.«

»Eine Halse?«, wiederholte Viola.

»Nimm einfach die Boje ins Visier.« Er deutete auf das Metallding, das auf dem Wasser auf und ab wippte. »Und trimm das Segel.«

Viola verschob die Pinne, und zu ihrer großen Freude drehte sich das Boot leicht.

»Gut so«, sagte Peter. »Und jetzt halte auf den Felsen da zu.« Er deutete auf einen Haufen Steine, auf dem sich mehrere Möwen niedergelassen hatten.

Ein Windstoß blähte das Segel zu einem Flügel. Viola stemmte die Füße aufs Deck und lehnte sich nach hinten, die Schot fest in der Hand. Das Boot legte sich so auf die Seite, dass etwas Wasser an Deck klatschte. Viola jauchzte vor Freude. Sie flog! Sie würde es zur Boje schaffen!

»Leicht backbord«, sagte Peter.

»Rede normal!«, rief Viola.

»Nach links.« Peter zeigte mit einem Arm die Richtung an.

»Wie Sie wünschen«, erwiderte Viola lachend. Und dann segelten sie mehrere Minuten einfach so dahin, wortlos lächelnd. Als das Boot an der Boje vorbeiglitt, entfuhr Viola ein lautes »Wuuuhuuu!«.

»Damit hätte ich die Wette wohl gewonnen«, sagte sie und versuchte in ihrer Stimme kein Fragezeichen mitschwingen zu lassen – denn ohne Peters Hilfe hätte sie es sicherlich nicht geschafft.

»Ich würde sagen, wir haben beide gewonnen«, erwiderte er. »Möchtest du eine kleine Spritztour machen?«

»Ja!« Viola hatte das Gefühl, als würde die Sonne in ihrem Herzen genauso hell scheinen wie am Himmel. Ihre Haut prickelte von der salzigen Luft, um sie herum glitzerten die Wellen.

»Dann wird's jetzt Zeit für ein bisschen Spaß. Kopf einziehen!« Er übernahm Pinne und Schot von Viola. »Klar zur Halse!«, rief er, zog die Pinne zu sich heran und ließ das Segel frei. »Vorsicht, Baum!« Viola duckte sich noch tiefer, und der hölzerne Baum, an dem die Unterseite des Segels festgemacht war, schwang über den Bootsrumpf zur anderen Seite. Gischt sprühte Viola und Peter ins Gesicht, als sie ebenfalls die Seite wechselten.

»Jetzt kann ich dir das echte Pruet zeigen«, sagte Peter strahlend. Er fuhr sie nahe an einen kleinen Privatstrand heran und unter einer Brücke hindurch, wo die Luft kühl war und ihre Stimmen ein Echo warfen. Er deutete auf Martha's Vineyard und einige kleinere Inseln, die näher lagen. Er zeigte ihr sogar eine, auf der früher mal eine Kolonie von Leprakranken untergebracht gewesen war. Als sie wieder in den Hafen zurückkehrten, legte er Wert darauf, ganz nah an einem Boot vorbeizusegeln, das er als seinen absoluten Traum bezeichnete. Es hatte eine grüne Segelplane, einen schmalen Streifen seitlich am Rumpf, einen Stern am Bug und eine Mondsichel am Heck. Viola wäre bislang nie auf die Idee gekommen, dass jemand ernsthaft von einem Boot träumen könnte.

Als sie das Segelboot an der Mooring festmachten und zum Kai zurückruderten, war Viola schon eine Viertelstunde zu spät zu ihrer Verabredung mit Zinnie in der Eisdiele. »Ich muss los«, sagte sie. Dann fiel ihr wieder ein, womit die ganze Aktion hier überhaupt erst angefangen hatte. »Dann stehst du jetzt wohl auf der Teilnehmerliste der Talentshow.«

»Aber nur, wenn du auf der Tanzfeier meine Mütze trägst«, gab Peter zurück.

Viola hatte keine Zeit, dagegen zu protestieren. Sie wusste, dass Zinnie ohnehin schon fuchsteufelswild sein würde, weil sie sich verspätete.

»Okay, meinetwegen«, sagte sie. »Dann bis bald.« Doch als sie schon auf halbem Weg den Anleger hochgerannt war, schoss ihr ein Gedanke durch den Kopf: Wenn sie bei der Feier seine Mütze trug, hieß das, dass sie ein Date hatten?

Ediths Eisdiele

Du hast nur einen einzigen Namen gekriegt?«, fragte Zinnie, den Mund voller Vanille-Schoko-Softeis. Sie saßen in der Eisdiele in einer der Nischen. Zinnie hatte fast eine halbe Stunde lang auf Viola warten müssen und war sich dabei ziemlich dumm vorgekommen, wie bestellt und nicht abgeholt, aber zumindest hatte sie dadurch Gelegenheit gehabt, Edith und ihren Dackel Mokka Chip kennenzulernen. Edith hatte ihr sogar erlaubt, auf der Jukebox kostenlos ein paar Songs zu spielen.

»Aber es ist Peters Name! Ich musste ein Segelboot steuern, um ihn zu kriegen!« Viola stibitzte sich einen Löffel voll von Zinnies Eiscreme. Zinnie zog ihren Becher näher zu sich heran und legte schützend eine Hand darum, aber Viola schien es nicht zu bemerken. Sie lächelte breiter denn je. »Eigentlich hat das echt Spaß gemacht. Wir sind so schnell gefahren, dass ich schon dachte, gleich kippt das Boot um, aber dann hat Peter mir diesen kleinen geheimen Strand gezeigt und die hübsche Brücke …«

»Ich hab neun Namen«, unterbrach Zinnie sie und reckte ihren Notizblock in die Höhe. »Neun!« Sie reckte neun Finger hoch, um das noch zu unterstreichen.

»Das war nicht einfach, Peter zu überreden«, sagte Viola. »Ich bin doch noch nie im Leben gesegelt. Aber heute hab ich's bis ganz zur Boje und zurück geschafft, fast ohne Hilfe!«

»Und ich muss mein ganzes gespartes Taschengeld hergeben«, seufzte Zinnie.

»Was?« Viola klaute sich noch einen Happen Eis.

»Als Preisgeld! Ich musste ein Preisgeld ausrufen, damit die Leute mitmachen.« Zinnie zog ihr Eis wieder zu sich heran.

»Oh, gute Idee«, sagte Viola.

»Und während ich hier auf dich warten musste, hab ich Edith überredet, uns einen Gutschein über vier Eiswaffeln zu spenden. Also haben wir jetzt auch noch einen zweiten Preis.«

»Ich finde es ganz schön ungerecht, dass du deine gesamten Ersparnisse hergeben musst«, sagte Edith, die gerade den Tresen abwischte. »Ihr könnt doch bestimmt jemandem eine Spende aus dem Kreuz leiern. Deine Überredungskünste sind jedenfalls sensationell, Zinnie. Du könntest noch einem Eskimo Eis verkaufen. Du hast mich fast so weit gehabt, dass ich mich an Saure-Gurken-Eis versuchen wollte.« Edith schüttelte den Kopf.

»Igitt!«, sagte Viola.

»Klingt ekelhaft, nicht wahr?«, sagte Edith.

»Wieso? Ich mag saure Gurken und ich mag Eis«, sagte Zinnie. »Warum sollte man das nicht mal zusammen probieren?«

»Ganz ehrlich, bei dir hört sich alles immer so logisch an.« Edith stemmte eine Hand in die Hüfte. »Du wirst es mal weit bringen, Mädchen.«

»Lass mich mal schauen, was die Leute so alles aufführen wollen«, sagte Viola und schnappte sich Zinnies Notizblock, um die Liste durchzugehen.

1. Viola, Lily und Zinnie – Zinnies Stück
2. Ashley – Gesang (*Ave Maria*)

3. Derek – Stand-up-Comedy
4. Kara und Tara – Gymnastik
5. Jake – Breakdance
6. Katie – Gesang (Titelsong aus *Die kleine Meerjungfrau*)
7. Daniel – Karate
8. Grace Cha – Blockflöte
9. McKenzie – Zaubertricks
10. Cody – Tiernummer

Viola fügte hinzu: »Nummer 11: Peter – Gitarre.«

Die Glocke über der Eingangstür bimmelte, als ein neuer Kunde eintrat.

»Hallo, Tony«, sagte Edith. »Lass mich raten. Eiskaffee mit einer Kugel Vanilleeis?«

»Du kennst mich so gut«, sagte Tony. »Das Zeug ist mein Lebenselixier.«

Zinnie und Viola winkten ihm zu.

»Oh, hallo, Mädels«, grüßte Tony. »Ihr seht aus, als hättet ihr Großes vor.«

»Haben wir auch«, erwiderte Zinnie. »Wir stellen eine Talentshow auf die Beine. Aber wir brauchen noch vier Teilnehmer, sonst wird das nichts.«

»Ihr wollt die Talentshow wieder zum Leben erwecken?« Tony nahm von Edith seinen Eiskaffee entgegen. »Das ist ja wunderbar. Meine Mädchen haben seinerzeit zwei Mal gewonnen, mit ihrer Ballettvorführung.«

»Ob sie diesmal wieder mitmachen wollen?«, fragte Viola hoffnungsvoll.

Tony lachte. »Meine Mädchen sind inzwischen fünfunddreißig und siebenunddreißig, und die Jüngere ist gerade mit Zwillingen schwanger. Aber ihr könntet ja mal bei Miss Melodys Tanzschule nachfragen. Dort haben meine Mädchen seinerzeit Ballett gemacht. Damals machte immer die ganze Klasse bei der Talentshow mit. Wann soll die eigentlich stattfinden?«

»In knapp zwei Wochen«, erwiderte Viola. »An dem Tag nach der Tanzparty.«

»Aber eben nur, wenn wir genug Teilnehmer finden«, ergänzte Zinnie. »Wir haben noch viel zu tun.«

»Wie gesagt, schaut mal bei Miss Melody rein. Ist gleich hier ein Stück die Straße hoch.«

»Na dann los«, sagte Zinnie und schluckte ihren letzten Löffel Eis hinunter.

»Aber zum Tanz kommt ihr doch hoffentlich auch?«, fragte Tony, als sie sich schon zum Gehen gewandt hatten.

»Klar«, antwortete Viola.

»Dann heißt das, eure Tante Sunny kommt auch? Hoffe ich doch. Ich trete nämlich mit meiner Band auf.«

»Sie haben eine Band?« Viola versuchte, nicht allzu überrascht zu klingen.

»Tony & the Contractors«, sagte Edith lächelnd. »Die kriegen mich immer auf die Tanzfläche.« Sie biss sich auf die Lippe und legte eine kleine Tanzeinlage hin.

»Wir spielen Nummern von den Beach Boys, den Beatles … Wir rocken das Haus«, sagte Tony. »Ich spiele übrigens Gitarre.«

»Und er singt«, fügte Edith hinzu und beugte sich über ihren Besen wie Elvis über sein Mikrofon. Mokka Chip heulte begeistert dazu.

»Schöne Grüße an Sunny«, sagte Tony und errötete leicht, als er ihren Namen aussprach.

Zinnie und Viola machten sich auf den Weg zur Tanzschule.

Und Tony sollte recht behalten. Im Handumdrehen hatten sie die fehlenden vier Teilnehmer zusammen. Zwei Mädchen meldeten sich für Solo-Auftritte an, ein Junge wollte einen Broadway-Song darbringen und eine ganze Klasse von Zehn- bis Zwölfjährigen schrieb sich mit einer Zombie-Tanznummer ein.

»Das sind fünfzehn!«, sagte Zinnie zu ihrer Schwester. »Wir haben es geschafft!«

»Also los«, sagte Viola und drehte vor dem großen Ballettspiegel eine Pirouette. »Auf zu Jean!«

Frag einen Baum

Ein paar Tage später saß Zinnie in Tante Sunnys Arbeitszimmer und legte sich ihre Materialien zurecht – Stifte, Radiergummis, Papier … Sie und Viola hatten ihre Teilnehmerliste abgegeben, der Stadtrat hatte die Talentshow bewilligt und Jean hatte den Termin offiziell im Kalender eingetragen. Jetzt musste Zinnie nur noch das Stück schreiben.

»Bist du sicher, dass du nicht mit zum Strand kommen willst?« Tante Sunny stand in der Tür, einen Streifen Zinksalbe auf der Nase, einen breitkrempigen Schlabberhut auf dem Kopf und eine Segeltuchtasche mit Roastbeef-Sandwiches, Limonade und Hafer-Schoko-Keksen über der Schulter.

»Natürlich würde ich gern mitkommen«, antwortete Zinnie. »Aber ich muss doch noch das ganze Stück schreiben.«

»Genau, sie muss unser Stück schreiben«, sagte Viola, die in einem lilafarbenen Bikini und einem Sarong, den ihre Mutter ihr mal aus Mexiko mitgebracht hatte, an der offenen Tür vorbeiging. »Damit ich endlich anfangen kann, meinen Text zu lernen.«

»Tja, dann will ich die Autorin nicht länger von der Arbeit abhalten.« Tante Sunny klimperte mit den Schlüsseln. »Die Nummern für den Notfall stehen alle auf dem Zettel, der am Kühlschrank klebt. Die Nachbarn kennst du ja alle. Wenn du was brauchst, einfach rufen. Ich bitte Jean, gegen Mittag mal nach dir zu schauen. Ach ja, und da steht noch Blaubeerkuchen im Kühlschrank. Biete Jean doch bitte auch ein Stück an, ja?«

»Okay.« Zinnie klopfte einen dünnen Stapel Papier glatt und legte sich daneben einen Radiergummi bereit.

»Benny braucht einen Babysitter«, sagte Lily und setzte ihren Teddy auf den Tisch. Dann flüsterte sie Zinnie zu: »Nach seinem Mittagsschläfchen mag er gern ein paar Kräcker mit Erdnussbutter drauf. Und lass ihn bloß nicht zu lange sein Mittagsnickerchen machen, sonst kann er heute Abend nicht einschlafen.«

»Kein Problem.« Zinnie tätschelte ihrer kleinen Schwester den Kopf und schob sie dann aus dem Zimmer.

»Die Autorin braucht ihre Ruhe«, sagte Tante Sunny zu Lily und Viola, ging hinter ihnen aus dem Zimmer und machte die Tür zu.

Aber sobald Zinnie hörte, wie Tante Sunnys Kombi die Auffahrt hinunterzuckelte, bekam sie es mit der Angst zu tun. Auf einmal fiel ihr kein einziges Wort ein, das sie hätte schreiben können. Das Haus war zu still, die Minuten zu lang, das Blatt Papier zu leer. Sie brauchte Hilfe. Eine Viertelstunde lang tigerte sie durch das viel zu stille Haus, dann hinterließ sie eine verzweifelte Nachricht auf der Mailbox ihres Vaters.

Als das Telefon klingelte, stürzte sie sich sofort darauf. »Hallo?«

»Zinnia, ich hab gerade deine Nachricht erhalten«, sagte Dad atemlos, »und ich mach mir große Sorgen. Was hast du denn für einen Notfall?«

»Einen kreativen Notfall!« Zinnie presste den schweren, altmodischen Hörer an ihr Ohr. Aber schon der Klang der Stimme ihres Vaters beruhigte sie ein bisschen. »Ich schreibe gerade ein Theaterstück und ich brauche deine Hilfe.«

»Großer Gott!«, seufzte Dad. »Ich hätte fast einen Herzanfall gekriegt!«

»Tut mir leid«, sagte Zinnie und erklärte ihm dann alles. »Die Talentshow findet schon in zehn Tagen statt, aber mir fällt einfach nichts Gutes ein. Ich hab nicht mehr viel Zeit, und Viola braucht ihren Text. Kannst du mir nicht sagen, worüber ich schreiben soll?«

»Tut mir leid, Zinnie«, antwortete ihr Vater. »Sich auszudenken, worüber man schreiben will, gehört zum Schriftstellersein dazu.«

»Aber du hast doch immer so viele Ideen! Kannst du mir nicht eine davon überlassen? Oder kannst du wenigstens Ja oder Nein sagen, wenn ich dir meine Ideenliste vorlese? Also, soll ich vielleicht was über Pferde schreiben? Drachen? Hunde?« Zinnie merkte selbst, wie weinerlich sie sich anhörte. »Ich hab keine Ahnung, wo ich anfangen soll.«

»Also, ich persönlich fange meistens mit etwas an, was mich aktuell beschäftigt«, sagte ihr Vater. »Gibt es etwas, was dir derzeit besonders stark im Kopf herumgeht?«

»Dass es auf der Welt so viele Kriege gibt und die globale Erwärmung und so …«, erwiderte Zinnie, aber eigentlich sagte sie das nur, weil sie dachte, dass von einer verantwortungsbewussten Quasi-Sechstklässlerin, die in Miss Hadleys Mädchenschule ging, so was eben erwartet wurde. Sie runzelte die Stirn und wickelte sich die altmodische Telefonschnur um den Finger.

»Hmm«, brummte ihr Vater. »Vielleicht lieber etwas Privateres? Etwas aus deinem Leben? Etwas, was dich Tag für Tag nervt?«

»Äh … Viola?«

»Wieso das denn?«, fragte Dad.

»Sie hält sich für was Besseres. Ich muss mein lebenslang Gespartes für die Talentshow hergeben, und sie hat nicht mal angeboten, sich ein bisschen zu beteiligen. Sie findet es selbstverständlich, dass ich das mache. Von Lily würde doch auch niemand erwarten, dass sie ihr ganzes Taschengeld opfert. Aber Lily ist ja auch klein und süß.«

»Oh, das klingt wirklich hart«, sagte Dad. »Wie viel hattest du denn angespart?«

»Hundert Dollar.«

»Das ist sehr viel. Ich spreche mal mit Mom darüber, okay? Ich finde es nicht in Ordnung, dass du dein Geld opfern sollst, Schatz. Wir lassen uns was einfallen. Aber … Wir haben nicht mehr viel Zeit zu telefonieren, also sag mir bitte, wieso Viola deiner Meinung nach so geworden ist?«

»Sie ist einfach immer der Bestimmer, ganz automatisch. Als wäre sie die Königin der Welt, und Lily ist die bezaubernde Kleine, und ich … ich bin einfach nur … die Stinklangweilige in der Mitte.«

»Damit das klar ist, an dir ist nichts Stinklangweiliges dran, ja?«, sagte Dad. »Aber da hast du doch schon deine Idee! Schreib darüber, wie es ist, die mittlere Schwester zu sein.«

»Und wie soll ich das machen?«

»Ich weiß nicht, Zin. Darauf gibt es keine perfekte Antwort. Denk einfach nur daran, dass deine Figur ein bestimmtes Problem braucht, das sie lösen muss. Und die Geschichte muss Anfang, Mittelteil und Schluss haben. Ach, und es muss was Unerwartetes passieren!«

Zinnie seufzte. Ja, das hatte sie in der Schule auch schon alles gelernt. »Kannst du mir wenigstens sagen, wie lang das Stück sein muss?«

»Eine Drehbuchseite entspricht ungefähr einer Minute Spielzeit. Also wenn das Stück fünf Minuten lang sein soll, schreib fünf Seiten.«

»Fünf ganze Seiten?« Abgesehen von ihrem Aufsatz über Wölfe, der aber auch etliche Bilder beinhaltete, hatte Zinnie noch nie so was Langes geschrieben.

»Ich muss jetzt los, Liebes. Das Team wartet auf mich. Heute finden Messungen statt, und sie glauben, wir haben einen Gewinnerbaum darunter. Das größte noch lebende Lebewesen der Welt«, sagte Dad. »Ach, und hier noch ein allerletzter Rat: Wenn du nicht weiter weißt, frag einen Baum.«

»Ich soll einen Baum fragen?« Zinnie nestelte verzweifelt an ihren Locken.

»Ich rede schon seit Tagen mit diesem Baum und ich hab mich noch nie im Leben so inspiriert gefühlt! Außerdem kommen wir doch aus Kalifornien.« Er lachte. »Wir haben eine lange Tradition als Naturliebhaber und Baumkuschler. Versuch, mit einem Baum zu sprechen. Vielleicht erlebst du ja eine Überraschung.«

Kalifornische Wildblumen

Eine halbe Stunde später setzte Zinnie sich wieder an den Schreibtisch, nachdem sie anderthalb Stücke Blaubeerkuchen gegessen, sich die Zehennägel geschnitten und alle Bilder an der Wand gerade gerückt hatte. Sie legte ein frisches Blatt Papier vor sich auf den Tisch und beschloss das Erstbeste niederzuschreiben, was ihr einfiel.

»In der Mitte zu sein ist nicht so einfach, wie es aussehen mag«, schrieb sie. »Man läuft immer Gefahr, zerquetscht zu werden.« Aber dann wusste sie nicht mehr, wie sie fortfahren sollte. Sie zerknüllte das Papier und warf es in den Mülleimer. Dann holte sie tief Luft und fing neu an. Diesmal würde sie mit einer Figur beginnen. Zora? Nein, das klang zu ausgefallen. Alejandra? Nein, zu lang. Justine vielleicht? Oh ja, Justine gefiel ihr. »Justine: Ich bin ein armes Mädchen und alle lachen mich wegen meiner alten Klamotten aus. Heute Nacht werde ich weglaufen und mich einem Wanderzirkus anschließen. Ich bin eine mittlere Schwester – ob es überhaupt jemandem auffällt, wenn ich weg bin?«

Zinnie las sich das Geschriebene durch. Das mit dem Zirkus gefiel ihr, und Viola würde eine perfekte Justine abgeben, aber würden sie und Lily dann alle Figuren im Zirkus spielen müssen? Zinnie knüllte auch dieses Blatt Papier zusammen. Vielleicht war sie beim Schreiben ja genauso schlecht wie als

Schauspielerin. Vielleicht würde sie nie irgendwas richtig gut hinkriegen. Vielleicht war sie einfach nur … ein Nichts. Ein zu kurz geratenes, kraushaariges, zwischen zwei viel tolleren Schwestern gefangenes Nichts.

Dieses ganze Gegrübel machte sie müde. Sie dachte daran, dass ihr Klassenlehrer Mr Herrera, der vermutlich beste Lehrer der Welt, jeden Morgen vor der Schule Yoga machte und den Kindern erzählt hatte, dass Kopfstand gute Ideen hervorbrachte, weil das ganze Blut in den Kopf gepumpt wurde. Also entschied Zinnie, direkt hier in Tante Sunnys Arbeitszimmer einen Kopfstand zu versuchen. So verzweifelt war sie. Und als sie so mit dem Kopf nach unten und den Füßen nach oben war, drückte sie sich beinahe die Nase an Tante Sunnys Bücherregal platt. Es war vollgestopft mit Büchern über Bäume und Pflanzen, die wahrscheinlich noch aus ihrer Zeit als Biologielehrerin stammten. Im untersten Fach, direkt auf Zinnies Augenhöhe, drängten sich unzählige Bücher über Blumen.

Auf dem dicksten Buch prangte der Titel *Naturführer Kalifornische Wildblumen.* Zinnie schwang sich wieder auf die Beine, riss das Buch aus dem Regal und schlug es auf. Es war voll mit Fotos und Illustrationen von Wildblumen, die in Kalifornien wuchsen, und mit Geschichten darüber, wie sie zu ihren Namen gekommen waren. Zinnie blätterte im Namensverzeichnis bis zu Zinnie vor. »Zinnien gedeihen am besten in schroffem Gelände und sind bei Schmetterlingen sehr begehrt.« Sie lächelte bei dem Gedanken, dass ihre Namensgeberin eine der Lieblingsblumen von Schmetterlingen war. »Zinnien stehen für Ausdauer und Konstanz.« Konstanz? Zinnie hatte in etwa eine Vorstellung davon, was das bedeutete, schlug das Wort aber für alle Fälle trotzdem im Wörterbuch nach. »Konstanz: die

Fähigkeit, gleichbleibend zu sein; Unveränderlichkeit.« Hm, wie langweilig, dachte Zinnie und schlug den Namen ihrer Schwester nach.

»Viola« war der lateinische Name für Veilchen. »Eine wunderschöne, zarte Blume.« Was sonst, dachte Zinnie und verdrehte die Augen. Aber Veilchen symbolisierten auch Bescheidenheit und Demut, las Zinnie weiter. Na, das trifft auf meine Schwester aber nicht wirklich zu, überlegte sie.

Als Letztes schlug sie »Lilie« nach. Es gab unzählige Arten von Lilien – weiße Lilien, gelbe Lilien, Türkenbundlilien, Tigerlilien, Morgensternlilien, Amerikanische Zahnlilien, Callas und (Zinnies persönliche Favoriten) blaue Schwertlilien. Sie standen für Anmut und Jugend, und das passte perfekt zu ihrer Schwester Lily.

Dann las Zinnie ganz viel über andere Blumen, deren verrückte Namen eine Geschichte erzählten: Löwenmäulchen, Frauenschuh, Männertreu. Andere Pflanzen hörten sich an wie Wörter aus der Feensprache: Zichorie, Dreizipfellilie, Elfenspiegel. Und dann gab es noch welche, die so klangen, als könnten sie Zutaten für ein Hexengebräu sein: Krötenkraut, Stinkmorchel, Bitterwurz.

Geschichten. Feen. Hexen. Zinnie hatte das Gefühl, auf einer Spur zu sein. Sie konnte zwar immer noch keine Idee wirklich greifen, aber sie sirrte geradezu vor Energie. Vielleicht war es wirklich an der Zeit, mal einen Baum zu fragen.

Als sie in den Garten hinaustrat, überlegte sie, wie sie in ihrem Stück Blumennamen einweben könnte. Was, wenn sie statt über Elfen etwas über Blumenfeen schrieb? Dann wäre ihr Stück nah genug an *Elfen der Nacht,* dass Mr Rathbone erkannte, wie perfekt die Schwestern für seinen Film wären, aber doch nicht so nah, dass man ihr vorwerfen könnte, sie würde Ideenklau betreiben.

Zinnie hüpfte ausgelassen. Ja, die Idee war sogar noch besser als die *Elfen der Nacht!* Schließlich gab es Elfen ja nicht wirklich, während Blumen echt waren, man konnte sie sehen und riechen und berühren. Was, wenn Blumen ein Geheimleben führten, von dem niemand etwas wusste? Was, wenn sie ab dem Augenblick, wo sie abgeschnitten wurden, nur noch ein paar Stunden Zeit hatten, eine letzte von den Schmetterlingen auferlegte Mission zu erfüllen? Auf einmal sprudelten die Einfälle nur so. Und Zinnie hatte nur noch das Problem, entscheiden zu müssen, welche die perfekte Idee für ihr Stück war.

Sie ging durch den Garten, unter dem steinernen Bogen hindurch, an den Birnbäumen und den Gemüsebeeten vorbei bis hinter den Schuppen. Dort stand nämlich eine riesige Birke mit Millionen Blättern. Wenn es überhaupt einen Baum gab, der die Antwort auf ihre Fragen kannte, dann bestimmt dieser. Zinnie schlüpfte unter seine Äste und schaute in die Krone hinauf.

»Hallo«, sagte sie. »Dad hat gesagt, du könntest mir bei meinem Stück helfen. Ich hab jetzt endlich eine gute Idee, aber ich weiß nicht, wie ich anfangen soll.«

Sie lauschte. Eine leichte Brise ließ die Blätter rascheln, ansonsten war nichts zu hören. Vielleicht hatte sie den Baum ja von der falschen Seite angesprochen? Zinnie tänzelte um den Stamm herum. »Hilf mir bei meinem Stück, du großer, weiser Baum!«, sang sie, während sie um ihn herum hüpfte.

»Zinnia?«, riss eine Stimme sie aus ihrer Trance. »Alles klar?« Zinnie wirbelte herum. Jean stand mit besorgtem Gesicht neben der Auffahrt, eine Hand in die Hüfte gestemmt. »Was machst du denn da?«

»Ähm …«, stammelte Zinnie. »Ich … ich hab nur mit mir selbst geredet.«

»Hmm. Ach so. Also, ich wollte ein bisschen Hühnchensalat vorbeibringen. Wäschst du dir schnell die Hände und kommst dann zu mir in die Küche?«

»Okay, ich komme gleich.« Zinnie wartete, bis Jean im Haus verschwunden war, dann wandte sie sich flehentlich wieder an den Baum. »Ich brauche dringend eine Figur mit einem wichtigen Problem. Bitte!«, flüsterte sie. »Ach ja, und einen Anfang, einen Mittelteil und einen Schluss. Danke!«

»Kommst du?«, rief Jean von der hinteren Tür.

»Ja!«, rief Zinnie und machte sich auf den Weg. Aber plötzlich sprang ihr ein Büschel kleiner blauer Blumen neben dem Schuppen ins Auge. Die hatte sie noch nie gesehen. Warum auch? Sie hatten nichts Besonderes an sich. Zinnie ging an den unscheinbaren Blüten vorbei. Doch schon wenige Augenblicke später kehrte sie zurück, um sich die Blumen aus der Nähe anzusehen. Sie musste sie einfach pflücken. Es war, als hätten sie ihren Namen gerufen.

Zinnie aß ihren Hühnchensalat und servierte ihrem Gast ein Stück Blaubeerkuchen. Nachdem Jean weg war, stellte Zinnie die blauen Blumen in ein Glas, füllte Wasser hinein und nahm es mit ins Arbeitszimmer, wo sie sich daranmachte, die Pflanze mithilfe von Tante Sunnys Büchern zu identifizieren. Es dauerte nicht lange, bis sie herausfand, dass es sich um Vergissmeinnicht handelte, die in Massachusetts genauso häufig wuchsen wie in Kalifornien. Zinnie schrieb »Vergissmeinnicht« auf ein leeres Blatt Papier und zeichnete einen Kreis darum. Diese Blume trug eine Geschichte in sich, eindeutig. Der Baum hatte

Zinnie geantwortet! Vergissmeinnicht würde ihre Hauptfigur sein, die wichtigste Blumenfee in ihrem Stück. Ihr Vater hatte gesagt, die Hauptfigur brauche ein Problem, das sie lösen müsse, und Vergissmeinnichts Problem lag direkt in ihrem Namen verborgen. Zinnie spitzte ihren Bleistift an und begann zu schreiben.

Wo der Ozean dem Sand begegnet

Tante Sunny, Viola und Lily verbrachten derweil den Tag an dem großen Strand, an dem das Muschelessen stattgefunden hatte. Hier hatte sich Tante Sunny mit ihren Freundinnen zu einem »Meeresgeplauder« verabredet, wie sie es nannte. Ein »Meeresgeplauder« hieß, dass man sich ins Wasser setzte und so lange miteinander plauderte, wie man Lust hatte. Viola sollte auf Lily aufpassen, während Tante Sunny mit ihren Freundinnen im Wasser war.

Sie erblickten Peter, kaum dass sie über die Düne gestiegen waren. Er spazierte am Strand entlang, seine Red-Sox-Mütze auf dem Kopf, ein Handtuch über den Schultern, und aß dabei ein Sandwich.

»Hallo, Peter!«, rief Tante Sunny.

Peter schaute hoch, lächelte und lief schnell zu ihnen hinüber.

»Hi«, sagte Viola, immer noch ein bisschen atemlos, denn sie hatte Lily wieder mal huckepack nehmen müssen.

»Hey«, erwiderte Peter und stopfte sich das letzte Stück Sandwich in den Mund.

Viola ließ Lily runter und schob sich die Sonnenbrille auf den Kopf hoch, wo sie wie ein Haarreif ihre Mähne in Schach hielt. Als sie Peter anlächelte, bemerkte sie, dass seine Wangen ganz rot waren, als hätte er einen plötzlichen Sonnenbrand bekommen.

»Was hast du so vor an diesem wunderschönen Tag?«, fragte Tante Sunny.

»Ich bin mit Dad hergekommen«, antwortete Peter. »Er ist da draußen und angelt.« Er deutete auf einen Mann, der in der Brandung stand, eine lange Angelrute in den Händen. Es sah aus, als stünde er ganz weit entfernt, doch das Wasser reichte ihm gerade mal bis zu den Knien.

»Was will er denn fangen?«, fragte Tante Sunny.

»Blaubarsche.« Tante Sunny nickte, und Peter wandte sich an Viola. »Ich will nachher mal mit der Strömung schwimmen, heute ist die ziemlich schnell. Willst du mit? Wir könnten drüben an der Mündung reingehen und uns bis aufs Meer hinaus treiben lassen. Aber du müsstest dafür schon sehr gut schwimmen können, sonst kann es dich ganz schön weit hinaustreiben.«

»Klingt lustig«, sagte Viola.

Lily zupfte am Sarong ihrer Schwester. »Aber du hast doch gesagt, du bleibst bei mir!«

»Ach ja, richtig.« Viola sah Peter an. »Lily hat Angst vor dem Ozean. Wir müssen an Land bleiben.«

»Du kannst gern mitkommen zu unserem Meeresgeplauder, Lily«, bot Tante Sunny an. »Du hast das doch so toll gemacht im Schwimmkurs. Gestern bist du schon wie ein Weltmeister geschwommen, ganz allein!«

Lily schüttelte den Kopf. »Das gilt nicht. Das war im Schwimmbad.«

»Schon okay«, sagte Viola. »Ich bleibe bei Lily.«

»Ich verlass mich drauf, dass du sie nicht aus den Augen lässt«, sagte Tante Sunny. Dann winkte sie ihren Freundinnen zu, drei Damen mit Badekappen, die schon am Wasser standen.

»Keine Sorge, ich mach das schon«, erwiderte Viola.

»Ja«, fügte Peter hinzu. »Wir machen das schon.«

»Gut.« Tante Sunny stopfte sich die Haarsträhnen unter die Badekappe und ging zu ihren Freundinnen hinüber.

»Ich hatte früher auch Angst vor dem Ozean«, sagte Peter an Lily gewandt.

»Echt?«

»Klar.« Er kniete sich hin, sodass er auf Augenhöhe mit ihr war. »Die Wellen sind einfach so hoch … Und wer weiß schon, was unter Wasser alles ist, wenn man den Boden nicht sehen kann, stimmt's?«

»Genau!«, rief Lily.

»Hey, vielleicht kannst du mir ja helfen«, sagte Peter. »Ich sammle Seeglas, und ich suche schon lange nach einem besonders schönen neuen Stück.«

»Was ist Seeglas?«, fragte Lily.

»Glasscherben, die so lange im Meer waren, dass sie ganz rund und milchig matt geschliffen sind. Immer wenn ich früher am Strand war und keine Lust hatte, ins Wasser zu gehen, hab ich danach gesucht.«

»Cool. Was für Farben hast du denn schon so?«, fragte Viola.

»Ganz viel grüne, ein paar blaue und auch ein paar durchsichtige«, sagte Peter und zwinkerte Viola zu. Dann drehte er sich wieder zu Lily um. »Aber ich suche schon ewig nach einer roten Scherbe. Die findet man nur ganz, ganz selten, aber sie sind eben auch am schönsten. Wenn ich so eine finden könnte, wäre meine Sammlung endlich vollständig.«

»Gut, dann lass uns eine finden«, sagte Lily.

»Okay. Aber dafür wirst du dir die Füße nass machen müssen. Die besten Scherben findet man nur im flachen Wasser.«

Lily schüttelte den Kopf.

»Wir sind doch bei dir«, sagte Viola. »Die ganze Zeit.«

»Wenn eine Welle kommt, rette ich dich«, bot Peter an.

»Bist du denn stark genug?«, fragte Lily, und Viola lachte.

»So stark wie Superman.« Peter zeigte ihr seine Armmuskeln. Seine Arme waren nicht übermäßig kräftig, aber durchaus muskulös, und Viola entging das nicht.

»Und wie schnell kannst du schwimmen?«, bohrte Lily weiter.

»So schnell wie ein Speerfisch. Und das sind die schnellsten Fische überhaupt. Jetzt lass mal sehen, wie es um deine Muckis steht.« Lily spannte die Arme an und schob den Brustkorb vor. »Wow«, sagte Peter. »Kann sein, dass du noch stärker bist als ich.«

»Quatsch«, sagte Lily.

»Und ich?«, ging Viola dazwischen.

»Das kommt ganz auf deine Haltung an«, sagte Lily und stellte sich in Pose.

Peter krümmte sich vor Lachen.

»Na vielen Dank auch«, sagte Viola, ließ sich dann aber doch von Peters Lachen anstecken. »Also, was meinst du, Lily?«, fragte sie dann. »Bist du bereit, deine Zehen ins Wasser zu stecken, wenn Peter dich an der Hand hält?«

»Okay«, sagte Lily und griff nach Peters Hand.

»Ich glaube, sie mag dich«, raunte Viola Peter ins Ohr. Bis auf Martin Goldblatt war sie einem Jungen noch nie so nahe gewesen. Noch ein Stückchen näher und sie würde ihn küssen. Peter roch nach Waschmittel. Aber auf eine angenehme Art.

Gemeinsam machten sie sich auf den Weg zum Strand. Lily umklammerte Peters Hand ganz fest, als das kühle, schaumige

Wasser über ihre Füße schwappte. Viola und Peter ließen Lily hochschwingen. »Flieg hoch!«, riefen sie und schleuderten Lily zwischen sich nach oben. Lily jauchzte, als sie wieder auf dem Boden war. Viola konnte es nicht fassen – Lily stand bis zu den Knöcheln im Meer und lachte aus vollem Halse!

Dann blieb Peter stehen, um einen Stein aufzuheben. Er war glänzend schwarz und hatte zwei rosa schimmernde Streifen, die sich einmal rund um den ganzen Stein wanden. Peter spülte ihn im Meer ab.

»Für dich«, sagte er und gab Lily den Stein. »Der wird dich immer beschützen.« Lily lächelte ihn an, und Peter lächelte Viola an.

Große Neuigkeiten

Am Abend – noch vor dem Essen, aber erst nachdem Lily in allen Einzelheiten berichtet hatte, wie tapfer sie gewesen war – zeigte Zinnie Viola ihr Stück. Sie saßen am Küchentisch, weil Tante Sunny Zinnie gebeten hatte, Erbsen zu enthülsen, und Viola, Maiskerne von den Kolben zu pulen. Währenddessen setzte sie den Wasserkessel zum Kochen auf den Herd, vergewisserte sich, dass das Hühnchen im Ofen gleichmäßig brutzelte, und summte fröhlich vor sich hin. So ein »Meeresgeplauder« bereite ihr immer gute Laune, erklärte sie. Lily spielte mit Benny auf dem Meerjungfrauenteppich. Zinnie reichte Viola das Drehbuch – fünf handbeschriebene Seiten, die von einer blauen Büroklammer zusammengehalten wurden, und dazu eine Titelseite, auf die Zinnie eine Blumenbordüre aufgemalt hatte.

»›Als Vergissmeinnicht sich wieder erinnerte‹«, las Viola. Sie schaute hoch. »Bin ich Vergissmeinnicht?«

»Natürlich«, antwortete Zinnie.

Viola nickte und schlug die erste Seite auf. Mit angehaltenem Atem sah Zinnie ihrer Schwester beim Lesen zu. Als sie zur zweiten Seite umblätterte, lächelte Viola. Zinnie hätte sie gern gefragt, welche Stelle genau sie zum Lächeln gebracht hatte, aber noch lieber wollte sie, dass ihre Schwester schnell weiterlas.

Die Geschichte, die Zinnie sich ausgedacht hatte, war sehr

persönlich, genau wie ihr Vater vorgeschlagen hatte. Vergissmeinnicht war eine Blume, die inmitten eines großen Wildblumenfeldes wuchs. Eine ganz und gar unscheinbare Blume. Zumindest auf den ersten Blick, denn Vergissmeinnicht war einfach nur klein und blau. Sie war nicht hässlich genug, um Ziegenbart genannt zu werden, wie die Pflanzen zu ihrer Rechten, und auch nicht hübsch genug, um Feuerröschen zu heißen, wie die Blumen, die links von ihr wuchsen. Eigentlich war sie so schlicht, dass niemand sich je die Mühe gemacht hatte, ihr überhaupt einen Namen zu geben.

Doch dann geschah etwas. Ein Schmetterling erzählte den Blumen, dass ihr Feld zubetoniert werden sollte, damit ein Supermarkt gebaut werden konnte. Die Blumen entschieden, dass eine von ihnen sich freiwillig opfern und sich von ihrem Freund, dem Kolibri, abschneiden lassen sollte. Denn wenn Blumen abgeschnitten wurden, verwandelten sie sich in Feen und konnten ab sofort sowohl fliegen als auch die Sprache der Menschen verstehen. Von Zeit zu Zeit wurde es notwendig, dass eine der Blumen als Fee davonflog, um Menschen mit Herz und Verstand zu suchen und ihnen klarzumachen, dass alle Blumen sterben würden, wenn Blumenwiesen zerstört und zubetoniert wurden. Das Schlimme war nur: Wenn eine Blume sich in eine Fee verwandelte, konnte sie nie wieder zur Blume werden.

Die Feuerröschen sagten, sie seien viel zu schön, um abgeschnitten zu werden. Die Ziegenbärte hingen zu sehr an ihrem lustigen Leben, um sich freiwillig zu melden. Und so wurde Vergissmeinnicht zur perfekten Kandidatin, schließlich würde sie ohnehin niemand vermissen, wenn sie weg wäre. Sie ließ sich freiwillig vom Kolibri abschneiden, breitete ihre Feenflügel aus und schwebte in den strahlend blauen Himmel hinaus. So begann das große Abenteuer von Vergissmeinnicht.

Als Erstes traf sie ein verrücktes Huhn namens Holly, das vor Supermarktbesitzern verblüffende Tanzeinlagen vorführte, um sie zu überzeugen, nur noch vegane Lebensmittel zu verkaufen. Vergissmeinnicht und Holly gingen ein Stück des Weges zusammen und das Huhn brachte die Fee dabei mehr als einmal zum Lachen. In der großen Stadt angekommen, lernte Vergissmeinnicht ein Mädchen namens Flora kennen (diese Rolle würde von Lily gespielt werden), dessen Eltern den Supermarkt auf der Wiese bauen wollten.

Mit ihrer neuen Gabe des Sprechens überredete Vergissmeinnicht das Mädchen, mitzukommen und sich anzuschauen, wie hübsch die Blumen waren. Sobald Flora die herrliche Wiese in voller Blütenpracht erblickt hatte, überzeugte sie ihre Eltern, dass der Supermarkt auf keinen Fall gebaut werden durfte.

Als Vergissmeinnicht nach Hause zurückkehrte, um den Blumen die guten Neuigkeiten zu berichten, erzählte sie ihnen auch von all dem, was sie hoch am Himmel gesehen und erlebt hatte. Obwohl Flora nicht weit entfernt wohnte, war Vergissmeinnicht doch die einzige Blume, die je ihren heimatlichen Standort verlassen hatte, und sie erfreute ihre ehemaligen Artgenossinnen mit Geschichten aus der großen weiten Welt. Doch am besten gefiel ihnen der Teil, in dem Vergissmeinnicht von Holly erzählte.

Die anderen Blumen stellten sich begeistert vor, wie witzig das tanzende Huhn sein musste, und sie konnten es kaum glauben, wie unterhaltsam Vergissmeinnicht auf einmal war.

»Du bist etwas ganz Besonderes«, sagten sie zu ihr. »Wie haben wir bisher bloß übersehen können, was für ein heißer Feger du bist?«, fragten sich die Feuerröschen. »Jetzt, wo du uns gerettet hast, werden wir dich nie mehr vergessen!«, fügten die Ziegenbärte hinzu. Doch Vergissmeinnicht erwiderte, sie sei immer noch dieselbe wie immer. »Ihr könnt mich und die Blumen, die mir gleichen, Vergissmeinnicht nennen«, sagte sie. »Dann denkt ihr jedes Mal, wenn ihr den Namen aussprecht, daran, dass in jedem etwas ganz Unvergessliches steckt.«

Zinnie sah zu, wie ihre Schwester wieder zur ersten Seite vorblätterte und das Stück noch mal von vorne zu lesen begann. Zinnie musste sich die Hände unter die Oberschenkel klemmen, so aufgeregt war sie. Als Viola mit dem zweiten Durchgang fertig war, setzte sie sich aufrecht hin und holte tief Luft. »Ich fange gleich an, meinen Text zu lernen!«, verkündete sie.

Also gefiel ihr Zinnies Werk!

Plötzlich klopfte es an der Tür. »Lieber Himmel, wer das wohl sein mag?«, sagte Tante Sunny. »Meine Haare sind doch ganz verfilzt, wie immer nach einem Meeresgeplauder.« Sie fuhr sich hektisch mit den Fingern durchs Haar, nahm ihre Schürze ab und ging zur Tür. »Ach, soll der Besuch doch denken, ich hätte Fledermäuse auf dem Dachboden, was kümmert es mich?«

»Da sind Fledermäuse auf dem Dachboden?«, wiederholte Lily, doch Tante Sunny hatte die Küche schon verlassen.

»Das sagt man nur so«, erklärte Zinnie.

»Kinder!«, rief Tante Sunny vom Flur her. »Jean ist da, und sie hat Neuigkeiten für euch.«

Die Mädchen rannten sofort zur Tür. Jean stand auf der Schwelle und sah aus, als würde sie vor Freude gleich drei Meter hoch springen.

»Ich hätte auch anrufen können, aber ich hab's einfach nicht ausgehalten, ich wollte es euch unbedingt persönlich erzählen«, sagte sie und biss sich vor Aufregung auf die Fingerknöchel.

»Was denn?«, fragte Zinnie, die fast befürchtete, Jean könnte gleich explodieren.

»Mr Rathbone wird bei unserer Talentshow der Preisrichter sein!« Jean reckte triumphierend die Arme in die Luft.

Viola schrie auf, Lily klatschte, obwohl sie nicht genau wusste, warum das alles so toll sein sollte, und Zinnie blieb schier die Luft weg. Philip Rathbone, der berühmte Regisseur, würde ihr Stück persönlich begutachten! Vielleicht würde er es ja sogar verfilmen?

»Und …«, fuhr Jean fort.

»Da kommt noch was?« Viola flatterte mit den Armen wie ein kleiner Vogel mit den Flügeln.

»Und er wird ein paar Szenen aus *Elfen der Nacht* hier in Pruet filmen! Er sagte, der Gewinner der Talentshow würde eine Statistenrolle darin bekommen.«

Die Schwestern nahmen sich bei den Händen und hüpften ausgelassen auf und ab. Jean wandte sich an Tante Sunny, die nicht halb so begeistert wirkte wie ihre Nichten.

»Das ist ein Segen für die hiesige Wirtschaft, Sunny«, sagte sie. »Er bringt uns neue Jobs, ganz zu schweigen von den Touristen, die er anlocken wird. Und einen großzügigen Spender, mit dessen Hilfe das Kasino renoviert werden kann, könnten wir weiß Gott auch gut gebrauchen. Das Dach ist fast schon einsturzgefährdet.«

»Hat er denn alle erforderlichen Genehmigungen eingeholt?«, fragte Tante Sunny.

»Ja«, antwortete Jean. »Er hat sich legal angemeldet und alles unterschrieben, was es zu unterschreiben gibt. Er sagte sogar, er würde nur als Preisrichter fungieren, um unsere Dorfgemeinschaft besser kennenzulernen. Er weiß, dass er nicht bei allen Eingeborenen beliebt ist.«

»So hat er uns also genannt? Eingeborene?« Tante Sunny stemmte die Hände in die Hüften.

»Nein, so hab ich uns genannt«, sagte Jean. Sie hakte sich bei ihrer alten Freundin unter und sah den drei Schwestern zu, die immer noch auf und ab hüpften, wie Popcorn in einer Papiertüte. »Schau sie dir doch an, wie sie sich freuen …«

Nun lächelte Tante Sunny auch.

Da begann plötzlich der Küchenwecker zu klingeln.

»Na los, Kinder«, sagte Tante Sunny. »Auch Hollywood-Stars müssen ab und zu etwas essen. Jean, möchtest du zum Essen bleiben? In diesem Jahr ist unser Goldmais süß wie Honig.«

Geheime Treppen und Puppentränen

Schon am darauffolgenden Tag begannen die Proben in den Räumen von Miss Melodys Tanzschule, die Miss Melody, als alter *Elfen der Nacht*-Fan, den Kindern gern zur Verfügung stellte. Doch bereits ein paar Tage später mussten die Proben tagsüber wegen einer Hitzewelle ausgesetzt werden. Es war einfach so heiß, dass man kaum etwas tun konnte. Tante Sunny hatte – genau wie die meisten anderen Bewohner von Pruet – keine Klimaanlage. Und selbst wenn alle Ventilatoren im Haus gleichzeitig rotierten, gab es kaum Abkühlung, vor allem nicht für jemanden mit so einer wilden Mähne wie Zinnie, die überzeugt war, ihre Haare würden besonders viel Hitze speichern. In Los Angeles wurde es auch oft heiß, doch in der Nacht sanken die Temperaturen immer. Hier war das nicht der Fall. In Pruet war die Hitze anders: dickflüssig und klebrig, selbst weit nach Sonnenuntergang. Tante Sunny hatte sich an diesem Tag nicht einmal die Mühe gemacht, fürs Abendessen zu kochen. Es sei einfach zu heiß, um den Ofen anzumachen, sagte sie, und so aßen sie Thunfisch-Sandwiches und Obstsalat. Anschließend machte sich Viola ans Abspülen (sie war mit dieser Aufgabe dran), während Zinnie, Lily und Tante Sunny ihr Eisdessert auslöffelten.

»Wo könnte ich die Kostüme für mein Stück herbekommen?«, fragte Zinnie ihre Tante.

»Ich hab einen Haufen Zeug auf dem Dachboden liegen«,

antwortete Tante Sunny und deutete nach oben. »Alte Klamotten, Spielzeug, lauter tolle Sachen, Erinnerungen an alte Tage.«

»Spielzeug?« Lily nahm ihre Schüssel in die Hand, um sie auszuschlecken.

»Könnten wir jetzt gleich auf den Dachboden gehen?«, fragte Zinnie und legte sich den kalten Eislöffel an die heiße Stirn.

»Da oben ist es bestimmt heißer als in der Hölle!«, warnte Tante Sunny.

»Wir gehen nur für zehn Minuten hoch, versprochen«, beharrte Zinnie. »Bitte! Kostüme helfen Schauspielern sehr, in ihre Rolle zu schlüpfen.«

»Gut, zehn Minuten«, sagte Tante Sunny. »Ich möchte nicht, dass wir alle einen Hitzschlag bekommen.«

Drei Tage waren vergangen, seit Jean ihnen die Neuigkeit über Mr Rathbone überbracht hatte, und seitdem hatte Zinnie praktisch Tag und Nacht an nichts anderes gedacht als an ihr Stück. Sie dachte daran, wenn sie morgens zum Stadtstrand runterging, und sie dachte daran, wenn sie nachmittags vor der Probe einen Abstecher in die Bücherei machte. Und sie plante jede Probe akribisch durch. Sie hatte sich ein Buch ausgeliehen, das *Sieben Schritte bis zur Aufführung eines Bühnenstücks* hieß. Die Bibliothekarin hatte gesagt, das Buch sei für Highschool-Schüler gedacht, aber Zinnie hatte ihr versichert, sie sei eine geübte Leserin, und sich einen Tisch in einer stillen Ecke ausgesucht, um sich dort in die Lektüre zu vertiefen. Viola machte es nichts aus, mit in die Bücherei zu gehen. Zum einen war das einer der wenigen Orte in der Stadt, die klimatisiert waren, und zum anderen hatten die Mädchen inzwischen im hinteren Teil der Bücherei eine Nische entdeckt, in der es tatsächlich Computer mit modernem Wi-Fi-Zugang gab.

Die beiden Schwestern schickten ihren Eltern E-Mails mit allen Details über das Stück und darüber, wie Lily sich im Schwimmunterricht machte. Viola hatte sogar Jill Dreyfus von Mr Rathbone erzählt, doch als sie nur eine knappe zweizeilige Antwort bekam, sie fände Violas Enthusiasmus zwar toll, aber das Casting sei inzwischen abgeschlossen, Viola möge »viel Spaß in den Ferien« haben und sich einfach melden, wenn sie »wieder im Lande« sei, beschloss Viola, die Sache erst mal auf sich beruhen zu lassen. Sie wollte ihre Beziehung zu ihrer neuen Agentin nicht gleich zu Anfang belasten. Außerdem – wenn Mr Rathbone sie in Zinnies Stück erlebte, würde er sicher doch noch eine Rolle für sie finden. Ganz bestimmt.

Während Viola ihrer Freundin Pilar mailte und ihr sowohl von ihren Segelabenteuern als auch von Philip Rathbone erzählte, las Zinnie konzentriert in ihrem Buch. Die Theateraufführung war schon in einer Woche, und sie wollte sich einen groben Überblick darüber verschaffen, was sie erwartete. Also entschied sie, jetzt erst einmal nur die Kapitelüberschriften zu lesen, den Rest des Buches könnte sie sich auch noch bei Tante Sunny zu Gemüte führen. Laut dem Buch bestand der erste Schritt darin, ein passendes Stück zu finden. Schritt zwei war die Suche nach dem Regisseur, und bei Schritt drei ging es darum, das Datum und den Ort für die Aufführung zu finden. Zinnie jubelte innerlich. Dann hatte sie die ersten drei Schritte ja schon längst hinter sich! Schritt vier bestand darin, die Schauspieler auszusuchen, und damit war sie auch schon fast durch.

Zinnie hatte sich selbst als Erzählerin vorgesehen. Sie würde sich ganz in Schwarz kleiden und ihren Text von einem Hocker neben der Bühne aus vortragen. Sie hatte mal an der High School ein Stück gesehen, das so inszeniert worden war, und fand den Effekt wunderbar dramatisch. Viola spielte natürlich Vergissmeinnicht und Lily spielte Flora. Sie hatte nur zwei Zeilen Text: »Sei gegrüßt, Fee!« und »Mama, Papa, ihr dürft den Supermarkt nicht bauen, sonst sterben all die zauberhaften Blumen!« Zinnie machte sich Sorgen, ob Lily sich den Text würde merken können, aber Tante Sunny hatte sie bestärkt, einfach darauf zu vertrauen, dass alles gut werden würde.

Zu ihrer großen Freude hatte Zinnie Miss Melodys Modern-Dance-Klasse überzeugen können, den Chor der Wildblumen zu spielen. Per Münzwurf war ausgelost worden, wer die Feuerröschen, die Malven, die Ackerwinden und die Ziegenbärte verkörpern sollte. Die wenigen Textzeilen teilte Zinnie den zwei tonangebendsten Mädchen zu, die zufällig beide Sophie hießen. Es war sicher gut, die stärksten Mädchen auf ihrer Seite zu haben.

Das einzige Problem bestand darin, jemanden zu finden, der Holly spielen konnte, das tanzende Huhn. Eine Rolle, die Zinnies Meinung nach das Potenzial hatte, aus dem Schauspieler einen Star zu machen. Viola konnte die Rolle nicht übernehmen, weil sie sich erstens eher einen Finger abgehackt hätte, als ein Huhn zu spielen, und zweitens in ihrer Rolle als Vergissmeinnicht zur selben Zeit wie Holly auf der Bühne stand. Lily tat sich schon mit einer Rolle schwer, da waren zwei dann erst recht indiskutabel. Und keine der Tänzerinnen aus Miss Melodys Schule hatte auch nur die geringste Lust, sich in ein Hühnchen zu verwandeln (Zinnie hatte bei den Proben der Reihe nach alle gefragt). Sie fanden die Rolle sehr witzig, aber sie hatten nicht vor, eine Figur zu spielen, über die gelacht werden würde. Sie wollten nur Applaus ernten, kein Gelächter. »Wenn das jemand macht, dann bestimmt nur ein Junge«, sagte die größere der beiden Sophies. Zinnie kannte nur einen einzigen Jungen in Pruet, und das war Peter. Allerdings wagte sie kaum zu hoffen, dass er Ja sagen würde, und so legte sie das Holly-Casting erst einmal auf Eis und ging zu Schritt Nummer fünf über: die Suche nach den passenden Kostümen. Schritt sechs war dann schon die Probezeit für das Stück, Schritt sieben die Aufführung selbst. Und die beiden Schritte konnte sie wohl kaum jetzt schon im Voraus abhaken.

»Vorsicht!«, rief Tante Sunny und stieg auf einen Tritthocker. Die Mädchen traten einen Schritt zurück und sahen zu, wie sie eine Luke in der Decke öffnete und sich dahinter eine Leiter auftat, die sie nun nach unten zog. Als Zinnie ihre Tante angebettelt hatte, auf den Dachboden zu dürfen, hatte sie keine Ahnung gehabt, dass sie dadurch eine geheime Leiter entdecken würden!

»Das ist ja wie in einem Abenteuerbuch«, sagte Zinnie, während sie auf den Dachboden kletterte, wo es tatsächlich spürbar heißer war als im Rest des Hauses. Es war, als würden ihre Haare sich noch mehr aufplustern vor lauter Luftfeuchtigkeit. Was mochte sich in Tante Sunnys Haus noch Aufregendes verbergen? Ein Geheimgang hinter einem Gemälde? Eine Bodenluke in der Küche? Ein Tunnel unter dem Gemüsegarten?

»Wo sind denn die alten Klamotten?«, fragte Viola, als sie ihrer Schwester auf den Dachboden folgte. »Hast du auch so coole Vintage-Sachen?«

»Gibt's da oben Fledermäuse?«, fragte Lily, bevor sie ebenfalls hochstieg.

»Keine Fledermäuse. Und jetzt passt auf eure Köpfe auf.« Tante Sunny zog an einer Schnur und das Licht ging an. Die Mädchen reihten sich neben ihr auf und sahen sich auf dem winzigen

Dachboden um. Zu jeder Seite befanden sich zwei klitzekleine Fenster, die Tante Sunny nun rasch öffnete. Der Raum war so niedrig, dass Tante Sunny und Viola nur in der Mitte aufrecht stehen konnten, wo die Dachschrägen zusammenstießen. Lily sprang eine alte Puppe mit blonden Löckchen, einem Porzellangesicht und einem kunstvoll genähten Kleid ins Auge.

»Die hat meiner Mutter gehört«, erklärte Tante Sunny. »Du darfst gern mit ihr spielen, wenn du magst, aber geh vorsichtig mit ihr um, sie ist schon sehr alt.«

»Ich pass gut auf sie auf«, versprach Lily und wiegte die Puppe in den Armen. »Sie hat genau solche Haare wie ich.«

»Stimmt«, gab Tante Sunny ihr recht. »Viola, möchtest du vielleicht mit dem Schrank da drüben anfangen?«

Viola machte einen alten Kleiderschrank auf und begann den Inhalt zu durchforsten.

»Sie sieht traurig aus«, sagte Lily mit Blick auf dic Puppe. »Ich glaube, sie vermisst jemanden.«

Zinnie fand die Puppe mit ihren aufgemalten, starren Lippen und den dicken Pausbäckchen eher gruselig als traurig, aber Lily schien keine Angst zu haben. Sie summte der Puppe eins von Bertas spanischen Schlafliedern ins Ohr.

»Ah!« Tante Sunny nahm eine alte Hutschachtel von einem Regal. »Die können wir vielleicht gut gebrauchen. Sie stammen noch aus der Zeit, als Lehrer sich für den Unterricht fein herausgeputzt haben.«

Zinnie öffnete die Schachtel – darin lagen etliche Seidentücher, die sie sofort als perfekte Kostüme für den Chor der Wildblumen erkannte. Die Feuerröschen, Malven und Ackerwinden konnten die roten, violetten und rosafarbenen bekommen, die Ziegenbärte die braunen, grauen und grünen. Nur die senfgelben Tücher, von denen Tante Sunny eine überraschend große Anzahl besaß, wusste Zinnie noch nicht zuzuordnen.

»Hm, hier sind fast nur Wintersachen«, sagte Viola und hielt eine alte Jacke hoch.

»Schau mal in die Schubladen«, erwiderte Tante Sunny.

»Die Puppe ist wirklich traurig«, sagte Lily.

»Ich glaube, dein Gesang hilft gegen die Traurigkeit«, versicherte ihre Tante.

Und so sang Lily der Puppe das Lied vor, das die Mädchen von ihrer Mutter immer vorgesungen bekamen, wenn sie nicht einschlafen konnten. »Guten Abend, gut' Nacht …«

»Ist Senfgelb deine Lieblingsfarbe?«, fragte Zinnie und hielt mindestens ein halbes Dutzend dijonsenffarbene Tücher hoch.

»Um Himmels willen, nein, aber die Dinger waren in den Siebzigern der letzte Schrei.« Tante Sunny holte einen bodenlangen blauen Rock aus einem Schrank und hielt ihn vor sich. »Das hier könnte Vergissmeinnicht doch tragen, oder? Schlicht, schön und eindeutig blau.«

»Nein!«, rief Viola. »Ich meine, wir sollten lieber was Moderneres aussuchen.«

»Wir können ja weitersuchen«, sagte Zinnie, um ihren Star nicht zu verärgern. »Aber ich hab dich ja vorgewarnt, dass wir etwas ganz Schlichtes nehmen müssen. Die Figur der Vergissmeinnicht erfordert das.«

Viola wollte schon protestieren, aber da fing Lily plötzlich an zu weinen.

»Was ist denn los?«, fragte Zinnie und wirbelte zu ihrer kleinen Schwester herum.

»Ich will nach Hause«, schluchzte Lily leise. »Ich vermisse Mom und Dad! Und Berta!«

»Ach, Lily …« Tante Sunny schloss den Schrank, in dem sie gewühlt hatte, und ging zu Lily, um sie zu trösten. »Du wirst deine Eltern ganz bald wiedersehen, versprochen.«

»Jetzt ist nicht nur die Puppe traurig, was?«, fragte Viola.

»Nein, ich auch«, sagte Lily und umklammerte die Puppe. »Wir beide!«

»Nur noch eine gute Woche, dann sind wir wieder zu Hause«, sagte Zinnie.

»Kann ich irgendetwas tun, damit es dir besser geht, Liebes?«, fragte Tante Sunny.

»Vielleicht Champurrado kochen?« Lily wischte sich eine Träne aus dem Gesicht.

»Den mexikanischen Kakao«, rief Zinnie ihrer Tante in Erinnerung.

»Aber ist es nicht ein bisschen zu … warm für heiße Schokolade?« Tante Sunny tupfte sich mit ihrem Taschentuch die Brauen ab. »Wir haben bestimmt an die vierzig Grad und hier oben noch viel mehr.«

»Das ist wirklich mehr so ein Weihnachtsgetränk«, gab Viola ihr recht. »Berta hat uns das nur extra gekocht, bevor wir hergekommen sind, weil wir gleich für drei Wochen wegmussten.«

»Ich könnte frische Zitronenlimonade machen«, bot Tante Sunny an.

»Aber Champurrado ist das Einzige, was mir helfen könnte«, sagte Lily unter Tränen. »Das Einzige auf der ganzen weiten Welt!«

»Na gut, dann machen wir eben Champurrado«, beschloss Tante Sunny.

Champurrado und Sternschnuppen

Sie brachten die Puppe nach unten, damit sie nicht mehr einsam und allein auf dem Dachboden lag, rissen alle Türen und Fenster weit auf, drehten die Ventilatoren hoch und machten sich an die Arbeit. Die Schwestern brauchten fast zehn Minuten, um Tante Sunnys alten Computer hochzufahren, aber schließlich fanden sie im Internet ein Rezept für Champurrado. Viola versuchte ihre Eltern zu erreichen, damit sie Lily gut zuredeten, aber auf Moms Anschluss ging sofort die Mailbox dran und bei Dad eröffnete ihnen ein Kollege, dass ihr Vater gerade weit oben in den Bäumen herumkraxelte.

»Bei schwacher Hitze zwanzig Minuten rühren«, las Tante Sunny, die sich direkt vor einen Ventilator postiert hatte, laut vor. »Könntest du uns allen etwas Eiswasser eingießen, Zinnia? Wir müssen viel Flüssigkeit zu uns nehmen.«

Während Zinnie tat, wie ihr geheißen, schielte Viola ihrer Tante über die Schulter, um einen Blick auf das Rezept zu werfen.

»Oh-oh … Hast du *masa harina* im Haus? Und *piloncillo*? Und mexikanische Schokolade?«, fragte sie besorgt. »Gibt's die Sachen hier überhaupt zu kaufen? Ich weiß, dass man die bei uns nur in mexikanischen Läden bekommt.«

»Du hast die richtigen Sachen nicht da?« Lilys Unterlippe bebte, und Viola bereute es sofort, den Mund aufgemacht zu haben. Hoffentlich würde Lilys Stimmung nicht endgültig kippen. »Ich wünschte, Berta wäre hier. Sie hat immer alle Zutaten im Haus.«

»Immer mit der Ruhe. Du weißt doch gar nicht, was ich alles dahabe.« Tante Sunny verschwand in ihrer Vorratskammer. »Ein bisschen davon … ja, das müsste gehen … Das haben wir nicht, aber vielleicht kann man stattdessen von dem hier …«, murmelte sie vor sich hin und kam dann wieder heraus, die Arme voll beladen mit Mehl, Schokolade, braunem Zucker und ein paar Zimtstangen. Sie packte alles auf den Küchentresen. »Wir schaffen das schon. Aber ich brauche deine Hilfe, Lily. Schließlich bist du die Expertin hier.« Lily nickte.

Als Erstes brachten sie die Milch mit dem Zimt, dem Zucker und der Schokolade zum Köcheln. Lily stellte sich auf einen Hocker vor den Herd und rührte in der süßen Mixtur. Jetzt, wo sie sich so auf ihr Tun konzentrierte, schien ihr Heimweh schon viel schwächer geworden zu sein. »Ganz schön heiß hier drin«, sagte sie, als wäre ihr die Hitze jetzt erst aufgefallen. Dann zog sie sich kurz entschlossen bis auf die Unterwäsche aus. »Viel besser.« Zinnie mischte währenddessen das Maismehl mit Wasser und schüttete dann alles in den Topf auf dem Herd. Lily rührte weiter, bis nach zehn Minuten alles fertig war.

»Nicht süß genug«, urteilte Lily, nachdem sie das Ergebnis gekostet hatte. Tante Sunny kippte noch etwas Ahornsirup hinein, was Berta nie getan hätte, doch als Lily davon probierte, erklärte sie den Champurrado lächelnd für »Delicioso!«.

Um Lilys willen gönnte sich jeder einen Becher voll mit der warmen, dickflüssigen Köstlichkeit. Der Champurrado duftete gut, aber er war so ziemlich das Letzte, was Viola an so einem heißen Sommerabend hätte trinken wollen. Trotz der Ventilatoren und vollen Eiswassergläser bildete sich auf ihrer Oberlippe schnell ein dünner Schweißfilm.

»Lasst uns lieber rausgehen«, schlug Zinnie vor.

»Gute Idee«, sagte Tante Sunny. »Ich glaube, da draußen weht endlich wieder ein kleines Lüftchen.«

Barfuß spazierten sie durch den Obstgarten und ließen dabei alle, mit Ausnahme von Lily, ihre Becher mit Champurrado auf der kleinen Holzbank neben der Hintertür zurück. Die Temperatur war um ein paar Grad gesunken, oder vielleicht kam es ihnen auch nur so vor, weil sie aus der überhitzten Küche kamen. Doch als Violas Füße durch das kühle Gras streiften, die Grillen zu ihrem grünen, sommerlichen Zirpen ansetzten und eine leichte Brise durch ihre Haare fuhr, fühlte sich der Abend auf einmal absolut perfekt an.

Tante Sunny breitete eine dünne Baumwolldecke auf dem Boden aus und sie setzten sich alle darauf. Als Tante Sunny anfing zu erklären, wie eine Hitzewelle entstand, schaltete Viola innerlich sofort ab, legte sich auf den Rücken und starrte zu den Sternen hoch. Beim Anblick des nächtlichen Himmels blieb ihr beinahe die Luft weg. Noch nie hatte sie so viele Sterne gesehen! Manche waren bleich und zu milchigen Nebeln verschwurbelt, andere strahlten einzeln auf die Erde herab. Ein Flugzeug blinkte sich wie in Zeitlupe an den zunehmenden Mond heran. Eine lilagraue Wolke segelte wie ein weit entferntes Schiff über den Himmel. Eine Sternschnuppe schoss, so schnell wie ein Wimpernschlag, von einer Seite zur anderen.

Ein Windhauch fuhr über Viola hinweg und ihre Augenlider wurden schwer. Ob es an der salzigen Luft und dem Schwimmen im Meer lag, an den langen Spaziergängen in die Stadt und zurück, an Tante Sunnys ungewohntem Essen oder an der

Art, wie Zinnie sie bei den Proben herumhetzte … Jedenfalls hatte Viola hier in Pruet eine ganz neue Sorte Müdigkeit entdeckt. Abends kribbelten ihr die Arme schlapp und glücklich in Erinnerung an die Sonne, die sie getankt hatten, und sobald ihr Kopf das Kissen berührte, umhüllte sie der Schlaf so süß und unwiderstehlich wie der Duft eines Bechers voll mit Pfefferminzeis.

Viola war kurz vorm Einschlummern, da rüttelte Lily an ihr. »Hey, Viola! Mom ist am Telefon! Sie hat zurückgerufen, weil du ihr draufgesprochen hast.« Lilys kleine Hände umklammerten Violas Schultern. Aber vergeblich – Viola hätte ihrer Mutter liebend gern von ihren Plänen erzählt, und davon, dass es endlich so aussah, als wäre das Schicksal mal auf ihrer Seite, doch sie hatte bereits vom süßen Geschmack des Schlummers gekostet, und jetzt wünschte sie sich nichts mehr, als endlich richtig einzuschlafen.

Die Suche nach Holly

Am nächsten Tag stand für Zinnie fest, dass sie die Suche nach dem Darsteller der Holly nicht weiter auf die lange Bank schieben konnte. Mit jeder Probe in der Tanzschule wurde klarer, wie sehr sie ihn brauchten. Nach dem Frühstück fragte sie Viola – die sie gestern, nachdem sie im Garten eingeschlafen war, regelrecht hatten ins Haus tragen müssen –, ob sie Peter fragen könnte. Wenn sie ihn mit dem Segel-Deal dazu überredet hatte, bei der Talentshow mitzumachen, vielleicht konnte sie sich ja an ein größeres Boot heranwagen, um Peter dazu zu bringen, Holly zu spielen? Aber Viola sagte sofort: »Auf keinen Fall.« Nicht nur, dass sie – wie sie sagte – schon die erste Wette nur mit knapper Not überlebt hatte, sie hatte zudem jede Menge Text zu lernen. Also war Zinnie in dieser Situation auf sich allein gestellt.

Auf dem Weg zum Jachtklub dachte sie daran, dass sie wenigstens nicht mehr gezwungen war, ihr gespartes Taschengeld zu opfern. Mom hatte am Abend zuvor am Telefon erzählt, sie habe mit Dad darüber gesprochen, und sie fänden es beide nicht richtig, dass Zinnie ihre ganzen Ersparnisse als Preisgeld für eine Talentshow hergeben sollte. Also hatten sie beschlossen, die hundert Dollar selbst zur Verfügung zu stellen. Schließlich hatte Zinnie schon genug Eigeninitiative und Engagement eingebracht, indem sie die Talentshow ins Leben gerufen hatte. Dafür sollte sie nicht auch noch bestraft werden.

Zinnie entdeckte Peter im Speiseraum des Jachtklubs, wo er für den Mittagsansturm Servietten faltete. Sie kam sofort zur Sache und flehte ihn an, Holly zu spielen, ja sie bot sogar an, während der letzten Woche ihres Aufenthalts in Pruet seinen Servietten-Falt-Dienst zu übernehmen. Aber Peter sagte, es wäre schon peinlich genug, dass er vor der ganzen Stadt *Rocky Raccoon* singen würde, er müsste sich nicht auch noch zum Trottel machen, indem er ein Huhn verkörperte. »Schließlich muss ich danach auch noch weiter hier zur Schule gehen«, erklärte er.

»Kennst du vielleicht jemanden, der die Rolle übernehmen könnte?«, fragte Zinnie.

»Hey, Victor!«, rief Peter einem Teenager zu, der gerade einen anderen Tisch deckte. Dann beugte er sich zu Zinnie herüber und flüsterte: »Vorsicht, Victor ist ein bisschen verrückt.«

»Ja?« Victor schaute hoch. »Was gibt's?«

»Dieses nette Mädchen hier möchte wissen, ob du dich im Kasino vor der ganzen Stadt in einem Hühnchenkostüm zum Affen machen würdest.«

»Soll das eine Wette werden oder was?« Victors Gesicht hellte sich auf. »Was krieg ich dafür, wenn ich es mache?«

»Das wäre im Rahmen der Talentshow«, erklärte Peter.

»Es gibt keine Bezahlung«, fügte Zinnie hinzu. »Aber wenn unser Stück den ersten Platz gewinnt, gibt's ein Preisgeld von hundert Dollar. Das du allerdings mit meinen Schwestern und Miss Melodys Tanzklasse teilen musst.«

»Oh, da bleibt dann aber nicht sehr viel übrig«, sagte Victor.

»Ich überlasse dir auch meinen Anteil«, bot Zinnie an.

Victor überlegte. »Für fünfhundert würde ich es machen«, sagte er schließlich. »Nein, mach lieber tausend draus.«

»Woher soll ich denn tausend Dollar nehmen?«, rief Zinnie.

»Tja, wenn du willst, dass ich in einem Hühnchenkostüm rumhüpfe, ist das eben der Preis dafür.«

Damit wandte er sich wieder dem Tischdecken zu. Zinnie ließ sich auf einen Stuhl plumpsen und rieb sich die Augen.

»Du heulst doch jetzt nicht etwa, oder?«, fragte Peter.

»Nein, ich bin nur total gefrustet.«

»Warte mal.« Peter ging in die Küche und holte ihr eine Flasche Ingwerlimonade. Er machte den Kronkorken auf und stellte die Flasche vor Zinnie auf den Tisch. Dann begann er wieder Servietten zu falten, wobei er Zinnie aber jede Menge Fragen über Viola stellte, zum Beispiel, ob sie gern Comics lese oder ob sie auf die Beatles stehe.

Und so fand die Probe an diesem Nachmittag wieder mal ohne eine Holly statt. Danach machten sich die Schwestern auf den Weg zum Stadtstrand, an dem sich heute mehr Leute als sonst eingefunden hatten. Noch war die Hitzewelle nicht vorbei, und so gingen sie schnurstracks ins Wasser, wo sie den Rest des Nachmittags blieben und mit Kara und Tara Wasserball spielten. Zinnie fragte die Zwillinge, ob eine von ihnen Holly spielen wollte, aber auch hier hatte sie kein Glück. Später gingen sie zur Snackbar, um Ashley die Rolle anzubieten. »Ihr wollt, dass ich ein Huhn spiele?«, fragte Ashley und verschluckte sich beinahe an ihren pikanten Käse-Chips.

Zinnie nickte. »Auch wenn mir keiner glaubt, das ist die beste Rolle im ganzen Stück. Du würdest jede Menge Gelächter ernten.«

»Steht auf meiner Stirn ›Vollhonk‹?«, fragte Ashley und deutete mit einem Finger, der ganz rot war vom künstlichen Käsepulver, auf ihren Kopf.

»Ähm … nein«, antwortete Zinnie.

»Siehst du, da hast du deine Antwort.« Ashleys Stimme ließ keinen Widerspruch zu. »Ich hab dir doch an dem Tag, an dem ihr das erste Mal hier wart, erzählt, dass ich auf der Suche nach einem festen Freund bin, oder?«

Zinnie kaufte sich ein Wassereis und stapfte nachdenklich von der Snackbar weg. Ob sie aus Holly eine andere Figur machen sollte? Einen tapferen Löwen vielleicht? Einen sonnengebräunten Surfer? Einen gut aussehenden Prinzen? Sollte sie die Zeilen über Hip-Hop und Bauchtanz streichen, damit sich niemand blamierte? Nein!, entschied sie. Sie wollte nichts dergleichen tun. Holly war ein Huhn, das für sein Leben gern tanzte, und dabei würde es auch bleiben!

Am Abend beschloss Zinnie, wieder den Baum zu fragen. Oder am besten gleich alle Bäume um Tante Sunnys Haus herum. Sie begann mit der großen Birke, dann befragte sie alle Birnbäume im Obstgarten, und am Schluss sogar den Ahorn ganz am Ende der Zufahrt. Aber keiner der Bäume hatte eine Antwort für sie.

Und wer spielt jetzt das Huhn?

Erst drei Tage vor der Theateraufführung, an dem Nachmittag, als die Hitzewelle von einem heftigen Wolkenbruch beendet wurde, entschied sich, wer Holly spielen würde. Tante Sunny war mit den Mädchen in den kirchlichen Trödelladen gegangen, um dort nach Kostümen zu suchen, denn auf dem Dachboden hatten sie außer den Tüchern nichts Brauchbares mehr gefunden.

In der Textilabteilung hingen die Kleider nach Farben sortiert an den Ständern. Zinnie hatte bei den schwarzen Sachen gestöbert und sowohl eine Hose als auch ein T-Shirt entdeckt, die ein gutes Kostüm für sie als Erzählerin abgeben würden. Bei den Proben in Miss Melodys Tanzschule hatte sie festgestellt, dass sie die geborene Erzählerin war, denn sie schien eine natürliche Begabung dafür zu haben, ausdrucksvoll vorzulesen, wie Mr Herrera sagen würde. Und ihr schwarzes Outfit war am leichtesten aufzutreiben – sie hatte keine fünf Minuten danach suchen müssen. Die Kostüme ihrer Schwestern stellten da schon eher eine Herausforderung dar. Im Moment probierte Lily gerade ein rosafarbenes, paillettenbesetztes Tutu an, das ihr zwei Nummern zu groß war. Viola hatte sich ein Kleid von einem überfüllten Ständer heruntergefischt. Es war hellblau und knielang und der Rockteil war aus mehreren Schichten weichen Stoffes genäht.

»Das könnte doch mein Kostüm sein.« Viola hielt sich das Kleid an und betrachtete sich in dem mannshohen Spiegel. »Es ist blau und es sieht aus wie ein Feenkleid.«

»Sehr elegant«, sagte Tante Sunny und nahm den kornblumenblauen Stoff in Augenschein. »Muss aus den Fünfzigerjahren stammen. Und es scheint handgenäht zu sein. Da hat jemand ganz schön viel Arbeit reingesteckt.« Sie fuhr sachte über den weichen Stoff. »Das Mieder ist wirklich gekonnt gearbeitet, und die Chiffonrüschen wirbeln beim Drehen bestimmt richtig hübsch herum.«

Viola drehte sich um die eigene Achse und war entzückt, wie schön das Kleid um sie herum flatterte. »Zinnie, das ist perfekt! Wie die Kleider von den Filmstars, wenn sie im Retrolook zur Oscar-Verleihung gehen wollen! Nur der passende Schmuck fehlt noch, so ein bisschen Blingbling.«

»Das lässt sich ja ändern«, sagte Tante Sunny und schaute auf das Preisschild. »Und es kostet nur zehn Dollar.« Sie faltete den Stoff an den Seiten. »Hier kann ich es noch ein bisschen enger machen. Und vielleicht die Träger etwas höher. Ach, das wird absolut zauberhaft aussehen!«

»Du siehst aus wie eine Prinzessin!«, sagte Lily und klatschte in die Hände. Sie hatte gerade einen grellgelben Pullover mit Schulterpolstern ausgegraben, der von oben bis unten mit Pailletten und Federn übersät war. Das mit Abstand hässlichste Ding, das Zinnie je gesehen hatte.

»Aber das ist genau das Problem«, sagte Zinnie und kam sich mit ihrer schwarzen Hose bedrückend schlicht vor. »Kein Mensch wird glauben, dass Vergissmeinnicht ständig übersehen wird, wenn sie die schönste Blume auf der Bühne ist. Sie soll doch ganz normal und unscheinbar sein!«

»Das finde ich aber zum Kotzen«, sagte Viola und schaute sich wieder im Spiegel an.

»Ich will nicht, dass du solche Wörter in den Mund nimmst«, schimpfte Tante Sunny. »Das gehört sich nicht.«

»Hey, wie wär's damit?« Zinnie hielt ein blaues Jeanskleid hoch, das ungefähr Violas Größe haben musste.

»Potthässlich«, sagte ihre große Schwester und rümpfte angewidert die Nase.

»Ach komm schon, probier's doch mal an.«

Widerwillig reichte Viola Tante Sunny das Feenkleid und schlüpfte hinter den alten Duschvorhang, hinter dem sich die Ankleide versteckte. Eine Minute später schlurfte sie mit blassem, grimmigem Gesicht wieder heraus. Sie hatte sich nicht mal die Mühe gemacht, den Reißverschluss zuzuziehen.

»Das andere gefällt mir besser«, sagte Lily. »Das ist viel hübscher.«

»Es ist perfekt!«, rief Zinnie. »Jetzt siehst du wie Vergissmeinnicht aus.«

»Nein, ich sehe schrecklich aus.«

Zinnie, die sich schon immer so schrecklich durchschnittlich gefunden hatte, verdrehte die Augen. Die Worte ihrer Schwester bohrten sich wie Messerspitzen in ihr Herz. »Viola, du kannst überhaupt nicht schrecklich aussehen, egal was du anhast, und das weißt du auch.«

»Deine Schwester hat recht«, sagte Tante Sunny. »Selbst in einem Kartoffelsack wärst du immer noch die unerreichte Schönheitskönigin, die alle anderen Mädchen auf dem Ball in den Schatten stellt.«

»Hey!« Violas Gesicht leuchtete auf. »Vielleicht könnte ich das andere Kleid ja zur Tanzparty anziehen!«

»Wunderbare Idee«, sagte Tante Sunny. »Ich hole noch heute Abend meine Nähmaschine raus.«

»Kann ich das Tutu auf der Bühne tragen, wenn Tante Sunny es kleiner macht?«, fragte Lily.

»Klar doch«, erwiderte Zinnie. »Aber den gelben Pullover lässt du weg, ja?«

»Okay. Den kannst du ja anziehen.« Lily warf Zinnie den Pullover so zu, dass die Federn sie an der Nase kitzelten und zum Niesen brachten. »Jetzt bist du Holly.«

»Hey, sie hat recht«, sagte Viola lachend. »Das Ding ist perfekt für das Huhn. Dann kannst du in den Erzählpausen schnell den Pullover überstreifen und dich in Holly verwandeln. Außerdem hast du doch schon öfter Tiere gespielt. Das Schwein Wilbur zum Beispiel, in *Wilbur und Charlotte*, weißt du nicht mehr?«

»Und den Frosch im *Froschkönig*«, fügte Lily hinzu.

Es stimmte. Zinnie hatte wirklich schon oft Tiere verkörpert, sowohl bei Miss Hadley als auch in Ronald P. Harps Schauspielkurs.

»Du sagst doch selbst, das ist die witzigste Rolle überhaupt«, sagte Tante Sunny. »Und du hast einen großartigen Sinn für Humor.«

Zinnie betrachtete ihr Spiegelbild. Zugegeben, der Pullover sah wirklich wie ein gerupftes Hühnchen aus. Und jetzt, wo die Aufführung nur noch wenige Tage entfernt war, hatte sie wohl keine andere Wahl.

Wellen schlagen

Wenige Stunden vor der Tanzparty, nach einem Vormittag voller Proben und einem schnellen Mittagessen bestehend aus Thunfischsandwiches (die Lily liebte, weil Tante Sunny nicht zu viel Senf und Mayonnaise draufmachte), kündigte Tante Sunny an, die Mädchen zum Einkaufen schicken zu wollen. Sie hatte vor, ihre berühmten Brownies zur Party beizusteuern, und jetzt waren ihr ein paar wichtige Zutaten ausgegangen. Sie schrieb gerade eine Einkaufsliste, als plötzlich Tony auf der Türschwelle erschien. Er hatte ein unsicheres Lächeln im Gesicht und hielt eine zusammengerollte Ausgabe von *National Geographic* in der Hand.

»Na, wenn das nicht die vier hübschesten Mädchen von ganz Pruet sind!«, rief er aus. Tante Sunny schaute hoch und lächelte.

Zinnie sah sich um. Sie brauchte eine Minute, um zu begreifen, dass mit dem vierten Mädchen ihre Tante gemeint war, auch wenn diese schon sechzig Jahre alt war.

»Hallo, Tony«, sagte Tante Sunny. »Was für eine nette Überraschung.«

»Ich wollte dir nur den Artikel über Tsunamis zurückbringen, den du mir ausgeliehen hast«, sagte er und legte die Zeitschrift auf den kleinen Beistelltisch im Flur.

»Was ist ein Tsunami?«, fragte Lily.

»Das ist eine richtige große …«, setzte Zinnie an, aber Viola legte ihr hastig eine Hand auf den Mund.

»Das ist eine Art Tanz«, sagte Viola. Zinnie nickte. Viola hatte recht – einem Mädchen, das panische Angst vor dem Ozean hatte, sollte man lieber nichts über riesige, todbringende Monsterwellen erzählen.

»Ach, das hatte ich ja ganz vergessen«, sagte Tante Sunny. »Danke fürs Zurückbringen.«

»Na ja, ich war gerade in der Gegend, da dachte ich …« Tony hielt inne und wechselte von einem Fuß auf den anderen. »Kommst du diesmal auch zum Tanz, Sunny?«

»Daran führt wohl kein Weg vorbei«, erwiderte Tante Sunny. »Ich muss doch für die drei jungen Damen den Anstandswauwau spielen.«

Tony lächelte. »Freut mich zu hören. Meine Band und ich spielen dort, also lass es mich wissen, falls du irgendwelche besonderen Musikwünsche hast. Bis später!« Damit sprang er in seinen Lastwagen und fuhr davon.

Tante Sunny starrte die Zeitschrift an. »Die hat er sich schon vor einem Jahr ausgeborgt«, murmelte sie vor sich hin. »Wieso bringt er sie ausgerechnet heute wieder zurück?«

»Na ja …«, sagte Viola. »Wahrscheinlich wollte er sichergehen, dass du auch bestimmt zur Party kommst.«

Tante Sunny lief auf der Stelle knallrot an.

»Er steht auf dich«, sagte Zinnie, und als ihre Tante nichts erwiderte, fügte sie hinzu: »Er hält dich für einen heißen Feger.«

»Meinst du?«

»Das ist doch nicht zu übersehen«, sagte Viola. »Er will mit dir zusammen sein.«

»Und dich küssen«, sprang Lily ein. »Und knuddeln!«

»Ach, ich weiß nicht …« Tante Sunny wischte die Sache mit einer Handbewegung beiseite und die Mädchen lachten. Dann drückte sie ihnen die Einkaufsliste und etwas Geld in die Hand. »Los jetzt, raus mit euch, ihr macht mich noch ganz verrückt.«

»Ist Tsunami wirklich ein Tanz?«, fragte Lily, als sie die Auffahrt hinuntergingen.

»Ja«, antworteten Viola und Zinnie im Chor.

»Und wie sieht der aus?«

»Ungefähr so.« Zinnie wackelte mit dem Po und wedelte mit den Armen so komisch durch die Luft, dass ihre Schwestern sich vor Lachen gar nicht mehr einkriegten.

Das Mützen-Gedicht

Als sie die Auffahrt hinter sich gelassen hatten, war Zinnie völlig verschwitzt und außer Atem – der Tsunami-Tanz war ganz schön anstrengend gewesen. Plötzlich fiel ihr Blick auf die ausgeblichene, schmierige Red-Sox-Basecap, die auf dem Briefkasten lag. Ein Zettel klemmte in der Öffnung hinten an der Mütze. Zinnie schnappte sich die Cap, bevor ihre Schwestern es tun konnten, und zog den zusammengerollten Zettel heraus. Darauf stand in krakeliger Jungenhandschrift: »Für Viola von Peter«.

»Oh la la!«, rief Zinnie. »Ein Liebesbrief … von Peters Schirmmütze. Es duftet nach Lieeehieehieebe!«

»Halt die Klappe!«, sagte Viola und riss ihrer Schwester den Zettel aus der Hand.

»Mützen können doch gar keine Briefe schreiben«, sagte Lily.

Viola rollte die Nachricht auf. Zinnie spähte ihr über die Schulter – es war gar keine normale Nachricht, sondern ein Gedicht!

»Aber anscheinend können sie Gedichte schreiben«, stellte Zinnie fest.

»Quatsch«, sagte Lily. »Du willst mich nur veräppeln.«

Zinnie beachtete sie nicht. »Jetzt lies. Lies uns dein Liebesgedicht vor. Von deinem Verehrer.«

»Er ist nicht ihr Verehrer«, sagte Lily.

»Ganz genau, Lily. Er ist nicht mein Verehrer, und das ist auch kein Liebesgedicht«, sagte Viola und seufzte. »Hier steht: ›Dies ist ein Erinnerungsgedicht / Die Wette lautete, vergiss das nicht / Wenn ich dich beim Segeln unterstütze / Trägst du zum Tanzen meine Mütze. Bis heute Abend! Peter. PS: Die ist noch NIE gewaschen worden!!! Hahaha!‹« Viola warf Zinnie einen Sag-ich-doch-Blick zu. »Na, bist du jetzt zufrieden?«

»Jetzt erzähl doch mal, wie genau es zu dieser Mützen-Wette gekommen ist«, sagte Zinnie, als sie sich wieder auf den Weg zum Einkaufen machten und in die Hafenstraße einbogen.

»Weißt du noch, als ich mit Peter segeln gegangen bin?« Viola erzählte ihrer Schwester in allen Einzelheiten, was an dem Tag passiert war. Für jemanden, der an Peter angeblich keinerlei Interesse hatte, konnte sie sich noch erstaunlich gut an alles erinnern, was er gesagt und getan hatte. Als sie schließlich zu Ende erzählt hatte, standen sie auch schon vor dem Gemischtwarenladen. »Das war's«, sagte Viola. »Es war einfach nur eine blöde Wette. Es hatte nichts mit Verliebtsein und Verehrer und so was zu tun.«

»Ich bin in Peter verliebt!«, verkündete Lily. Die Glöckchen über der Tür bimmelten, als sie den Laden betraten. »Und ich werde ihn heiraten und mit ihm den Tsunami tanzen!« Sie tänzelte ins Geschäft. Zinnie und Viola sahen einander an und hatten alle Mühe, nicht loszuprusten.

Besuch von auswärts

Zinnie, Viola und Lily kannten natürlich noch längst nicht alle Bewohner von Pruet, denn sie waren ja erst seit knapp drei Wochen hier. Aber trotzdem konnten die Silver-Schwestern einen Fremden genauso schnell erkennen wie jeder andere, wenn nicht sogar schneller, schließlich waren sie bis vor Kurzem selbst noch Fremde gewesen. Der Einkauf im Gemischtwarenladen verlief nicht anders als sonst auch: Zinnie packte die Sachen, die auf Tante Sunnys Liste standen, in einen Korb, Lily überlegte vor der Bonbonabteilung, ob sie Lakritze oder doch lieber Gummischlangen nehmen sollte, und Viola stöberte die Zeitschriften durch. Da kam auf einmal eine Frau herein, deren Schuhabsätze so hoch und dünn und spitz waren, dass man damit bestimmt die kleinen Fische hätte harpunieren können, die in der Flussmündung schwammen.

»Prada«, murmelte Viola vor sich hin.

»Entschuldigen Sie, können Sie mir sagen, wo Charlotte Point liegt?«, wandte sich die Fremde – sie trug knallroten Lippenstift – an die junge Frau, die am Tresen jobbte. »Mein GPS findet es nicht und ich irre jetzt schon seit fast einer halben Stunde sinnlos herum.«

Viola schaute Zinnie an. Jeder wusste, dass Charlotte Point der Ort war, an dem Philip Rathbones Villa stand.

»Ich weiß, wo das ist«, sagte Viola.

»Wollen Sie zu Mr Rathbone?«, fragte Zinnie.

»Ja.« Die geheimnisvolle Frau schob ihre Sonnenbrille hoch. Sie hatte unglaublich lange Wimpern. »Ich bin seine Produzentin. Oder eine davon.«

»Cool. Wir kommen auch aus Los Angeles«, sagte Zinnie und räusperte sich. »Sie können Mr Rathbone morgen Abend im Kasino antreffen, wo wir eine Talentshow veranstalten. Mr Rathbone ist unser Preisrichter. Mein Theaterstück heißt *Vergissmeinnicht* und die Hauptrolle spielt meine wundervolle Schwester Viola Silver.« Zinnie deutete auf Viola.

»Äh … hallo«, stammelte die, und Zinnie erschrak. Hatte sie Viola jetzt in Verlegenheit gebracht?

»Dich kenne ich doch von irgendwoher«, sagte die Dame und zielte mit der Sonnenbrille auf Viola. Dann neigte sie den Kopf zur Seite und kniff die Augen zusammen. »In welchem Film hast du mitgespielt?«

»In *Seasons«*, antwortete Viola. »In drei Folgen der Serie.«

»Ach ja, stimmt.« Die Frau wedelte mit ihren langen, lilafarbenen Fingernägeln vor ihrem Gesicht herum. »Du warst gut.«

»Vielen Dank.« Viola spürte, wie sie rot anlief.

»Sie sollten wirklich zur Talentshow kommen«, sagte Zinnie. »Das wird bestimmt umwerfend. Viola ist die geborene Schauspielerin. Sie wird bestimmt mindestens genauso gut sein wie in *Seasons*. Wenn Sie *Seasons* mochten, wird Ihnen unser Stück garantiert gefallen.«

»Ich spiele auch mit!«, verkündete Lily. »Ich zieh ein rosanes Tutu an und das hier ist mein Text.« Sie trug ihre zwei Zeilen vor und schloss mit einer Pirouette neben dem Ständer mit Postkarten.

»Ja, vielleicht schaue ich mal vorbei«, sagte die Produzentin. »Gibt ja sonst nicht viel zu tun hier im Nirgendwo, stimmt's?«

»Stimmt«, sagte Zinnie, aber die Art, wie die Frau die Nase rümpfte, als sie »Nirgendwo« sagte, gefiel ihr nicht.

»Und Charlotte Point liegt wirklich am Ende dieser Straße?«, fragte die Produzentin.

»Genau«, erwiderte Viola. »Aber da ist kein Schild oder so was. Sie müssen einfach hinter dem alten Schulhaus links abbiegen.«

»Danke. Ciao!« Schon klackerte die Frau auf ihren hohen Hacken aus dem Laden hinaus.

Verwandlungen

»Dreh dich!«, sagte Lily und klatschte in die Hände, als Viola in ihrem Kleid herumwirbelte. Die Chiffonrüschen schwebten wie durchsichtige Blütenblätter um sie herum. »Schneller! Schneller!«, rief Lily.

»Ich kann nicht mehr«, keuchte Viola und verlangsamte die Drehung. »Mir ist schon ganz schwindlig.« Lily lachte, als ihre große Schwester zum Bett torkelte. Aber vielleicht war ihr auch ganz schwindlig vor Freude. Sie liebte das kornblumenblaue Kleid, auch wenn es etwas schlicht war. Tante Sunny hatte es an den Seiten enger genäht, die Träger gekürzt und einen kleinen Fleck am Saum entfernt.

Da Tante Sunny keinen deckenhohen Spiegel hatte, konnte Viola sich nicht in Gänze betrachten, aber sie spürte, wie das Kleid sich um ihre Taille schmiegte und die Rockschöße ihre Beine seidig umspielten. Viola kam wieder auf die Beine. Sie freute sich so auf die Tanzparty – ihre allererste Tanzparty! –, dass sie nicht still sitzen konnte.

»Du siehst aus wie eine Prinzessin«, sagte Lily und schlug sich vor Ehrfurcht die Hände vor die Brust.

»Ich glaube, ich brauche aber noch … was Besonderes«, sagte Viola.

»Du könntest dir Blumen in die Haare stecken«, schlug Lily vor.

»Hmm.« Viola verschränkte die Arme und verzog nachdenklich den Mund zur Seite.

»Was ist denn mit dir los?«, fragte Lily Zinnie, die gerade ins Zimmer gekommen war. »Bist du krank?«

Zinnie stand auf der Türschwelle. Sie trug das gebatikte Kleid, das noch vor einem Monat Violas Lieblingskleid gewesen war und das sie zum Casting bei der Agentin angehabt hatte. Zinnie hatte sie so lange angebettelt, bis Viola ihr erlaubt hatte, es anzuziehen. Aber irgendwie sah es an Zinnie nicht richtig aus. An manchen Stellen saß es zu eng, an anderen zu locker, und insgesamt war es ihr viel zu lang.

»Ich sehe schrecklich aus«, sagte Zinnie, ließ sich auf ihr Bett fallen und rollte sich zusammen. »Ich bin zu dick und zu klein und zu kraushaarig.«

»Das stimmt nicht!«, widersprach Viola. »Du siehst … süß aus.«

»Du kannst mir ruhig die Wahrheit sagen.« Zinnies Unterlippe bebte. »Ich bin doch nicht blöd.« Dann brach sie in Tränen aus.

»Nicht weinen«, sagte Lily, deren Unterlippe nun ebenfalls bebte. Wenn ihre älteren Schwestern weinten, musste sie auch immer mitweinen. Viola hob Lily auf ihren Schoß.

»Du bist wirklich hübsch«, sagte Viola und reichte ihren weinenden Schwestern Taschentücher. Dann legte sie Zinnie eine Hand auf den Rücken. »Du hast die schönsten Augen der Welt.« Zinnie putzte sich lautstark die Nase. Lily folgte ihrem Beispiel und legte dann ihr tränennasses Gesicht auf Violas Arm.

»Als du das Kleid anhattest, hast du ausgesehen wie eine Meerjungfrau oder so was«, schluchzte Zinnie. »Und ich … ich seh nur aus wie ein Kugelfisch!« Viola und Lily fingen an zu lachen, nur Zinnie war nicht danach zumute.

»Was ist denn ein Kugelfisch?«, fragte Lily und kicherte unter Tränen.

Viola seufzte. »Magst du Kleider überhaupt, Zinnie?«, fragte sie, und ihre Schwester schüttelte den Kopf. Viola hörte sich genauso an wie ihre Mutter, als sie weiterfragte: »Wenn du dir jetzt aussuchen könntest, was du anziehen willst, was würdest du wählen: Kleid oder Jeans?«

»Jeans natürlich«, antwortete Zinnie.

»Dann ist das vielleicht dein natürlicher Style«, sagte Viola.

»Mein Style sind T-Shirts mit Tieren drauf«, sagte Lily und wischte sich die Augen trocken.

»Geh und hol dein Lieblings-T-Shirt«, raunte Viola ihrer kleinen Schwester zu. Dann holte sie ihre *Young & Lovely*-Zeitschriften hervor, die fein säuberlich neben ihrem Bett gestapelt waren, mit Post-It-Zetteln zwischen den Seiten, auf denen ihre Lieblings-Outfits abgebildet waren. Während Lily zwischen einem Zebra-Shirt und einem Frosch-Shirt hin und her überlegte, blätterte Viola die Zeitschriften durch. »Ich hab da eine Idee«, sagte sie. »Zieh schon mal das Kleid aus und deine Jeans an. Ich bin gleich wieder da.«

Zinnie wand sich aus dem Kleid heraus und schlüpfte in ihre Jeans und ein Unterhemd. »Ah, viel besser!«, seufzte sie und machte es sich auf dem Bett gemütlich.

Als Viola zurückkam, hatte sie Tante Sunnys Nähschere in der Hand.

»Das Zebra-Shirt ist am schönsten«, sagte Lily und zog das T-Shirt an.

Viola hielt nachdenklich das Kleid hoch.

»Was meinst du, verlieben sich Tante Sunny und Tony heute Abend?«, fragte Zinnie.

»Das hoffe ich.« Viola breitete das Kleid auf dem Boden aus. »Er steht doch total auf sie.«

»Tante Sunny und Tony verlieben sich?«, fragte Lily. »Und dann heiraten sie?«

»Psst«, zischte Zinnie und flüsterte dann: »Das hoffen wir, aber wir wollen nichts davon verraten, sonst macht Tante Sunny am Ende doch noch einen Rückzieher.«

»Oh, dann ist es also ein Geheimnis?«, wisperte Lily zurück.

»So ungefähr.« Auf einmal gab es ein ekelhaft reißendes Geräusch und Zinnie erschrak. Viola hatte mit Tante Sunnys Schere den unteren Teil des Seidenkleides abgeschnitten. »Oh Gott, was machst du denn da?«

»Oh nein!«, rief auch Lily. »Du hast das Kleid kaputt gemacht! Einfach mittendurch gerissen!«

»Hier, bitteschön«, sagte Viola und reichte Zinnie das übrig gebliebene Oberteil. »Zieh das an.«

Seufzend zog Zinnie sich den Seidenstoff noch einmal über den Kopf. Ohne den unteren Teil schien das Kleid auf einmal zu passen!

»Jetzt stopf es in die Hose«, ordnete Viola an.

Zinnie tat, wie ihr geheißen.

»Nicht ganz so tief«, sagte Viola und zog den Stoff wieder ein Stück hoch, bis er sich ein bisschen bauschte.

»Du hast aus dem Kleid ein Shirt gemacht!«, rief Lily aus.

»Genau«, erwiderte Viola.

»Irgendwie fühlt es sich jetzt viel besser an«, sagte Zinnie. »Und wie seh ich aus?«

»Viel besser«, antwortete ihre kleine Schwester.

»Super!«, sagte Viola. »So, und jetzt zu deinen Haaren. Bin gleich wieder da.«

»Will sie dir jetzt auch noch die Haare abschneiden?«, fragte Lily, und Zinnie griff sich ängstlich in die Mähne.

Diesmal hatte Viola Zinnies Haarschaum in der Hand, als sie zurückkam.

»Das Zeug taugt nichts«, sagte Zinnie.

»Was hast du denn damit gemacht?«, fragte Viola und las sich die Anwendungshinweise auf der Rückseite durch.

»Ich hab mir die Haare gewaschen und den Schaum dann mit der Bürste reingeschmiert, und zum Schluss hab ich mir die Haare trocken geföhnt«, berichtete Zinnie.

»Du hast den Föhn benutzt?«

»Da steht doch, man soll seine Haare wie gewohnt stylen«, sagte Zinnie.

»Du solltest das Zeug auf jeden Fall mit den Fingern in die Haare einarbeiten«, erklärte Viola. »Und den Föhn lässt du am besten ganz weg.«

»Aber du föhnst dir doch auch immer die Haare«, wandte Zinnie ein.

»Ja, aber ich hab auch glatte Haare, während deine lockig sind.« Viola ließ Zinnie ihren Kopf unter dem Wasserhahn nass machen und mit dem Handtuch trocken rubbeln. Lily sah den beiden fasziniert zu. Als Viola der Meinung war, Zinnies Haare hätten jetzt den perfekten Feuchtigkeitsgrad erreicht, drückte sie sich etwas Haarschaum auf die Handfläche und arbeitete ihn mit den Fingern in Zinnies Locken ein, bis diese wie die Spiralschnur von Tante Sunnys Telefon aussahen.

»Siehst du?«, sagte Viola und drehte ihre Schwester so, dass sie sich im kleinen Spiegel über dem Waschbecken betrachten konnte. »Du siehst toll aus. Und wenn du die Haare jetzt an der Luft fertig trocknen lässt, gibt's auch kein Fusselgekräusel.«

»Wow!«, sagte Lily, die auf dem Klodeckel saß und die Verwandlung beobachtete, als wäre es das Spannendste, was sie je gesehen hatte.

»Cool!«, sagte auch Zinnie, als sie sich im Spiegel sah. »Das mach ich jetzt immer so.« Sie drehte sich lächelnd hin und her, um sich von beiden Seiten zu betrachten.

Tante Sunny tauchte in der Tür auf, wie immer mit kurzer Khakihose, weißem T-Shirt und marineblauem Pullover bekleidet. »Zinnia, du siehst ja fetzig aus! Deine Frisur ist ein richtiges Kunstwerk!«

»Danke. Viola hat sie mir gemacht«, erzählte Zinnie.

»Und die Bluse ist auch toll«, sagte Tante Sunny. »Ihr seht alle großartig aus. Also, dann wollen wir mal zum Tanzabend!«

»Du hast dich aber noch gar nicht aufgebrezelt«, sagte Lily.

»Der Tanzabend ist doch nur für euch, nicht für mich«, erwiderte ihre Tante.

»Aber du musst doch wunderschön aussehen, damit Tony sich in dich verliebt!«, rutschte es Lily heraus. Ihre Schwestern schossen ihr warnende Blicke zu. »Ups!«

Tante Sunny lachte. »Ach, so ist das?«

»Nein, nein«, versuchte Zinnie abzuwiegeln. »Es ist nur … Das soll doch ein ganz besonderer Abend werden. Willst du dann nicht auch etwas ganz Besonderes anziehen?«

»Wir könnten ja mal nachschauen, was du sonst so im Schrank hängen hast«, bot Viola an.

»Ich wüsste nicht, warum ich …«, setzte Tante Sunny an.

»Bitte!«, sagte Viola.

»Bitte bitte …«, schloss Zinnie sich an.

»Bitte bitte mit Zuckerguss in der Mitte, und … einer Muschel dazu?«, sagte Lily. »Weil du doch so gern Muscheln isst.«

»Ihhhh!«, stießen ihre beiden Schwestern gleichzeitig hervor.

»Tja, zu einer Muschel kann ich unmöglich Nein sagen«, gab Tante Sunny sich geschlagen. »Obwohl die Kombination schon ein bisschen eklig klingt.«

Eine Viertelstunde später hatte Tante Sunny einen langen geblümten Rock an, von dem Viola sagte, er sei »so retro, dass er schon wieder cool ist«. Sie legte ihr dazu eine schlichte weiße Bluse und ein paar silbergraue Slipper raus, die genau wie der Rock noch aus den Siebzigerjahren stammten. Viola hätte es lieber gesehen, wenn sie hohe Absätze getragen hätte, aber Tante Sunny lachte nur. Sie hatte hohe Schuhe noch nie leiden können. Aber für hübsche Klamotten hatte sie anscheinend schon immer ein Händchen gehabt.

»Wieso haben wir eigentlich auf dem Dachboden nach Kostümen gesucht, wenn die richtig coolen Sachen hier in deinem Schrank sind?«, fragte Viola.

»Ich bin gar nicht auf den Gedanken gekommen, dass euch die Kleider interessieren könnten«, sagte ihre Tante.

Und wie sie Viola interessierten! Tante Sunnys Kleiderschrank war bis oben hin voll mit Klamotten, die Viola »hip« und »chic« und »klassisch« nannte.

»Jetzt brauchst du noch ein bisschen Blingbling«, sagte sie.

Tante Sunny, die vor so viel Nichtenpower längst kapituliert hatte, führte die Mädchen in ihr Schlafzimmer und zeigte Viola ihre Schmuckschatulle.

»Die meisten Sachen sind nur Modeklunker«, sagte sie, doch für die Mädchen waren es allesamt Schätze. Selbst nachdem sie längst eine funkige Halskette für Tante Sunnys Outfit gefunden hatten (»Das Ding spricht eine eindeutige Sprache«, hatte

Viola dazu gesagt), konnten sie nicht aufhören, die Schatulle zu durchstöbern.

»Ihr dürft euch gern je ein Stück aussuchen und behalten«, bot Tante Sunny an, ganz entzückt darüber, dass ihre Nichten den Schmuck so toll fanden.

Lily fischte sich einen kleinen, aus winzigen Muscheln gemachten Kamm heraus, den Viola ihr gleich in die Lockenpracht steckte. Zinnie entdeckte einen blauen Armreif, den Tante Sunny als »absolut Art déco« bezeichnete und der perfekt zu ihrem neuen Oberteil passte, weil er die blauen Einsprengsel des Stoffmusters zum Leuchten brachte. Tante Sunny nickte zustimmend.

Gerade als Zinnie sich den Armreif über das Handgelenk streifen wollte, fiel ihr Blick auf das eigentliche Highlight der Schmuckschatulle: eine goldene Halskette mit einem Anhänger in Form eines Seepferdchens. »Wow!«, sagte sie und zeigte auf das smaragdgrüne Auge des Seepferdchens. Atemlos betrachtete sie die Kette, doch dann nahm Viola ihr das Schmuckstück ab und bewunderte es ihrerseits.

»Genau das fehlt mir noch zum Kleid«, sagte Viola, hängte sich die Kette um und machte den Verschluss zu. Das Seepferdchen schmiegte sich perfekt in den herzförmigen Ausschnitt ihres Kleides. Als Viola anmutig herumwirbelte, blitzte der Smaragd im Licht, während die Rockschöße wie eine weiche Sommerbrise um sie herum schwebten. Zinnie wollte schon einwenden, dass sie die Halskette doch als Erste gesehen hätte, aber es war zu spät: Viola wollte sie haben, also gehörte sie ihr auch, basta.

»Schaut mal, was ich gefunden hab«, sagte Lily und nestelte eine rote Seeglasscherbe aus einer geheimen Schublade der

Schmuckschatulle heraus. »Genau so eine braucht Peter doch noch für seine Sammlung.«

»Ja, stimmt.« Viola erklärte Zinnie und Tante Sunny, dass Peter Seeglas sammelte und schon immer nach einer seltenen roten Scherbe Ausschau gehalten, aber nie eine gefunden hatte.

»Wir könnten sie ihm schenken«, sagte Lily. »Dürfen wir?«

»Ich fürchte, das ist das einzige Stück in der Schatulle, das ich nicht hergeben kann«, sagte Tante Sunny.

»Warum nicht?«, hakte Lily nach.

»Weil es mich an Ham erinnert«, erklärte ihre Tante. »Er hat die Scherbe gefunden und sie mir geschenkt, als wir ganz frisch verliebt waren, und es war so, als würde er mir ein Stück seines Herzens schenken.«

»Aber erinnert dich nicht alles hier im Haus an Onkel Ham?«, fragte Zinnie sanft. »Die Bilder, die Wände, die Stühle, die Betten … einfach alles?«

»Ja, da hast du wohl recht.« Tante Sunny stand auf und schielte auf ihre Armbanduhr. »Oh, so spät schon. Wir müssen langsam los. Ach, und wir dürfen die Brownies nicht vergessen.«

»Nein, auf keinen Fall«, sagte Zinnie und fügte dann mit einem spitzbübischen Grinsen hinzu: »Und du vergiss deine Baseballmütze nicht, Viola!«

Eine unsichtbare Herzsaite

Die Musik war schon zu hören, als sie noch einen Block vom Kasino entfernt waren. Es lief gerade ein Song der Beach Boys, in dem es darum ging, dass es schön wäre, schon älter zu sein. Der Vater der Silver-Schwestern liebte die Beach Boys, und Zinnie liebte sie auch. Als sie die Wiese überquerten, an den Hortensien und den Kletterrosen vorbei, hüpfte Zinnie fröhlich. »Do do do do dee da«, sang Tante Sunny zur Musik. Das Kasino glitzerte in der Dunkelheit. Lichtgirlanden erleuchteten den Eingang, und als die Mädchen und ihre Tante den Raum betraten, sahen sie die Papierlampions, die wie bunte Monde von den Dachsparren hingen.

Tony, der sie von seinem Standort auf der Bühne sofort erblickt hatte, lächelte, während er den altvertrauten Text sang, und beugte sich über das Mikrofon. Er und seine Band trugen allesamt T-Shirts mit der Aufschrift »Tony & the Contractors«. Mehrere Kinder tanzten im Kreis auf der Tanzfläche, während die Erwachsenen plaudernd in den Ecken zusammenstanden oder mit einem Plastikbecher in der Hand und einem Lächeln im Gesicht auf die Veranda hinausströmten. Kleine Kinder schlidderten barfuß über die Tanzfläche. Lily zog ihre Schuhe aus und gesellte sich zu ihnen. Tante Sunny stellte ihre Brownies zu den anderen Snacks auf den Essenstisch. Jean klatschte bei ihrem Anblick strahlend in die Hände. »Du siehst umwerfend aus!«, sagte sie und drückte Tante Sunny an sich.

»Hey, Viola, dein Outfit ist echt toll«, sagte Peter, der neben seiner Mutter aufgetaucht war. Er hatte sich eine Krawatte umgebunden, und so wie es aussah, hatte er sich sogar Gel in die Haare geschmiert. »Und die Mütze ist das Beste dran.«

»Danke«, erwiderte Viola. »Mir gefällt sie inzwischen auch total gut. Kann sein, dass ich sie behalte.«

»Vergiss es«, sagte Peter. »Diese Mütze ist das Kostbarste, was ich besitze.«

»Das meint er ernst«, erklärte Jean. »Ich darf das Ding nicht mal anfassen. Einmal hat er bitterlich geweint, weil er sie bei meiner Schwester in Maine vergessen hatte.«

»Mom!« Peter lief knallrot an. »Könntest du bitte aufhören!«

»Oh, tut mir leid«, sagte seine Mutter und schlug sich eine Hand vor den Mund.

»Vielleicht solltest du sie ihm lieber zurückgeben«, sagte Zinnie zu ihrer Schwester.

»Nein, sie muss sie heute bis zum Ende der Veranstaltung aufbehalten«, widersprach Peter.

»Soll mir recht sein«, sagte Viola. »Wie war die Regatta?«

»Ich bin Erster geworden«, antwortete Peter grinsend. Jean wollte ihn an sich ziehen, aber Peter wand sich aus der Umarmung heraus.

»Entschuldige«, sagte Jean. »Ich bin einfach nur so stolz auf dich. Peter ist ein großartiger Segler.«

Zinnie entdeckte Ashley, Kara und Tara, die mit mehreren anderen tanzten, wobei abwechselnd immer eine in der Mitte der Gruppe tanzte. Sie lief hin, um ihre Freundinnen zu begrüßen.

Tony und seine Band spielten wirklich super und hatten ein Händchen bei der Auswahl von Songs, die sowohl Erwachsenen als auch Kindern gefielen. Ashley setzte bei *Hound Dog* zu einem Luftgitarrensolo an, Zinnie tat bei *Drive My Car* so, als würde sie ein Auto lenken und auf die Hupe drücken. Sie war froh, ihre Lieblingsjeans angezogen zu haben, weil sie damit ein paar ihrer Breakdance-Moves machen konnte, ohne befürchten zu müssen, dass irgendjemand ihre Unterwäsche zu sehen bekam. Lily tanzte in ihrem Zebra-T-Shirt den Tsunami und Peter trug sie während mindestens drei Liedern hintereinander huckepack herum. Selbst Viola ließ sich von der Stimmung anstecken, drehte sich in ihrem hübschen Kleid im Kreis und wirbelte über die Tanzfläche. Als Tony *California Girls* sang, tanzten die drei Silver-Schwestern atemlos in der Mitte.

Dann tippte Tony auf das Mikro. »Der nächste Song ist einer ganz besonderen Lady gewidmet«, sagte er. »Einer der tollsten Frauen, die ich je kennengelernt habe. Und ich kann es kaum fassen, wie umwerfend sie heute Abend aussieht. Also, los geht's.« Damit strich er ganz sanft über die Saiten seiner Gitarre.

Zinnie dachte sofort, dass er wohl Tante Sunny meinte, aber ganz sicher war sie erst, als er zu *Here Comes the Sun* von den Beatles ansetzte. Sie sah zu Tante Sunny hinüber, die schon die ganze Zeit mit Jean am Snacktisch gestanden und geplaudert hatte. Jetzt hatte sie ein scheues Lächeln im Gesicht und wiegte sich sachte im Takt des Liedes hin und her. Tony schaute sie an, und sie schaute zurück. Zinnie war, als könnte sie regelrecht eine Herzsaite sehen, die sich zwischen den beiden spannte. Es zahlte sich also aus, dass sie Tante Sunny ein bisschen aufgehübscht hatten! Zinnie sah sich nach Viola um.

»Tanz mit mir!«, rief Lily und schlang Zinnie einen Arm um die Taille.

»Erst müssen wir Viola finden und ihr erzählen, dass unser Plan aufgegangen ist«, sagte Zinnie, nahm Lily bei der Hand und schlängelte sich mit ihr durch die Menge. Inzwischen waren alle auf der Tanzfläche versammelt, selbst die Erwachsenen.

»Welcher Plan?«, fragte Lily.

»Du weißt schon …« Zinnie führte Lily in Richtung Veranda. Vielleicht war Viola ja nach draußen gegangen, um ein bisschen frische Luft zu schnappen? Hier drin war es ja ziemlich voll. »Wir wollten Tante Sunny doch mit …« Sie blieb wie angewurzelt stehen. Da war Viola. Sie saß mit Peter auf der Verandatreppe, er hatte einen Arm um ihre Schultern gelegt. Und dann küsste er sie. Auf den Mund!

»Was wollten wir mit Tante Sunny machen?«, hakte Lily nach.

»Vergiss es. Komm, wir gehen wieder rein«, sagte Zinnie und zerrte ihre kleine Schwester ins Haus. Noch einmal würde sie Viola bestimmt keinen Kuss kaputtmachen.

Viola, das Sternenmädchen

Nach der Tanzfeier taten sich mehrere Kinder zusammen, um noch einen Ausflug in die Eisdiele zu machen. Viola und Peter gingen hinter den anderen her, wobei sie einander alle paar Schritte anlächelten, aber kaum ein Wort sagten. Was Viola ganz gelegen kam. Sie war genug damit beschäftigt, in Gedanken Peters Kuss immer wieder Revue passieren zu lassen, um ihn ja nicht zu vergessen.

Und so war es dazu gekommen: Viola gönnte sich gerade eine kleine Pause zum Punschtrinken, nachdem sie mit ihren Schwestern mitten auf der Tanzfläche zu *California Girls* abgehottet hatte. Danach hatte sie mit Lily Tango getanzt, und ihre Schwester bestand darauf, alle zwei Sekunden nach hinten gebogen zu werden. Schließlich hatte Viola versucht, Zinnies Breakdance-Moves nachzumachen, die echt verrückt aussahen. Am Ende hatte sie so einen Durst! Sie hatte gerade ihren dritten Becher Punsch ausgetrunken, als Peter ihr plötzlich auf die Schulter tippte.

»Willst du den Großen Bären sehen, Viola?«, fragte er.

»Einen echten Bären?« Sie mochte die Art, wie er ihren Vornamen aussprach.

»Nein, den aus Sternen.«

»Oh«, sagte Viola. »Du meinst den Großen Wagen!«

»Willst du ihn nun sehen oder nicht?«

»Klar.« Sie folgte Peter auf den Rasen hinaus.

Sie sahen in den Sternenhimmel hoch, und er zeigte ihr nicht nur den Großen, sondern auch den Kleinen Bären, und dazu den Gürtel des Orion und ein Sternenbild namens Kassiopeia, das wie ein W angeordnet war.

»Kassiopeia war eine Königin, die sich für etwas Besseres hielt«, erklärte er und setzte sich auf die Verandastufen. »Bis vor Kurzem hab ich noch gedacht, du wärst auch ein bisschen eingebildet.«

»Echt?« Aber eigentlich war Viola darüber gar nicht so überrascht. Sie ließ sich neben Peter auf der Treppe nieder und ihr Kleid fächerte sich um sie herum auf.

»Ich dachte, du hältst dich für zu gut für unser kleines Pruet«, fuhr Peter fort. »Dass es dir hier nicht gefällt und so.«

»Am Anfang hat's mir auch nicht wirklich gefallen«, gab Viola zu. »Aber inzwischen mag ich es richtig gern.« Während sie sich ein Stück zurücklehnte, wurde ihr bewusst, dass sie mittlerweile wirklich gerne in Pruet war. Sie mochte es, dass sie abends ruck, zuck einschlief, in ihrem kleinen Kojenbett, nachdem sie den Tag mit Schwimmen am Meer oder mit Fangenspielen im Obstgarten verbracht hatte. Sie mochte es, dass man hier so viele Sterne sehen konnte. Und segeln gehen. Sie mochte den Wind im Gesicht und das Gefühl, wenn das Boot sich zur Seite neigte. Und sie mochte Peter. Sie fand es schön, dass er so nett zu Lily war. Dass er so viel über Segeln wusste, aber nichts über Skateboards und Surfen. Sie mochte sogar seine dämliche Mütze. Sie mochte so vieles an ihm, dass sie ihn nun einfach so in den Arm knuffte. Und da beugte er sich zu ihr herüber und küsste sie. Viola blieb die Luft weg, und sie spürte, wie sie rot anlief. Der Kuss war weich und kurz und echt. Keine Kameras, kein Regisseur, kein Dreh. Nur ein Junge mit einer Krawatte, ein Mädchen mit einer Basecap und eine Handvoll Sterne am Himmel.

Amandas Ankunft

Auf dem Weg zu Ediths Eisdiele hielt Peter Viola die ganze Zeit bei der Hand. Das war ein bisschen komisch, weil er immer wieder hochsprang, um Zweige abzuklatschen, und Viola dabei versehentlich mit hochzog.

Die Schlange in der Eisdiele war schon ziemlich lang, als sie ankamen, und Peter bot Viola an, sich allein anzustellen (Schoko-Nuss für ihn, Pfefferminz für sie), während Viola sich auf die kleine Bank draußen setzte und auf ihn wartete. Sie hatte kaum Platz genommen, als plötzlich ein großer schwarzer Wagen mit abgedunkelten Scheiben vorfuhr. Das Beifahrerfenster glitt zur Hälfte herunter.

»Viola?«, drang eine Mädchenstimme aus dem Auto heraus. Als das Fenster sich zur Gänze herabsenkte, erkannte Viola Amanda Mills, die Popsängerin, die in *Elfen der Nacht* die Hauptrolle spielen würde.

Viola freute sich, wenn auch nicht übermäßig, dass Amanda sich offenbar nicht nur ihren Namen gemerkt hatte, sondern auch den Fahrer dazu gebracht hatte, anzuhalten, damit sie mit Viola sprechen konnte. Klar, Amanda war wegen des Films hier, aber irgendwie kam es Viola trotzdem so vor, als würde sie träumen.

»Hallo!«, sagte sie, stand auf und näherte sich dem schwarzen Wagen.

»Du spielst auch mit?!«, sagte Amanda. »Das ist echt cool. Dann hab ich eine Freundin am Set!«

Ich bin deine Freundin?, fragte sich Viola und versuchte sich ihre Begeisterung nicht zu sehr anmerken zu lassen, um nicht uncool zu wirken. »Na ja, noch spiele ich eigentlich nicht mit.«

»Was machst du dann hier?«, fragte Amanda.

»Ähm … ich … wohne den Sommer über bei meiner Tante«, antwortete Viola.

»Das muss ja sterbenslangweilig sein!«, rief Amanda. »Die nächste Modeboutique ist hundert Kilometer entfernt! Hab ich gerade auf meinem Handy gecheckt. Zum Glück haben die von *Young & Lovely* mir gerade ein paar Musterklamotten geschickt. Sie wollen mich für das Cover der Oktober-Ausgabe fotografieren.«

»Wow«, stieß Viola ehrfürchtig hervor. Sie spähte ins Innere des Wagens. Ein Mann saß hinter dem Steuer, auf der Rückbank schnarchte eine Frau.

»Meine Mom«, erklärte Amanda.

»Oh.« Viola betrachtete die Frau, die mit ihrem grellrosa Jogginganzug auf der Rücksitzbank fläzte, die nackten Füße hochgezogen. Ein dünner Speichelfaden hing ihr aus einem Mundwinkel. Sie sah überhaupt nicht aus wie eine Mutter. Und da fielen Viola die Geschichten wieder ein, die sie über Amandas Mutter gehört hatte: dass sie wegen irgendwas im Gefängnis gewesen war, dass sie Amanda als kleines Kind weggegeben hatte, aber dann zurückgekehrt war, als Amanda bei *America Sings* entdeckt worden war.

»Du wirst es nicht glauben«, sagte Amanda, »aber irgend so eine Frau hat Phil gebeten, als Juror bei einer kleinen Talentshow zu fungieren, die die Einheimischen hier veranstalten.«

Viola schluckte. Auf einmal war ihr richtig übel. »Ich glaube, der Gewinner soll eine Statistenrolle im Film kriegen oder so. Jedenfalls geh ich da auch hin, das wird bestimmt brüllkomisch. Außerdem helfe ich ihm beim Bewerten.«

»Echt?«, fragte Viola.

»Na ja, nicht offiziell, aber ich wette, er wird mich um Rat fragen, schließlich hab ich doch *America Sings* gewonnen, die größte Unterhaltungsshow der Welt.«

»Vielleicht sind ein paar der Teilnehmer ja ganz begabt«, sagte Viola. »Man kann nie wissen, oder?«

»Moment mal, machst du da etwa auch mit?«, fragte Amanda.

»Nein«, wehrte Viola ohne nachzudenken ab. »Nie im Leben!«

»Ah, ich dachte schon …« Amanda verzog das Gesicht. »Ich hab nämlich vor, mich auf Twitter und so total drüber auszulassen. Vielleicht poste ich die schlimmsten Auftritte sogar auf YouTube. Wir müssen unbedingt nebeneinander sitzen!«

»Ich glaube, Kameras sind im Publikum nicht erlaubt«, sagte Viola.

»Wen interessiert das schon? Hey, nach der Talentshow soll es bei Phil eine Grillparty geben. Du kannst gern auch kommen, wenn du Lust hast.«

»Echt?«, fragte Viola. »Das wäre cool.« Genau das brauchte sie: eine Gelegenheit, um Philip Rathbone persönlich vorgestellt zu werden. Wenn sie wirklich in dem Film mitspielen wollte, durfte sie auf keinen Fall bei so einer dummen, unprofessionellen Talentshow mitmachen, wurde ihr auf einmal klar. Das war im Gegenteil so ziemlich das Letzte, was sie tun sollte. Nein, sie brauchte jemand Wichtigen, jemanden wie Amanda, der ihr die Verbindung zu Philip Rathbone knüpfte. Dann würde er sie auch ernst nehmen.

»Vielleicht hat Phil ja doch noch eine Rolle für dich«, sagte Amanda.

»Meinst du? Das wäre ja der Hammer«, sagte Viola.

»Man kann nie wissen. Einen Versuch ist es doch wert, oder?« Amanda zwinkerte ihr zu.

»Sicher«, sagte Viola mit einem abwesenden Lächeln. Denn auch wenn sie bei der Aussicht auf so eine unerwartete, kostbare Gelegenheit total aus dem Häuschen war, fürchtete sie sich jetzt schon vor dem Augenblick, in dem sie Zinnie sagen musste, dass sie in ihrem Stück nicht mehr mitspielen würde.

»Ehrlich, die Leute hier sind solche Bauerntölpel«, seufzte Amanda. »Vorhin hab ich einen erwachsenen Mann im Overall gesehen. Und schau dir bloß mal diesen komischen Versager an.« Viola folgte ihrem ausgestreckten Zeigefinger mit den Augen und drehte sich um. Da kam Peter aus der Eisdiele, zwei riesige Eiswaffeln in der Hand, die beide so aussahen, als würden sie gleich herunterkippen. Er hielt den Blick auf das Eis gerichtet, als könnte er so verhindern, dass es abstürzte – und stolperte plötzlich über eine kleine Stufe.

Während Viola zusah, wie er sich wieder fing – er hatte es geschafft, dass nur eine einzige Eiskugel von der linken Waffel herunterfiel –, sah sie Peter auf einmal durch Amandas Augen. Sein Jackett war ihm ein Stück zu groß, die Hose dafür ein bisschen zu kurz. Seine Ohren ragten unter der Baseballmütze hervor. Sie konnte es kaum glauben, dass sie ihn noch vor einer knappen Stunde geküsst hatte. Sie war plötzlich völlig verwirrt. Ihr Mund war wie ausgedörrt, in ihren Ohren dröhnte es. Am liebsten wäre Viola im Erdboden versunken.

»Hey … ähm … könntest du mich vielleicht schnell mitnehmen?«, stammelte sie. »Ich muss dringend zum Haus meiner Tante.«

»Ja, klar«, erwiderte Amanda. »Und unterwegs zeig ich dir mein neuestes Video.«

Viola rannte zur anderen Seite des Wagens und stieg hastig ein.

Vorübergehende Blindheit

Am nächsten Tag – dem Tag der Talentshow – war es so windig, dass sie sich gar nicht erst die Mühe machten, den Sonnenschirm aus dem Auto zu holen, als sie zum Strand fuhren. »Wenn wir ihn aufspannen und uns dran festklammern«, sagte Tante Sunny, »würde der Wind uns regelrecht übers Meer hinwegfegen.«

»Vielleicht würden wir dann auf einer einsamen Insel landen«, sagte Lily.

»Lasst uns lieber nur in Gedanken dahin fliegen«, sagte Tante Sunny.

Sie und die Mädchen nahmen den flachen Bretterweg in Richtung der Mündung. Die starke Brise füllte Zinnies Ohren mit zischender Luft und bauschte ihr das T-Shirt auf. Es fühlte sich komisch an, bei so stürmischem Wetter an den Strand zu gehen, aber Tante Sunny hatte darauf beharrt – nichts würde eine aufgewühlte Seele so gut besänftigen wie eine Lunge voll frischer Seeluft. Sie würden schon ein paar Stunden vor der Talentshow ins Kasino müssen, um Jean beim Aufbau zu helfen, aber Tante Sunny hatte ihnen versichert, dass sie trotzdem genug Zeit für ein frühes Mittagessen und sogar ein kurzes Bad im Ozean haben würden.

»Du hast doch nicht etwa Lampenfieber?«, fragte Tante Sunny, als Zinnie ihre Pfannkuchen kaum anrührte, obwohl sie die zum Frühstück doch am allerliebsten aß. Aber Zinnie war einfach zu aufgeregt, um essen zu können. Das lag nicht nur daran, dass die Talentshow ihre Idee gewesen war und sie allein deswegen schon unbedingt wollte, dass alles gut lief, oder daran, dass Philip Rathbone die Teilnehmer beurteilen und somit darüber entscheiden würde, ob Viola in *Elfen der Nacht* mitspielen durfte; es lag auch nicht nur daran, dass Zinnie vor so vielen Leuten ein Huhn namens Holly spielen sollte. Nein, das Schlimmste war, dass Viola sich schon den ganzen Vormittag so merkwürdig verhielt. Sie redete mit schriller Stimme, sie schaute Zinnie nicht in die Augen, und sie kaute an ihren Fingernägeln, eine schlechte Angewohnheit, die sie eigentlich schon in der fünften Klasse abgelegt hatte.

Ob der Kuss sie so durcheinandergebracht hatte? Schließlich hieß es doch in den ganzen Liebesliedern immer, dass es einen verrückt machte, sich zu verlieben und zu küssen. Amanda Mills' neuester Hit hieß *Kiss Me to Crazytown,* fiel Zinnie auf einmal wieder ein. War Viola also in die Stadt der Verrückten geküsst worden?

An der Mündung angekommen, sahen sie ein hölzernes Schild mit der Aufschrift STARKE STRÖMUNG, SCHWIMMEN AUF EIGENE GEFAHR. KEINE RETTUNGSSCHWIMMER. Das Schild war Zinnie vorher noch nie aufgefallen. Als der Wind ihre Locken aufwirbelte, fragte sie sich, ob es schon immer da gestanden hatte oder ob es heute einfach nur besonders gefährlich war und es deswegen aufgestellt worden war.

»Hier ist es«, sagte Tante Sunny und deutete auf einen kleinen sandigen Winkel im Schutz zweier Dünen. Dort ließen sie sich nieder. Zinnie versuchte ihr Badetuch im Stehen auszubreiten, aber dafür war es zu windig, ständig flatterte es ihr über den Kopf. Am Ende kauerte sie sich hin und beschwerte die Ecken des Handtuchs mit Steinen. Viola setzte sich einfach auf ihr gefaltetes Badelaken und starrte auf das Wasser hinaus.

»Ich habe heute Abend eine Überraschung für euch«, sagte Tante Sunny und hielt sich mit einer Hand den Hut auf dem Kopf fest, während sie mit der anderen ihren Liegestuhl aufklappte und in den Sand pflanzte. Der Stoff war schon so durchgesessen, dass er den Sand berührte, als sie sich hineinsetzte.

»Was für eine Überraschung?«, fragte Lily und ließ sich neben Tante Sunny in den Sand fallen. In der Hand hielt sie den Stein, den Peter ihr gegeben hatte.

»Wenn ich es euch verrate, wäre es doch keine Überraschung mehr, oder?«, sagte Tante Sunny und wuschelte ihr durchs Haar.

»Und wenn wir es selber erraten?«, bohrte Lily weiter.

»Aus mir kriegt ihr nichts raus, ich bin so schweigsam wie eine verschlossene Muschel.«

»Was meinst du denn, was für eine Überraschung es ist, Viola?«, fragte Zinnie. Jetzt, wo sie im Sand saßen, war der Wind in ihrer Kuhle kaum noch zu spüren und es war angenehm warm.

»Keine Ahnung.« Viola nahm eine Handvoll Sand und ließ ihn nachdenklich durch die Finger rieseln.

»Ich hab Hunger«, sagte Lily und hielt sich den Bauch.

»Ich auch«, sagte Tante Sunny, setzte sich auf und schaute sich nach allen Seiten um. Seufzend tippte sie sich an die Stirn. »Oje, ich bin so aufgeregt wegen der Überraschung, dass ich die Sandwiches im Auto vergessen habe. Aber das macht nichts, ich geh sie schnell holen. Ihr bleibt hier. Niemand geht ins Wasser, bevor ich nicht wieder da bin. Viola, du übernimmst die Verantwortung.«

»Okay«, sagte Lily, bohrte die Füße in den Sand und begrub sie damit. Nur der Stein von Peter thronte oben auf ihrem rechten Knie.

Sobald Tante Sunny außer Sichtweite verschwunden war, wandte Viola sich an Zinnie und holte einmal tief Luft. »Ich muss dir was sagen.«

»Geht's um den K-U-S-S?« Zinnie blinzelte gegen die Sonne an.

»Nein.« Viola seufzte. »Moment mal, woher weißt du überhaupt davon?«

»Ich … ich hab euch gesehen«, gestand Zinnie und biss sich auf die Lippe.

»Das ist erstens echt schräg und zweitens voll widerlich«, sagte Viola, und Zinnie fühlte sich merkwürdig beschämt. Schließlich hatte sie doch nicht mit Absicht zugeguckt, wie Viola und Peter sich geküsst hatten. »Aber nein, darum geht es nicht«, fuhr Viola fort. »Ich … ich muss dir sagen, dass ich heute nicht in dem Stück mitspielen werde.«

»Haha, wie witzig«, sagte Zinnie.

»Das war kein Witz.«

»Wie bitte?« Zinnie starrte ihre große Schwester verständnislos an. Es war, als hätte die Kawooluh gesprochen, die uralte Sprache der Elfen der Nacht.

»Ich meine es ernst«, sagte Viola. »Es tut mir leid.«

»Die Talentshow beginnt in vier Stunden«, sagte Zinnie. »Du *musst* mitspielen!«

»Ja, du musst«, gab Lily ihr recht. »Du bist doch unser Star.«

»Ich kann nicht«, sagte Viola.

»Aber warum denn nicht?« Zinnies Unterlippe begann zu zittern.

»Ich bin eine professionelle Schauspielerin, und es ist der Schauspieler-Vereinigung zu Ohren gekommen, dass ich das machen will. Und sie wollen das nicht erlauben.«

»Das stimmt nicht! Du lügst!«, rief Zinnie. »Sag mir die Wahrheit!«

»Hört auf zu schreien.« Lily schlug sich die Hände über die Ohren.

»Ich kann einfach nicht«, sagte Viola. »Okay? Ich kann nicht, fertig.«

»Aber damit machst du alles kaputt!«, rief Zinnie.

»Aufhören!«, jammerte Lily und rammte ihre Füße tiefer in den Sand.

Zinnie stand auf. Sie hätte wissen müssen, dass das passieren würde. Der gestrige Tag, als Viola ihr vor der Tanzfeier beim Aufstylen geholfen hatte, war nur eine Eintagsfliege gewesen. Der ganze Sommer war eine einzige Illusion. Hier war sie wieder, die Viola, die sie kannte, die sich alles nahm, was sie kriegen konnte, ohne auf irgendjemand anderen Rücksicht zu nehmen, die den Radiosender verstellte, sobald Zinnie anfing mitzusingen, und die ihr nicht erlaubte, sich in der Schulcafeteria neben sie und ihre Freundinnen zu setzen.

Zinnie stürmte davon, tigerte hin und her, und mit jedem Schritt durch den Sand wurde ihr Zorn nur noch größer. Erinnerungen daran, wie Viola sie in der Vergangenheit gedemütigt und geärgert hatte, kamen wieder an die Oberfläche und befeuerten Zinnies Wut. Sie wandte sich Viola zu, die jetzt schmollte, als wäre Zinnie diejenige, die sich gemein verhalten hatte. Was bildete die sich eigentlich ein? Dass sie Zinnies Stück einfach so ruinieren konnte und ihre Schwester es ohne Gegenwehr hinnehmen würde?

»Wie bist du eigentlich so eine fiese Schlange geworden?«, keifte Zinnie. »Mom ist nicht fies, Dad ist nicht fies, ich bin nicht fies, und Lily auch nicht. Wie konntest du dann so werden?«

Viola schleuderte ihre Sonnenbrille beiseite und sprang auf die Füße. »Du bist das Problem!«, schrie sie. »Du machst mir alles nach und ich hasse das! Ich hasse das dermaßen! Egal was ich sage oder tue oder anziehe, du machst mir alles nach. Du fängst sogar an, so zu gehen wie ich! Du wolltest Schauspielerin werden, nur weil ich Schauspielerin bin. Du findest raus, was mein Lieblingssong ist, und machst ihn zu deinem. Du versuchst dir sogar meine Freunde unter den Nagel zu reißen. Ich will doch nur ein bisschen Platz für mich, damit ich mich allein entfalten kann, ohne dass du mir ständig überallhin folgst. Ich will ein eigenes Leben haben!«

»Na gut!« Zinnie flogen die Haare ins Gesicht. Sie starrte Viola an und reckte ihr einen zittrigen Zeigefinger entgegen. »Ich werde dich nicht mehr nachahmen. Es gab eine Zeit, da hab ich dich bewundert, aber die Zeit ist vorbei. Du bist eine böse Schwester.« Atemlos sah sie zu, wie Viola erbleichte und dann gleich knallrot anlief, als wäre sie geohrfeigt worden. Aber Zinnie war noch nicht fertig mit ihr. »Du hast ja nicht mal genug Mumm, mir den wahren Grund zu sagen, warum du plötzlich nicht mehr mitspielen willst. Ich dachte immer, du wärst mutig und schlau und perfekt, meine starke große Schwester. Aber das bist du nicht. Du bist nur ein feiges Huhn.«

Violas Augen füllten sich mit Tränen. Zischend sog sie die Luft ein und drehte sich weg. Dann stieß sie plötzlich einen Schrei aus. Und es war kein Wut-, sondern ein Angstschrei. »Oh Gott!«, kreischte sie. »Oh Gott, wo ist Lily?«

Die Art von Angst, die einen schneller macht

Lily trieb in ihrem roten Badeanzug in der Mündung und wurde von der Strömung mit jeder Sekunde weiter auf den klaffenden Schlund des Ozeans zugetrieben. Die Mädchen hetzten parallel zu ihr am Ufer entlang. Von Panik angetrieben, rannten Viola und Zinnie schneller, als sie je zuvor gerannt waren. Und dennoch konnten sie nicht mit der Strömung Schritt halten. Es war schwer, im Sand zu laufen, und der Wind stieß sie zurück, warf sie von einer Seite zur anderen, verlangsamte ihre Füße. Immer wieder schrien sie Lilys Namen in den Wind hinaus, mit angstvollen Stimmen, die ihnen die Kehle zerkratzten, aber Lily gab weder einen Ton von sich noch winkte sie ihnen zu. Konnte sie ihre Schwestern hören? War ihr Kopf noch über Wasser? Lag sie mit dem Gesicht nach oben oder unten? Sie konnten es kaum erkennen in den aufgepeitschten, trüben Wellen.

Und dann tauchte wie aus dem Nichts Tante Sunny auf. Sie schwamm mit kräftigen, sauberen Zügen diagonal durch die Mündung, und es schien, als wäre sie von einer Düne ins Wasser gesprungen, obwohl das doch völlig unmöglich war. Viola und Zinnie klammerten sich aneinander und sahen zu, wie der Abstand zwischen Tante Sunny und Lily immer kleiner wurde, bis ihre Tante das Mädchen endlich, endlich erreichte. Sie ließen sich auch nicht los, während Tante Sunny Lily an Land schleifte, wieder diagonal über die Flussmündung, mit langsamen, ruhigen Schwimmzügen bis ans Ufer. Als sie näher kamen, konnten die beiden Schwestern sehen, wie Lily mit ihren kurzen Beinen um sich trat, aber sie lösten sich erst voneinander, als sie hörten, wie sie mit ihrem hellen Stimmchen schrie: »Noch mal!«

Ausgerechnet heute

»Lily!« Viola riss ihre kleine Schwester in die Arme und wickelte sie in ein Badetuch, während Zinnie die Kleine von der anderen Seite umarmte.

»Ich hab's geschafft«, sagte Lily, während Viola sie abtrocknete und Zinnie ihr einen Kuss auf den nassen Kopf drückte. Lily war so außer sich vor Freude, dass sie gar nicht merkte, wie sie mit den Zähnen klapperte. »Ich bin ganz allein geschwommen. Ich war so t-t-tapfer!«

»Ja, das warst du«, sagte Tante Sunny, die atemlos und triefnass neben ihr stand. »Aber weißt du nicht mehr? Wir haben doch darüber gesprochen, wie wichtig es ist, dass du immer einen Erwachsenen dabeihast, wenn du schwimmen gehst.« Lily nickte widerwillig. »Und als ich losgegangen bin, um die Sandwiches aus dem Auto zu holen, hab ich euch doch eingeschärft, dass ihr nicht ins Wasser dürft, oder?«

Wieder nickte Lily und starrte auf ihre Füße im Sand. »Krieg ich jetzt Ärger?«

»Nein«, antwortete Tante Sunny. »Aber du musst mir versprechen, nie wieder alleine ins Wasser zu gehen.« Lily nickte. »Versprochen?«

»Versprochen.«

»Und du musst dich immer an das halten, was ich sage«, fuhr Tante Sunny fort. »Verstanden?«

»Ja«, sagte Lily.

»Und jetzt erzähl uns, warum du heute unbedingt ins Wasser wolltest. Wieso ausgerechnet heute?«

»Viola und Zinnie haben sich gestritten«, erklärte Lily. Ihre beiden Schwestern wechselten einen hastigen, hitzigen Blick, dem Viola dann als Erste auswich. Alle drei Mädchen standen still und stumm da, die Gesichter so ernst wie das der altmodischen Puppe, die sie auf dem Dachboden gefunden hatten.

»Verstehe«, sagte Tante Sunny und warf den beiden großen Schwestern einen Blick zu, der ihnen durch Mark und Bein ging. »Aber wieso wolltest du deswegen schwimmen gehen?«

»Ich dachte, sie würden bestimmt so doll staunen, dass sie aufhören zu streiten. Und es hat ja auch geklappt«, sagte Lily.

»Eindeutig«, gab Tante Sunny ihr recht.

Statt sofort mit den Mädchen nach Hause zu fahren, bestand sie darauf, dass sie noch ein Weilchen am Strand blieben. Sie aßen ordentlich zu Mittag und veranstalteten auf Lilys Wunsch hin einen Kaffeeklatsch mit der mitgebrachten Limonade. Dann spielten Zinnie und Viola mit ihrer kleinen Schwester. Sie begruben sie im Sand, sie jagten sie durch die Dünen, sie bauten ihr eine Burg für ihren Stein. All das und noch mehr taten sie, und Tante Sunny blieb immer dicht bei ihnen und beobachtete sie mit Argusaugen. Und obwohl beide mit Lily redeten, mit ihr lachten und jede Rolle spielten, die sie ihnen in ihren Fantasiespielen zudachte, sprachen sie kein einziges Wort miteinander.

»Es wird Zeit zu gehen«, sagte Tante Sunny schließlich, nachdem die dritte Runde von Lilys Juwelierladen-Spiel zu Ende war. Sie bat Viola und Zinnie, alle Sachen einzusammeln und zum Auto zu tragen, während sie Lily zum Wagen begleitete und sie auf dem Rücksitz anschnallte. Dann nahm sie die älteren Mädchen beiseite.

»Ich bin sehr enttäuscht von euch beiden«, sagte sie. »Wie konntet ihr das nur zulassen?«

»Viola hat gesagt, sie will nicht mehr in meinem Stück mitspielen«, erklärte Zinnie. »Und deswegen sind wir in Streit geraten.«

»Ist doch meine Sache, wenn ich mich umentscheide«, verteidigte sich Viola. »Sie hat mir üble Sachen an den Kopf geschmissen, dass ich eine Lügnerin wäre und so.«

»Bist du ja auch!«, rief Zinnie aus.

»Was ist denn bloß in euch gefahren?«, ging Tante Sunny dazwischen. Ihre Stimme war leise und ruhig, aber die übliche Wärme war daraus verschwunden. »Das Wichtigste ist, dass man immer aufeinander aufpasst. Nichts auf der Welt kann wichtiger sein als die eigene Familie, die eigenen Geschwister. Habt ihr überhaupt begriffen, was heute hätte passieren können?«

Viola nickte, biss sich auf die Unterlippe und starrte auf ihre Füße. Zinnie liefen die Tränen übers Gesicht.

»Ich habe nur deswegen nicht früher mit euch geschimpft«, sagte Tante Sunny, »weil ich nicht wollte, dass Lily noch mehr traumatische Erinnerungen ans Meer davonträgt. Aber eines müsst ihr euch klarmachen: Wir hätten sie heute für immer verlieren können.«

Und was jetzt?

Nach der Rückkehr vom Strand ging Viola mit Lily nach oben, um ihr aus dem Badeanzug zu helfen, während Zinnie versuchte, ihre Eltern anzurufen. Tante Sunny hatte eingeräumt, dass dieses Ereignis eindeutig als Notfall gelten konnte, und Zinnie daher das Ferngespräch erlaubt. Doch die Verbindung zu Moms Handy brach immer wieder ab, sodass sie nur so lange mit ihr sprechen konnte, bis sie ihr erklärt hatte, dass keins der Mädchen sich mehr in Gefahr befand. Und ihren Vater erreichte Zinnie überhaupt nicht. Auf dem Festnetz ging keiner ran und auf dem Handy meldete sich auch nur die Mailbox. Tante Sunny schlug vor, mit Zinnie in der Küche einen Kriegsrat abzuhalten. Sie schnitt zwei Stücke Blaubeerkuchen, goss beiden Eistee ein und fragte Zinnie, was sie nun zu tun gedachte.

»Ich schätze, mein Stück wird nicht aufgeführt werden«, sagte Zinnie und schwenkte ihr Glas, dass die Eiswürfel darin leise klirrten. »Ich werde das Ganze wohl abblasen müssen.«

»Wie bitte?«, sagte Tante Sunny. »Nachdem du die ganze Zeit so hart dran gearbeitet hast? Es muss eine andere Lösung geben.« Sie sah auf ihre Armbanduhr. »Ein paar Stunden hast du immerhin noch Zeit.«

»Aber ich hab keine Hauptdarstellerin mehr«, rief Zinnie ihr in Erinnerung. »Wie soll ich ein Stück ohne Hauptdarstellerin auf die Bühne bringen?«

»Du könntest die Rolle doch selber übernehmen«, schlug ihre Tante vor. »Die Figur der Vergissmeinnicht ist dir doch regelrecht auf den Leib geschneidert. Sie ist klug und witzig, genau wie du. Und nach so vielen Proben kannst du den Text bestimmt in- und auswendig.«

»Aber ich kann nicht gut schauspielern«, beharrte Zinnie und nahm einen Bissen von ihrem Kuchen. »Das hat mir schon Ronald P. Harp gesagt.«

»Wer ist denn dieser Ronald P. Harp überhaupt?« Tante Sunny spießte mit der Gabel ein paar Blaubeeren auf. »Und wieso hörst du auf das, was er sagt?«

»Er ist Schauspiellehrer«, erklärte Zinnie. »Er hat gesagt, ich wäre nicht gut genug, um in seinem Kurs bleiben zu können.«

Tante Sunny tupfte sich mit der Serviette voller Anmut die Mundwinkel ab. »Tja … Wir sind hier aber nicht in einem Schauspielkurs, sondern bei der Talentshow von Pruet, nicht wahr? Und wir machen das hier zum Spaß, nicht für Ruhm und Reichtum. Pfff!«

»Aber was, wenn die Leute mich total schlecht finden, im Vergleich zu Viola?«, fragte Zinnie.

»Sie werden gar keine Vergleichsmöglichkeit haben«, sagte ihre Tante. »Schließlich will sie ja nicht mehr bei der Talentshow mitspielen. Sie wird wahrscheinlich nicht mal anwesend sein.«

Das leuchtete Zinnie ein. Und Ronald P. Harp war ja auch ganz weit weg, genau wie Los Angeles. Die meisten Leute hatten Viola noch nie schauspielern gesehen. (*Seasons* war zwar eine preisgekrönte Serie, wurde aber nur auf einem kleinen Kabelkanal ausgestrahlt.) Zinnie hatte die Sache mit dem Stück ins Leben gerufen, um Viola ihren Traum zu erfüllen, aber im

Verlauf hatte sie auch ihren eigenen Traum entdeckt, nämlich Drehbücher zu schreiben.

»Außerdem – was ist mit Lily und Miss Melodys Tanzklasse? Willst du die etwa im Stich lassen?«, fragte Tante Sunny.

»Na ja, ich denke schon, dass ich Vergissmeinnicht spielen könnte«, gab Zinnie zu. »Immerhin hab ich das Stück ja selber geschrieben. Und derjenige, der den Erzähler spielt, kann den Text einfach vom Blatt ablesen, das machen Erzählerfiguren ganz oft.«

»Na siehst du. Ich glaube, ich habe es noch nie erlebt, dass ein Erzähler nicht abgelesen hätte«, sagte Tante Sunny. »Mag sein, dass du deinen Ersten Offizier verloren hast, aber du bist immer noch der Kapitän deines Schiffs. Jetzt heißt es die Segel hissen und in See stechen.« Zinnie musste unwillkürlich lächeln – Tante Sunny hatte die Gabe, alles wie ein Abenteuer aussehen zu lassen. Aber sie war noch nicht ganz überzeugt. »Wenn du eben ausführlich mit deinen Eltern hättest reden können, was meinst du, was sie dir geraten hätten?«, packte ihre Tante noch einen drauf.

»Das ist einfach«, erwiderte Zinnie. »Dad hätte bestimmt gesagt: Die Show muss weitergehen.«

»Wie kommst du darauf?«

»Weil so was beim Film ständig vorkommt«, berichtete Zinnie. »Manchmal wird Dad zum Set gerufen, um ganz neue Szenen zu schreiben, während sie noch drehen, einfach weil ein Schauspieler ausgestiegen ist oder der Regisseur sich wegen irgendwas umentschieden hat oder so.«

»Verstehe«, sagte Tante Sunny.

»Aber für einen guten Film würde Dad alles tun, einfach alles. Manchmal kommt er sogar tagelang ohne Schlaf aus. Und wenn es jemanden gibt, der gerne schläft, dann ist das mein Vater.«

Lächelnd rührte Tante Sunny mit ihrem extralangen Eistee-Löffel noch eine Extraladung Zucker in ihren Eistee. »Und deine Mutter? Was würde die wohl dazu sagen?«

Zinnie nahm noch einen Bissen von ihrem Kuchen und stellte sich ihre Mutter vor. »Die würde mich so angucken ...« Zinnie neigte den Kopf zur Seite, wie ihre Mutter es immer tat, wenn sie aufmerksam zuhörte. »Und dann würde sie mich wahrscheinlich fragen: ›Was ist das Schlimmste, was jetzt passieren könnte?‹« Tante Sunny lachte, und Zinnie wusste, dass es wegen ihrer Nachahmung von Moms Stimme war. »Und ich würde sagen: ›Na ja, ich könnte den Text vergessen oder Viola könnte mich auslachen, oder vielleicht gefällt auch niemandem im Publikum mein Stück.‹ Und sie würde dann sagen: ›Na und, würde dann die Welt untergehen?‹«

»Und, würde sie?«, fragte Tante Sunny.

»Hm, schön wär's jedenfalls nicht«, sagte Zinnie.

»Aber es könnte doch auch sein, dass dein Stück richtig gut ankommt. Vielleicht erlebt du und Lily und die Mädchen von Miss Melody den tollsten Abend aller Zeiten. Vielleicht ist Viola von deinem Talent und deinem Mut tief beeindruckt. Vielleicht stellst du fest, dass du doch eine ganz tolle Schauspielerin bist. Stell dir vor, du könntest ... oh ja, ich seh das schon richtig vor mir ... Stell dir vor, du würdest stehende Ovationen kriegen!«

»Das wäre echt Wahnsinn«, sagte Zinnie.

»Einen Versuch ist es doch wert, oder?«

Tante Sunny brauchte keine Antwort mehr abzuwarten. Das Lächeln ihrer Nichte sagte schon alles. Zinnie aß ihren Kuchen auf, trank den Eistee aus und machte sich dann sofort auf die

Suche nach Ashley. Und tatsächlich, Ashley war schon im Kasino und ölte ihre Stimmbänder. Auf Zinnies Vorschlag hin musste sie zugeben, dass sie laut und witzig war, beides gute Voraussetzungen für einen Erzähler, und sie willigte sofort ein, den Part zu übernehmen. Nur Holly, das Huhn, hätte sie nicht spielen wollen. »Vor allen Leuten gackern, nein danke, nie im Leben. Schon gar nicht in so einem dämlichen Kostüm!« Zinnie hatte eine Weile gebraucht, um sich an den hiesigen Akzent zu gewöhnen, aber inzwischen konnte sie sich Ashley gar nicht mehr ohne ihre in die Länge gezogenen Vokale vorstellen.

»Aber ich kann unmöglich Holly *und* Vergissmeinnicht spielen, die tauchen in einer Szene nämlich gleichzeitig auf«, beharrte Zinnie. »Wenn wir Zweiter werden, überlasse ich dir die ganzen hundert Dollar.«

»Nein, ich spiele den Erzähler, mehr nicht. Das oder gar nichts.«

Also stimmte Zinnie zu. Das Publikum würde sich eben damit abfinden müssen, dass sie in einer Szene zwischen Vergissmeinnicht und Holly hin und her sprang. Wir machen das hier zum Spaß, nicht für Ruhm und Reichtum, rief sie sich selbst in Erinnerung.

Die Geschichte von Stanley Toots, Teil I, II und III

Viola saß auf Lilys Kojenbett, ihre kleine Schwester schlief neben ihr, auf einem Flecken Sonnenlicht zusammengerollt. Keine von beiden hatte sich auch nur einen Zentimeter gerührt, seit sie vor über einer Stunde vom Strand zurückgekommen waren und ihre Badeanzüge ausgezogen hatten. Viola wollte Lily nie wieder aus den Augen lassen.

Wäre sie doch bloß nie hierhergekommen, dachte sie, und hielt dabei das Kopfkissen fest umklammert. Ihr Leben und das ihrer Schwestern waren in Kalifornien genauso voneinander getrennt wie ihre Zimmer. Viola ging zu Castings, Zinnie hatte ihre schulischen Aktivitäten und ihre Hobbys, Lily hatte Berta. In Los Angeles brauchte Zinnie sie nicht als Hauptdarstellerin in ihrem Stück, und Lily brauchte sie nicht als Aufpasserin. Und das fand sie auch viel besser so. Viola spürte einen dicken Kloß im Hals. Zinnie hat recht, dachte sie, ich bin eine furchtbare Schwester.

Da klopfte es an der Tür.

»Viola, darf ich reinkommen?«, schallte Tante Sunnys Stimme herein.

»Klar.« Viola holte tief Luft und wischte sich über die Augen.

»Na ja, nicht gerade die herzlichste Einladung, die ich je bekommen habe, aber ich nehme sie trotzdem gern an.« Tante Sunny kam ins Zimmer und machte die Tür hinter sich zu. Sie deutete mit dem Kopf auf Lily. »Vor Erschöpfung eingeschlafen?«

Viola nickte. Dann brach sie in Tränen aus. »Es tut mir so leid.« Sie hätte gern aufgehört zu weinen, aber sie konnte einfach nicht. Es war, als wäre ein Damm gebrochen und die Überschwemmung würde alles mit sich reißen.

»Das weiß ich«, sagte Tante Sunny. Sie setzte sich auf Zinnies Bett gegenüber und nahm Violas Hand. »Das weiß ich.« Als Violas Tränen zu einem schmalen Rinnsal versiegt waren, lehnte Tante Sunny sich auf dem Bett zurück. »Ich hatte ganz vergessen, wie bequem man es hier hat.« Seufzend starrte sie an die Decke. »Weißt du, ich hab auch mal am Strand ein Kind aus den Augen verloren.«

»Echt? Wann?« Viola schluchzte nur noch leise.

»Da war ich dreizehn, vielleicht vierzehn.«

»Ich bin jetzt zwölf«, sagte Viola.

»Ich weiß. Ich war also ungefähr in deinem Alter, und es war der erste Tag meines neuen Jobs als Babysitterin. Ich kann den kleinen Jungen immer noch vor mir sehen. Er hieß Stanley Toots der Dritte, und er hatte ein Knautschgesicht, das wohl nur die eigene Mutter lieben kann, mit einer dicken Locke mitten auf der Stirn.«

»Stanley Toots der Dritte?«, echote Viola lachend.

»Komischer Name, ich weiß. Aber die Toots' waren damals eine wohlbekannte Familie hier in der Gegend, und ich konnte mich glücklich schätzen, den Job bekommen zu haben.«

»Wirklich?« Es fiel Viola schwer, sich einen Babysitterjob als etwas Erstrebenswertes vorzustellen. Vielleicht weil sie zwei jüngere Schwestern hatte und es sie nie gereizt hatte, mehr als nötig auf die beiden aufzupassen.

»Oh ja«, sagte Tante Sunny. »Stanley Toots der Zweite besaß damals ganze Küstenlandstriche zwischen hier und Falmouth. Und Stanley Toots der Erste war ein großer Industrieboss. Jedenfalls hatte man mir an dem Tag die Verantwortung über Stanley Toots den Dritten übertragen. Er war die ganze Zeit neben mir. Dann bin ich kurz stehen geblieben, um mit Beau Williams zu plaudern, einem sehr gut aussehenden Rettungsschwimmer, und als ich mich umdrehte, war Stanley der Dritte einfach verschwunden. Es gab nicht mal Fußabdrücke im Sand, denen ich hätte nachgehen können.«

»Der Rettungsschwimmer taugte wohl auch nicht viel als Aufpasser«, warf Viola ein.

»Guter Einwand«, sagte Tante Sunny lachend. »So hab ich das noch nie gesehen. Jedenfalls war das mein letzter Babysitterjob, bis … ja, bis zu diesem Sommer.«

»Und wo war Stanley?«

»Na ja, er hatte beschlossen, dass er mich nicht leiden konnte und lieber nach Hause gehen wollte. Die ganze Stunde, die ich panisch den Strand abgesucht hab, saß er schon zu Hause am Küchentisch, eine Hand in der Keksdose. Mrs Toots hat mir ganz schön den Kopf gewaschen, kann ich dir sagen. Erst hat sie mich ewig nach ihm suchen lassen, obwohl sie wusste, dass er zu Hause und in Sicherheit war. Und dann hat sie mir die wütendste Standpauke aller Zeiten gehalten. Ich kann's ihr aber kaum verdenken. Sie hatte allen Grund, sauer auf mich zu sein.«

»Dann hat sie dich richtig angeschrien, als du bei ihr aufgetaucht bist?«, fragte Viola.

»Na klar. Und sie hat mich auf der Stelle gefeuert.« Sie mussten beide lachen. »Ja, jetzt kann ich darüber lachen … Damals war es einfach nur schrecklich.«

»Aber ich bin Lilys Schwester, nicht ihre Babysitterin«, sagte Viola. »Und sie war nicht zu Hause und hat Kekse gegessen. Sie war im Wasser, sie hätte ertrinken können.«

»Ist sie aber nicht«, sagte Tante Sunny. »Und jeder Mensch macht mal Fehler.«

»Zinnie hasst mich jetzt auch«, sagte Viola.

»Sie hasst dich nicht. Aber du hast sie wirklich in eine blöde Situation gebracht, das musst du zugeben.« Tante Sunny stemmte sich auf einen Ellbogen hoch. »Warum willst du eigentlich nicht mehr mitspielen?«

Viola war schon zu erschöpft, um sich noch eine Lüge ausdenken zu können. »Ich hab gestern Abend Amanda Mills aus L. A. getroffen. Wir sind Freundinnen. Oder so ähnlich.«

»Wer ist Amanda Mills?«, fragte Tante Sunny.

»Ein großer Star. Sie hat sogar schon eine eigene Fernsehshow und so.«

»Nie von ihr gehört.«

»Ihr neuster Hit ist *Kiss Me to Crazytown*«, erklärte Viola. Als ihre Tante sie verständnislos anschaute, versuchte sie das Lied zu summen, aber weil sie kaum einen Ton traf, brachte das auch nichts. Tante Sunny schüttelte den Kopf. Wahrscheinlich hätte sie den Song sowieso nicht erkannt. »Also, jedenfalls ist Amanda die Hauptdarstellerin in *Elfen der Nacht*«, fuhr Viola fort. »Und sie hat mich für morgen Abend zu einer supercoolen Party bei Phil eingeladen …«

»Ach, jetzt nennst du ihn also schon Phil?«

»Und ich dachte, wenn sie als Filmstar mich ihm vorstellt, dann hab ich vielleicht doch noch eine Chance, in dem Film mitzuspielen. Außerdem ist mir klar geworden, dass Zinnies Stück nicht sehr … professionell ist.«

»Es ist das erste Mal, dass sie ein Drehbuch geschrieben hat«, sagte Tante Sunny. »Niemand wird als Profi geboren.«

»Na ja, Amanda hat durchblicken lassen, dass sie das Ganze blöd findet. Es ist, als würde … als würde ich zugeben, dass ich für den Film nicht gut genug bin.« Tante Sunny kniff argwöhnisch die Augen zusammen. »Ich brauche Amanda! Damit sie mich Phil Rathbone vorstellt. Sie will nur zu der Talentshow gehen, um sie durch den Kakao zu ziehen.« Es tat Viola gut, sich mal alles von der Seele zu reden.

»Das ist ja fies«, sagte Tante Sunny. »Mir ist diese Amanda Mills jetzt schon unsympathisch. Die kann bleiben, wo der Pfeffer wächst!«

»Ich weiß, es hört sich blöd an, aber ich möchte wirklich unbedingt in diesem Film mitspielen.« Viola fing wieder an zu weinen. »Das ist mein Traum! Muss ich den wirklich aufgeben? Ich wollte Zinnie nicht verletzen, echt nicht.«

»Aber was denkst du denn?« Tante Sunny zupfte ein Taschentuch aus einer Schachtel und reichte es ihrer Nichte. »Findest du Zinnies Stück auch blöd?«

»Nein.« Viola putzte sich nachdenklich die Nase. »Zumindest hab ich es nicht blöd gefunden, bevor Amanda das gesagt hat.«

»Aber warum sollte ihre Meinung schwerer wiegen als deine eigene?«

»Ist einfach so.« Viola seufzte. Sie wusste nicht, wie sie ihrer Tante erklären sollte, wie Hollywood tickte.

»Ich wette, Amanda würde sich wünschen, so eine Schwester wie Zinnia zu haben«, sagte Tante Sunny. »Oder so einen Freund wie Peter.«

»Oh Gott!«, stieß Viola aus, als ihr einfiel, dass sie in den vergangenen vierundzwanzig Stunden ja auch noch einen dritten Menschen im Stich gelassen hatte. »Peter.«

»Er hat hier angerufen und nach dir gefragt«, erzählte Tante Sunny. »Er dachte, du wärst entführt worden oder so. Als ich sagte, du liegst warm und trocken in deinem Bett, hat er aufgelegt. Das hängt wohl auch mit dieser Amanda zusammen, was?«

»Ja.« Viola fuhr sich über die Augen. »Und es tut mir wirklich leid. Das alles tut mir wahnsinnig leid. Ich hab ein ganz schlechtes Gewissen wegen Lily, wegen Peter und wegen Zinnie sowieso. Ich hab ihr das Stück kaputtgemacht.«

»Das glaube ich nicht.«

»Wie meinst du das? Was hat sie denn jetzt vor?«

»Sie ist gerade drüben im Kasino und versucht alles zu retten«, sagte Tante Sunny. »Du kennst doch deine Schwester. Das reinste Stehaufmännchen. Die gibt nicht so leicht auf.« Die alte Standuhr schlug sechs. »Oh nein, jetzt müssen wir aber schleunigst auch ins Kasino. In einer halben Stunde geht die Show los! Weck deine Schwester auf und steck sie in ihr Kostüm, ja? Ich muss nach unten, eure Überraschung könnte jeden Augenblick eintreffen.« Sie stand auf. »Los geht's.« An der Tür angekommen, drehte sie sich noch einmal um. »Viola, verschwende nicht zu viel Zeit darauf, dich schlecht zu fühlen. Und vergiss nicht, es ist nie zu spät, das Richtige zu tun. Ich weiß nicht mehr, wer das mal gesagt hat, aber es war irgendjemand ganz Berühmtes.«

»Stanley Toots der Erste vielleicht?«

»Nein, das glaube ich eher nicht.« Tante Sunny lächelte Viola auf eine Art an, die ihr das Gefühl gab, dass sie trotz der schlimmen Sachen, die sie getan hatte, in ihrem tiefsten Inneren ein guter Mensch war. Viola seufzte erleichtert.

»Tante Sunny, du hättest eine richtig gute Mutter abgegeben«, sagte sie.

Ihre Tante holte tief Luft und klopfte sich sachte mit der Hand aufs Herz. »Ach ja«, sagte sie. »Ach ja …«

Hinter der Bühne

Zinnie spitzelte hinter dem schlichten Vorhang hervor, den Jean und ihr Mann Mack angebracht hatten. Das Kasino war proppenvoll. Jean und Mack begrüßten die hereinströmenden Leute, suchten ihnen Sitzplätze – oder wenn es nicht anders ging, zumindest Stehplätze. Kleine Kinder kauerten auf dem Fußboden, damit die Erwachsenen sich auf die Stühle setzen konnten. Sunny und Tony saßen beide in der ersten Reihe, allerdings würde Tony sehr bald hinter die Bühne kommen müssen, er war nämlich für die Musik verantwortlich. Und die Regisseurin war ebenfalls schon da. Sie trug wieder ihre irren hochhackigen Schuhe und tippte wie verrückt auf ihr Handy ein.

Direkt vor der Bühne befand sich der Jurytisch, an dem drei Stühle standen. Ashleys Vater, dem das Autohaus an der Route 6 gehörte, war eins der Jurymitglieder – Jean hielt ihn für besonders geeignet, weil er schon in vielen Werbespots mitgespielt hatte. Einige Leute befürchteten, Ashley könnte dadurch einen Vorteil haben, aber ihr Vater hatte versprochen, objektiv zu bleiben. Im Moment redete er gerade mit den Eltern von Kara und Tara, und Zinnie konnte trotz des Lärms, der im Raum herrschte, ein paar Satzfetzen über besonders günstige Angebote bei den Gebrauchtfahrzeugen heraushören. Ihre laute Stimme hatte Ashley eindeutig von ihrem Vater geerbt.

Edith, die Besitzerin der Eisdiele, gehörte ebenfalls zur Jury.

Sie trug ein geblümtes Kleid und las gerade die Teilnehmerliste durch. Zinnie hatte sie noch nie ohne ihre Schürze gesehen. Mokka Chip lag wie immer zusammengerollt zu ihren Füßen.

Ein Raunen ging durch den Saal, als Philip Rathbone hereinkam, mit seiner runden Sonnenbrille und den strubbeligen Haaren, die zu seinem Markenzeichen geworden waren. Er hielt schnurstracks auf den dritten Stuhl am Jurypult zu und setzte sich. Dicht hinter ihm trippelte Amanda Mills, strahlend wie der Filmstar, der sie war, durch die Menge. Und wieder ein Stück hinter ihr kam Viola, die die ganze Zeit auf ihren Fingernägeln herumkaute. Zinnie schien es, als wollte ihre Schwester Amanda etwas sagen, aber Amanda ignorierte sie. Während Zinnie beobachtete, wie die beiden sich hinsetzten, wurde ihr klar, was der wahre Grund von Violas Rückzug sein musste: Sie hatte sich nicht vor Amanda blamieren wollen, indem sie in diesem popeligen kleinen Stück mitspielte. Zinnie hatte das Gefühl, als hätte ihr jemand in den Magen geboxt. Der Schmerz stieg ihr die Kehle hoch, aber bevor sie in Tränen ausbrechen konnte, holte Zinnie tief Luft und zerrte den Vorhang wieder zu. Viola hat's verdient, dass sie ignoriert wird, dachte sie. Und ich werde nicht zulassen, dass mein Stück ihretwegen den Bach runtergeht.

Lily kam aufgeregt angeschossen. »Wieso spielt Viola nicht mehr mit?«

»Weil sie nicht mehr will«, antwortete Zinnie.

»Mal wieder die falsche Haltung?«, fragte Lily.

Zinnie lachte. »So was in der Art. Ach, Lily, du bist so …«

»Ich weiß schon«, sagte Lily. »Ich bin sooo schlau!«

Sie wirbelte einmal um die eigene Achse, aber dann, mitten in der Drehung, riss sie plötzlich die Augen auf und fing an zu strahlen. Zinnie spürte eine große, warme Hand auf ihrer

Schulter und drehte sich um. Dad! Er sah aus, als … na ja, als hätte er die letzten Wochen auf Bäumen verbracht. Sein Bart war gewuchert und er war sonnengebräunt. Aber seine Augen waren genau wie immer, groß und sanft und braun und voller Liebe. Er kniete sich hin und breitete die Arme aus.

»Daddy!«, schrie Zinnie und stürzte in seine Arme.

»Daddy!«, rief auch Lily und warf sich obendrauf. »Bist du die Überraschung von Tante Sunny?«

»Jep«, erwiderte ihr Vater und drückte seine Mädchen fest an sich. »Ich kann mir doch unmöglich Zinnies allererstes Stück entgehen lassen, oder? Und Lilys Debut als Schauspielerin auch nicht.« Zinnie küsste ihn auf die kratzige Wange. Sie hatte jetzt kein Lampenfieber mehr, sie freute sich einfach nur noch. »Mom ist übrigens auch da«, berichtete Dad. Und da kam Mom auch schon von hinten angerannt und nahm ihre Töchter in die Arme.

»Meine Süßen!«, rief sie. »Ich hab euch ja so vermisst!«

»Wie war's in Kanada?«, fragte Zinnie.

»Viel Arbeit«, erwiderte ihre Mutter. »Ich bin froh, das gemacht zu haben, aber ich bin auch froh, dass es jetzt vorbei ist. Und ich freu mich so, euch endlich wiederzusehen! Wo ist Viola eigentlich?«

»Sie spielt nicht mehr mit«, schnaubte Zinnie.

»Warum nicht?«, fragte Dad.

»Weil sie zu coooool dafür ist«, sagte Lily und brachte damit alle zum Lachen.

»Oh-oh«, sagte Mom.

»Ja, genau, oh-oh«, sagte Zinnie. »Ihretwegen muss ich heute einen fliegenden Kostümwechsel auf der Bühne hinlegen, während sie mit ihrer Filmstar-Freundin im Publikum abhängt.«

Da dröhnte Jeans Stimme durchs Mikrofon: »Hallo, allerseits! Wir sind schon ein bisschen spät dran, deswegen wäre es sehr nett, wenn ihr jetzt alle eure Plätze einnehmen könntet, vielen Dank!«

»Wir gehen dann auch mal«, sagte Dad und küsste seine beiden jüngeren Töchter auf den Kopf. »Viola können wir ja dann nach der Show überraschen. Ach, und denk dran, Zinnie, im Showbusiness muss man ständig improvisieren. Lass dich einfach treiben, es wird schon alles klappen!«

»Okay.« Zinnie holte tief Luft und wappnete sich innerlich.

»Toi, toi, toi!« Mom drückte ihre Mädchen ein letztes Mal, dann schlich sie leise in den Zuschauerraum zurück.

Zinnie nahm Lily an die Hand, während Jean weitersprach: »Hiermit eröffne ich die einundzwanzigste Talentshow von Pruet, die erste seit vielen Jahren! Die meisten von euch kennen mich ja schon, aber für die paar anderen: Ich bin Jean, und ich werde euch durch den heutigen Abend begleiten.« Das Publikum klatschte. »Ich kann euch kaum sagen, wie glücklich ich bin, dass ihr so zahlreich hergekommen seid, um die jungen Talente unserer kleinen Küstenstadt zu unterstützen. Als Erstes möchte ich mich bei drei ganz besonderen Mädchen aus Kalifornien bedanken, ohne deren harte Arbeit dieser Abend nicht zustande gekommen wäre. Silver-Schwestern, wo seid ihr?«

»Das sind wir«, flüsterte Zinnie Lily zu, und gemeinsam traten sie auf die Bühne hinaus. Zinnie winkte, Lily versteckte sich schüchtern hinter ihr.

»Aber eine fehlt doch noch«, sagte Jean und schaute sich um. Zinnie sah zu Viola hin, aber die starrte nur zu Boden, die Wangen feuerrot. Zu ihrem Glück sah Jean sie nicht. »Na ja, zwei von drei ist auch kein schlechter Schnitt. Einen Applaus bitte für die Silver-Schwestern!«

Zinnie sah, wie Amanda sich zu Viola rüberbeugte und ihr etwas zuraunte, aber Viola schüttelte nur wütend den Kopf.

»Juchhuuuu!«, drang Moms Stimme aus dem Publikum. Dad gab seinen berühmten zweihändigen Taxipfiff zum Besten.

»Okay, dann wollen wir die Party mal steigen lassen. Die Jury wird einen ersten, einen zweiten und einen dritten Platz vergeben. Der erste Preis ist eine Statistenrolle in Mr Rathbones neuem Film *Elfen der Nacht!«* Das Publikum jubelte. »Der zweite Preis sind einhundert Dollar in bar!« Wieder Jubelschreie. »Nicht übel, ich weiß. Am liebsten würde ich ja selbst mitmachen. Und der dritte Preis ist ein Fünfundzwanzig-Dollar-Gutschein für Ediths Eisdiele!« Jean sah zu Edith hinüber, die sich angesichts der neuen Jubelwelle bescheiden verbeugte. Mokka Chip stieß schwanzwedelnd ein leises Geheul aus.

»Und nun, meine Freunde … Bitte schaltet jetzt eure Handys aus und heißt unsere ersten Teilnehmerinnen willkommen: Kara und Tara Malloy, die euch eine faszinierende Gymnastiknummer präsentieren werden!«

Zinnie suchte für Lily einen freien Platz am Boden, dann schlüpfte sie eilig hinter die Bühne. Sie war nämlich dafür verantwortlich, dass die Teilnehmer bereit waren, wenn ihr Name aufgerufen wurde. Sie hörte, wie das Publikum Kara und Tara mit dröhnendem Applaus empfing. Tony gab den Einsatz für die Musik und die Show begann.

Der Junge mit der Gitarre

»Den Gummisaum von ihren Unterhosen kann man ja schon aus hundert Kilometern Entfernung sehen!«, raunte Amanda, als Kara und Tara ihre Position auf der Bühne einnahmen.

»Aber echt«, sagte Viola kichernd, aber innerlich schämte sie sich ein bisschen dafür. Klar, Karas und Taras Auftritt war alles andere als professionell. Weder turnten sie perfekt synchron noch kam Tara beim Spagat bis ganz zum Boden runter. Und ja, unter ihren Gymnastikanzügen zeichneten sich ihre Slips deutlich ab, aber schließlich verfügte nicht jedes Mädchen auf der Welt über einen persönlichen Tanzlehrer und Stylisten.

»Das muss ich unbedingt twittern«, sagte Amanda und hackte auf ihr Handy ein. »Mist. Ich krieg hier kein Internet.«

»Schade«, sagte Viola, war aber insgeheim erleichtert.

Die Show ging weiter und Amanda ließ an keinem der Teilnehmer ein gutes Haar. Selbst über Grace Cha, die nichts anderes tat als Blockflöte zu spielen, hatte sie nichts Nettes zu sagen. »Das Mädchen sollte sich mal die Haare bürsten!«, meinte sie nur und nahm Viola bei der Hand.

»Stimmt«, sagte Viola, aber dann sah sie, wie Graces Finger über den Grifflöchern zitterten, und fühlte sich sofort ganz schlecht. Einerseits hätte sie nie zu hoffen gewagt, dass so ein Popstar wie Amanda Mills sie an die Hand nehmen und wie mit einer Freundin mit ihr flüstern würde. Andererseits hätte sie ihr am liebsten gesagt, sie solle still sein und Grace ihren Auftritt in Ruhe zu Ende bringen lassen.

Aber der Vorfall mit Grace war nichts im Vergleich zu dem, was passierte, als Peter mit seiner Gitarre auf die Bühne kam. Sein Gesicht war dunkelrot, und ihm war deutlich anzusehen, wie ungern er da oben stand. »Ich stell mich einfach nicht gern vor so vielen Leuten hin«, hatte er Viola anvertraut, als sie segeln gewesen waren. Und jetzt wurde ihr bewusst, wie ernst er das gemeint hatte. Er sah ganz elend aus.

»Der sieht ja aus wie ein Hummer«, sagte Amanda. Peters Gesicht war schweißnass, und selbst im Nacken war die Haut rot angelaufen, was auch seine Haare noch röter erscheinen ließ. Dass er ein rotes T-Shirt angezogen hatte, war nicht gerade hilfreich. Dunkle Schweißflecken breiteten sich in den Achselhöhlen aus.

»Ein verschwitzter Hummer«, fuhr Amanda fort. »Mit Segelohren.« Viola schaffte es, ein kicherähnliches Geräusch zwischen den zusammengepressten Kieferknochen hervorzubringen. Peter war vielleicht nicht der hübscheste Junge der Welt, aber Amanda hatte kein Recht, so über ihn zu reden. Sie kannte ihn doch gar nicht. Sie hatte nicht gesehen, wie er segeln konnte, dass er genau wusste, wann er die Flaggleine ziehen musste, um das Boot über die Wellen fliegen zu lassen. Sie hatte nicht miterlebt, wie er für die kleine, verschreckte Lily den perfekt glatten Stein gefunden hatte. Sie hatte ihn nicht geküsst.

Peter schob sich das Mikro zurecht, was ein schrecklich quietschendes Geräusch erzeugte. Amanda hielt sich die Ohren zu, Philip Rathbone verzog das Gesicht. Viola wäre am liebsten im Erdboden versunken.

»Tut mir leid«, sagte Peter mit matter Stimme. Das Gitarrenplektron fiel ihm herunter, und seine Hände zitterten so sehr, dass er Mühe hatte, es wieder aufzuheben. Viola bekam langsam Magenschmerzen.

»Hummer-Boy, der Superfreak«, raunte Amanda ihr kichernd zu.

Viola konnte den Blick nicht von Peter abwenden, der tief Luft holte, um sich etwas zu beruhigen. Leider atmete er dabei direkt ins Mikrofon aus, was er aber nicht zu bemerken schien. Viola sah auf ihre eigenen Hände hinab, die nun auch zitterten. Aus Mitleid mit Peter? Oder weil Amanda sie mit ihrem unkontrollierten Gegacker so wütend machte?

Es tut mir leid, versuchte Viola Peter telepathisch mitzuteilen. Meinetwegen musst du das hier nicht machen.

Aber Peter schien ihre Botschaft nicht zu empfangen. Er setzte zu seinem Song an, *Rocky Raccoon* von den Beatles. Anfangs klang seine Stimme noch etwas wacklig, eher nach Sprechgesang, aber dann entspannte er sich etwas. Er sang zwar nicht wirklich, sondern es klang eher so, als erzähle er beim Gitarrespielen eine Geschichte – aber das machte er richtig gut. Phil Rathbone hörte lächelnd zu und nickte. Das brachte selbst Amanda zum Schweigen, die nichts kritisieren wollte, was Phil offenbar gefiel.

Als Peter zu Ende gespielt hatte, sah Viola ihm in die Augen und lächelte ihn strahlend an. Er lächelte nicht zurück.

Die zwei Violas

Viola schaffte es nicht, sich auf die folgenden Teilnehmer zu konzentrieren, weder auf die Tiernummer noch die Tanzauftritte noch das Lied aus der *Kleinen Meerjungfrau*. Sie hatte Magenschmerzen, als würden zwei unterschiedliche Versionen ihrer selbst in ihrem Inneren gegeneinander wüten. Einerseits war da die Los-Angeles-Viola, die selbstbewusst, strahlend und stark war, die nach Apfelshampoo duftete und es genoss, neben Amanda Mills zu sitzen. Wenn Amanda kicherte oder ihr eine Nachricht schrieb oder sie mit ihrem goldbraunen Arm anstupste, hatte Viola das Gefühl, in ihren Glorienschein mit hineingezogen zu werden. Eine Sekunde lang kam es ihr so vor, als würde die Los-Angeles-Version von Viola den Kampf gewinnen, als würde sie nirgendwo anders hingehören als an Amandas Seite. Warum knipste eigentlich niemand ein Foto von ihnen beiden und veröffentlichte es in der *Young & Lovely*? Denn genau das waren sie doch, jung und bezaubernd.

Aber auf der anderen Seite war da noch die Pruet-Viola. Die auch selbstbewusst war, aber nicht wie ein Filmstar, sondern auf eine andere, bodenständige Art, die sie ein Boot beinahe allein steuern ließ und ihr das sichere Gefühl einflüsterte, welches Outfit Tante Sunny zu ihrem Liebesglück verhelfen würde. Und diese Pruet-Viola hasste Amanda dafür, dass sie Peter ausgelacht hatte, als seine Stimme versagte. Der Blick, den

Peter ihr am Schluss zugeworfen hatte, bereitete ihr Schmerzen. Es war ein Blick, der sagte: »Du bist das Allerletzte.« Das komplette Gegenteil von dem Blick, den er ihr zugeworfen hatte, bevor er sie geküsst hatte. Die Pruet-Viola gehörte auf keinen Fall an Amandas Seite, aber nicht etwa, weil sie dafür nicht berühmt genug war. Nein, die Pruet-Viola gehörte nicht an Amandas Seite, einfach weil sie Amanda kein bisschen leiden konnte.

Als Nächstes trat Zinnies Freundin Ashley auf die Bühne. Mit den dunklen Haaren, die sie zu einem Dutt hochgesteckt hatte, sah sie aus wie einem Gemälde entsprungen.

»Wer will schon einen Eisgutschein gewinnen?«, keifte Amanda und machte sich nicht mal mehr die Mühe, zu flüstern. Viola sank in ihrem Sitz zusammen. Nicht nur die Leute um sie herum hatten Amandas Bemerkung gehört, sondern auch Ashley. Sie starrte Amanda an, eine Hand in die Hüfte gestemmt, einen Mundwinkel verächtlich hochgezogen.

»Was hat die denn vor?«, fragte Amanda.

»Ich warte, dass du endlich die Klappe hältst, damit ich anfangen kann zu singen«, sagte Ashley. Das Publikum kicherte, eine einzelne Person jubelte sogar. Viola sah fasziniert zu, wie Amanda rot anlief und mit den Augen Löcher in den Boden brannte. Ashley, die kleine Snackbar-Verkäuferin, hatte Amanda Mills, den internationalen Popstar, eingeschüchtert und zum Schweigen gebracht!

»Danke«, sagte Ashley. »Ich singe jetzt das *Ave Maria* von Schubert.« Sie nickte Tony zu, der die ersten Töne auf dem Klavier anschlug. Und was dann folgte, war pure Magie. Ashleys Stimme war klar wie der Himmel an einem Sommertag, so klar wie der Himmel über Los Angeles, den eine Woche

Regen sauber gewaschen hatte, und so warm wie die Sonnenstrahlen, die jeden Morgen in Tante Sunnys Küche strömten. Ashley hatte eine unglaubliche Begabung.

Auf einmal war der Kampf in Violas Magen vergessen. Beide Violas hielten inne, setzten sich aufrecht hin und lauschten. Viola verstand den Text nicht wirklich, ja sie hätte nicht einmal sagen können, in welcher Sprache Ashley sang. Aber sie spürte, dass das Lied den kleinen dunklen Raum in ihrem Inneren erfüllte, in dem sie sich seit gestern versteckt gehalten hatte, nachdem sie vor Peter weggelaufen war, Zinnie im Stich und Lily aus den Augen gelassen hatte. Sie hätte nicht sagen können, ob die Los-Angeles-Viola oder die Pruet-Viola als Erste die Hand ausgestreckt und nach der jeweils anderen gegriffen hatte. Aber als der letzte Ton von Ashleys Lied verklang, gab es nur noch eine einzige Viola.

Ashley, die vom Klang ihrer Stimme genauso überrascht schien wie die Zuschauer, strahlte ins Publikum. Bebend und mit hochrotem Kopf verneigte sie sich.

»Bravo, Ashley!«, schrie Zinnie von der Seitenbühne aus. »Bravo!«

Vergissmeinnicht

Weil Zinnie auch hinter der Bühne Aufgaben hatte, waren sie und Jean übereingekommen, dass es wohl am besten wäre, wenn ihr Stück als Letztes aufgeführt wurde. Zunächst lief alles wie geschmiert. Der Wildblumenchor – bestehend aus Miss Melodys Tanzklasse – bewegte sich perfekt im Takt zu dem fröhlichen Lied, das Tony für das Stück komponiert hatte. Die flatternden Hände der Mädchen stellten sehr glaubhaft zarte, vom Sommerwind zerzauste Blütenblätter dar. Ashley gab mit ihrem Akzent und ihren ausufernden Gesten eine perfekte Erzählerin ab und verfügte eindeutig über das, was Ronald P. Harp Bühnenpräsenz zu nennen pflegte.

Zinnie war richtig witzig in ihrer Rolle als Vergissmeinnicht. Ronald P. Harp hätten ihre übertriebene Mimik und Gestik sicher nicht besonders gefallen, dachte Viola, aber hier im Kasino passten sie perfekt. Die Leute lachten an den richtigen Stellen, zum Beispiel als Vergissmeinnicht zur Party der Ziegenbärte wollte, aber den geheimen Handschlag nicht kannte, oder als sie mit den Feuerröschen mittanzen wollte, sich aber einfach zu plump anstellte.

»Oh Gott, die kleine Dunkelhaarige da spricht ja den ganzen Text von den anderen mit!«, sagte Amanda und stieß Viola mit dem Ellbogen an. Viola fiel das jetzt erst auf, aber es stimmte: Zinnie sprach jedes Wort lautlos mit. Ihre Lippen bewegten sich synchron zu Ashleys. Sie hörte nur auf damit, wenn sie selbst etwas sagen musste.

»Das muss ich auf YouTube posten«, sagte Amanda. »Es ist einfach zum Schießen komisch!«

»Mach das nicht.« Viola hielt Amandas Hand fest, als sie nach ihrem Handy greifen wollte.

»Was? Warum nicht?« Amanda befreite sich aus Violas Griff. »Das ist doch voll witzig! Wenn ich das poste, krieg ich eine Million Klicks.«

»Nein.« Viola stellte sich vor, wie irgendwelche Leute an ihrem Computer saßen und über Zinnie lachten. »Ich meine das ernst. So was macht man nicht.«

»Die wird es doch nie erfahren«, beharrte Amanda. »Oh Gott, guck dir mal diesen gelben Pullover an. Das ist doch zum Brüllen.«

Viola wirbelte herum und sah, wie ihre Schwester sich in den scheußlichen gelben Federpullover zwängte. Es war doch die Aufgabe des Erzählers, Holly zu spielen, aber jetzt sah es so aus, als würde Zinnie das machen! Sie würde beide Rollen spielen! Sofern sie es rechtzeitig schaffte, den Pullover überzustreifen.

»Augenblick noch«, sagte Zinnie in Richtung Publikum. Ihre Stimme war durch den Kunstfaserstoff gedämpft, und Viola merkte ihr an, dass sie langsam in Panik geriet. Sie versuchte den Kopf durch eins der Ärmellöcher zu stecken, und so wie es aussah, steckte sie da fest.

»Das ist ja unglaublich!«, sagte Amanda lachend und richtete ihre Handykamera auf die Bühne.

»Halt die Klappe«, sagte Viola. »Und steck endlich dein Handy weg.«

»Warum flippst du auf einmal so aus?«, fragte Amanda.

»Weil das da oben meine Schwester ist. Und außer mir darf sich niemand über sie lustig machen!«

Damit stand sie auf, kickte sich die Plateauschuhe von den Füßen und sprang auf die Bühne. Die einzige Möglichkeit, kein ängstliches Huhn zu sein, bestand darin, ein Huhn zu spielen.

Der Hühnertanz

Als sie den störrischen gelben Pullover endlich los war, traute Zinnie ihren Augen kaum. Viola hatte ihr geholfen! Und mehr noch – sie warf sich jetzt selbst den Pullover über den Kopf! Zinnie klappte regelrecht die Kinnlade herunter, als ihre Schwester die Federn auf ihren Schultern aufplusterte, die Daumen in die Achselhöhlen einhakte und sich dann ans Publikum wandte: »Gack-gack-gack, was hat denn eine Blumenfee wie du auf so einem einsamen Weg wie diesem verloren?«

»Ähm …«, stammelte Zinnie verdattert. »Ich suche die Leute, die meine Blumenwiese zupflastern wollen, um einen Supermarkt darauf zu bauen. Ich muss sie aufhalten, bevor es zu spät ist.«

»Dann hast du in mir das richtige Huhn gefunden«, sagte Viola und gackerte noch ein bisschen. Dabei ließ sie den Kopf hastig vor- und zurückschnellen, was sie noch mehr wie ein Huhn erscheinen ließ. Sie ist so eine tolle Schauspielerin, dachte Zinnie. »Genau da will ich nämlich auch hin. In dem Supermarkt soll es eine große Abteilung für Geflügelfleisch geben, aber ich hoffe, wenn sie mich kennenlernen und sehen, was für eine begnadete Tänzerin ich bin, dann wird ihnen klar, dass Hühner es verdient haben zu leben, und sie steigen auf rein vegane Produkte um.« Die Zuschauer lachten. »Ich kann dich zu den Leuten führen, sie wohnen gleich da vorn die Straße runter, aber ich habe ein Problem: Ich bin nicht sicher, welcher Tanz sie am meisten beeindrucken würde. Kannst du mir vielleicht bei der Entscheidung helfen?«

»Aber sicher«, sagte Zinnie. »Zeig mal, wie du Ballett tanzt!«

»Bitte schön.« Viola drehte einige Pirouetten, aber ganz auf Hühnerart. »Gooaack, gooaack!«, krähte sie und landete nach der letzten Drehung auf dem Allerwertesten. Das Publikum grölte vor Lachen, und Zinnie konnte nicht anders, als sich anzuschließen. Sie hatte keine Ahnung gehabt, dass Viola so tanzen konnte.

»Hmm. Ich weiß nicht, vielleicht ist Ballett nicht deine größte Stärke. Probier's mal mit etwas Lateinamerikanischem!«, sagte Zinnie. »Salsa oder Tango …« Aus dem Saal drang unverkennbar das Lachen ihres Vaters auf die Bühne.

»Cha-Cha-Cha!«, rief Viola, packte Zinnie und hechtete zum großen Vergnügen der Zuschauer im Tangoschritt mit ihr über die Bühne.

Ashley räusperte sich. »Und … das Huhn führte weiter alle möglichen Tänze vor, bis hin zu Hip-Hop, Bauchtanz und sogar Bollywood.«

Zinnie konnte es kaum fassen, wie Viola sich präsentierte. Mit jedem neuen Tanz, den Ashley ankündigte, wurde ihre Darstellung immer lächerlicher, witziger – und besser.

Die Leute lachten so laut, dass Zinnie sich auch den Bauch hielt. Der Versuch, mit dem Lachen aufzuhören, brachte sie nur noch mehr zum Lachen. Nur Viola blieb eisern bei ihrer Rolle. Mit ernstem, verdutztem Gesicht hüpfte sie weiter wie wild über die Bühne.

»Dann trafen …«, setzte Ashley an, musste aber eine Pause einlegen, bis das Publikum sich beruhigt hatte. »Dann trafen die beiden ein Mädchen namens Flora. Flora war eine Ballerina und probte gerade ihre Schritte.« Bei dem Stichwort wirbelte Lily auf die Bühne. Das viele Gelächter und der Applaus mussten sie durcheinandergebracht haben, denn sie hatte ihren Text komplett vergessen und drehte sich so lange um die eigene Achse, bis sie beinahe vornüber kippte. Doch bevor sie stürzen konnte, wurde sie in allerletzter Sekunde aufgefangen und gerettet – von Viola.

Eine verlegene Sekunde lang schwiegen alle, dann raunte Viola ihrer kleinen Schwester etwas ins Ohr. Lily kam wieder ins Gleichgewicht, sprang auf und rief: »Hallo allerseits!« Dann ging das Stück weiter. Tony improvisierte auf dem Klavier, während die drei Silver-Schwestern als Holly, Vergissmeinnicht und Flora quer über die Bühne zur Blumenwiese schlidderten. Miss Melodys Schülerinnen bewiesen, welches Talent sie hatten und wie fleißig sie geübt hatten, indem sie voller Anmut und Ausdruck ihre Tücher schwenkten.

Und jetzt bekam Lily sogar ihren Text fehlerfrei hin: »Mama, Papa, ihr dürft den Supermarkt nicht bauen, sonst sterben all die zauberhaften Blumen!« Zwar hätte sie den Text in das falsche Handy sprechen sollen, das Zinnie ihr schnell gebastelt und kurz vor der Aufführung ins Tutu gesteckt hatte, doch stattdessen wandte sich Lily an ihre eigenen Eltern. Und als es Zeit wurde für Zinnies Schlussmonolog, nahm Viola Lily an die Hand und trat leise mit ihr zur Seite, damit Zinnie das ganze Scheinwerferlicht für sich allein hatte.

Vergebung

Nach der Aufführung kam Viola sich wie eine Funken sprühende Wunderkerze vor. Bisher hatte sie nur in ihrem Theaterkurs und am Set von *Seasons* geschauspielert. Noch nie hatte sie vor echtem Publikum gespielt, und es war nun eine faszinierende Erfahrung gewesen, in den Zuschauerraum zu blicken und zu sehen, wie viele Menschen sie freudig anlächelten. Viola glühte regelrecht, als wäre das Lachen des Publikums ein Energiestrahl, der sie erleuchtete. Und als sie sich mit den anderen Darstellern zusammen verbeugte, war sie innerlich mit so viel heller Freude erfüllt, dass sie sich nicht sicher war, ob sie wirklich noch mit beiden Füßen den Boden berührte oder schon darüber schwebte.

Als sie in den Saal schaute, blieb ihr beim Anblick ihrer Eltern vor Freude beinahe das Herz stehen. Wild jubelnd standen sie da und klatschten Beifall. Auch Tante Sunny, die ganz in der Nähe saß, stand auf und applaudierte begeistert. Wenige Augenblicke später gab es vom gesamten Publikum stehende Ovationen. Nach der letzten Verbeugung sprang Viola von der Bühne herunter und rannte durch den Mittelgang geradewegs auf ihre Eltern zu. Und es war ihr vollkommen egal, ob Amanda das sah oder nicht.

»Ihr seid gekommen!«, rief sie.

»Du warst wunderbar«, sagte ihr Vater.

»Du bist eine großartige Schauspielerin«, fügte ihre Mutter hinzu.

Zinnie und Lily kamen hinterhergerannt. Mom riss Lily und Zinnie in ihre Arme. Während Jean ankündigte, die Jury werde sich nun zur Beratung zurückziehen, beugte Dad sich zu Viola herüber und flüsterte: »Ich hab mich so gefreut, dass du doch noch mitgespielt hast. Ich hatte vorher das Gerücht aufgeschnappt, du wolltest nicht mehr mitmachen.«

»Wo hast du das denn gelesen, im *Hollywood-Reporter?«*, gab Viola zurück. »Du solltest doch am besten wissen, dass man im Filmbusiness nicht jedes Gerücht glauben darf!« Doch trotz des Herumwitzelns mit Dad wusste sie, dass sie etwas Wichtiges zu tun hatte, und das konnte keine Minute mehr warten. Sie beugte sich zu Zinnie hinüber und sagte: »Es tut mir leid.«

»Schon gut«, erwiderte ihre Schwester. Und obwohl Viola ihr Gesicht genau in Augenschein nahm, konnte sie darin keinen Hauch von Wut oder Gekränktsein entdecken. Zinnies Augen strahlten, ihre Wangen waren ganz rosig vor Freude. Vielleicht lag es am durchschlagenden Erfolg ihres Stückes, dass ihr Violas übles Verhalten jetzt nicht mehr so schlimm vorkam. Auf jeden Fall wusste Viola in dem Moment, als ihre Schwester sie fest in die Arme nahm, dass Zinnie ihr aus vollem Herzen verziehen hatte.

Auf einmal wurde ihr klar, dass sie und Zinnie sich in einem Punkt absolut unterschieden. Viola konnte tagelang schmollen und nachtragend sein, selbst wenn ihr Gegenüber sich schon mehrfach entschuldigt hatte. Sie sammelte ihre Kränkungen wie Peter sein Seeglas. Zinnie dagegen konnte ganz schnell verzeihen. Viola musste nur »Tut mir leid« sagen, und *puff!*, war aller Streit vergessen und die beiden Schwestern wieder ein

Herz und eine Seele. Das war Teil dessen, was Zinnie zu … na ja, eben zu Zinnie machte.

Tony spielte eine kurze Melodie, um die Aufmerksamkeit des Publikums wieder auf die Bühne zu lenken, und Jean brachte die Menge zum Schweigen. Und für den Bruchteil des Augenblicks war es, als hätten die Schwestern in ihrer innigen Umarmung die Rollen vertauscht: Plötzlich war es Viola, die sich wünschte, sie könnte etwas mehr wie ihre Schwester sein.

Der Flötenregenpfeifer-Klub

Nach der Preisverleihung, als die Reihen der Zuschauer sich längst gelichtet hatten, war Viola immer noch in Hochstimmung. Auch wenn sie nur den zweiten Platz gewonnen hatten, hätte sie nicht glücklicher sein können. Ashley war als Nummer eins gekürt worden, Cody hatte mit seiner Tiernummer den dritten Platz belegt.

Amanda war schon lange verschwunden. Vielleicht würde sie ihren Eindruck von dem Abend auf Twitter oder sonst wo posten, aber Viola hoffte, sie würde es nicht tun. So oder so – sie hatte gar keine Zeit, nach Amanda Ausschau zu halten, denn ständig kamen Leute vorbei, um ihr zu sagen, wie toll und witzig sie in ihrer Rolle gewesen war.

Tante Sunny drückte sie an sich und pflanzte ihr einen dicken Kuss auf die Wange. »Ich bin so stolz auf dich!«, sagte sie. Als Viola ihr Gesicht berührte, fühlte sie eine dünne Lippenstiftspur. Tante Sunny hatte Lippenstift aufgetragen!

Als sie sich umdrehte, um Zinnie davon zu erzählen, stand sie plötzlich Philip Rathbone gegenüber. Das war der Moment, von dem sie immer geträumt hatte. Und jetzt brachte sie kein Wort heraus. Atemlos starrte sie Philip Rathbone an, lächelte verlegen und wünschte, sie hätte dran gedacht, ihren verschwitzten Federpullover auszuziehen.

»Ähm … hallo. Ich bin Phil Rathbone.«

»Ich weiß«, erwiderte Viola. »Ich bin Viola Silver.«

»Schön, dich kennenzulernen.« Er streckte ihr die Hand hin. Viola erinnerte sich daran, dass ein fester Händedruck als Zeichen für Selbstbewusstsein galt, und drückte seine Hand daher so fest wie möglich. Vielleicht sogar ein bisschen zu fest, denn er schüttelte seine Hand aus und sagte erstaunt: »Wow, du hast ja mächtig Kraft in den Händen.«

»Danke. Ich … ich bin Schauspielerin.«

»Das merkt man.« Mr Rathbone lächelte. »Du warst wirklich witzig. Du hast ein wunderbares Huhn abgegeben.«

»Danke, aber ich meinte in … Los Angeles. In *Seasons* … Da hab ich mitgespielt.«

»Oh, stimmt.« In seinen Augen blitzte ein Ausdruck des Wiedererkennens auf. »Dann kannst du also beides spielen, Ernsthaftes und Komisches. Sehr beeindruckend.«

»Ja.« Viola streckte den Rücken durch. »Und ich würde wahnsinnig gern in *Elfen der Nacht* mitspielen.« Aus dem Augenwinkel sah sie Tante Sunny am Getränketisch stehen, eindeutig in Hörweite ihres Gesprächs.

»Ich fürchte, da haben wir schon alle Rollen besetzt«, sagte Phil Rathbone, und Viola sackte in sich zusammen. »Ich könnte sicher noch einen Statisten einbauen, aber du wirst ja sicher kein Statist sein wollen, oder?« Viola überlegte. Nein, sie wollte kein Statist sein. Sie war eine richtige Schauspielerin und sie wollte eine richtige Rolle. Mr Rathbone konnte ihr die Antwort offenbar am Gesicht ablesen. »Dachte ich mir«, sagte er. »Aber weißt du was, ich werde dich im Auge behalten. Und jetzt entschuldige mich bitte, ich muss mich mal unter die Leute mischen. Ich hab letztes Jahr ein Haus hier gebaut, aber die Einheimischen scheinen mich nicht zu mögen. Und ich hab keine Ahnung warum.«

Er wollte sich schon wegdrehen, da legte Viola ihm eine Hand auf den Arm. »Wegen der Regenflötenpfeifer«, sagte sie.

»Wie bitte? Was sind Regenflötenpfeifer?«

»Kleine Seevögel. Sie haben ihre Brutplätze zerstört, als Sie Ihr Haus da gebaut haben.«

»Tatsächlich? Oh nein! Das hat mir keiner gesagt. Meine Anwälte meinten nur, da gäbe es ein kleines Problem, aber sie würden es bereinigen. Und dann bin ich hierhergekommen und musste feststellen, dass mich keiner leiden kann.«

»Aber … warum sagt man Ihnen so was denn nicht?«, fragte Viola.

»Ich besitze sechs Häuser«, berichtete Phil Rathbone. »Und für jedes Haus ist ein eigenes Team verantwortlich. Ich kann mich nicht um alles selber kümmern, sonst würde ich ja gar nicht mehr zum Filmemachen kommen.«

»Na ja, an Ihrer Stelle würde ich jetzt vielleicht in Erwägung ziehen, dem Flötenregenpfeifer-Klub eine Spende zukommen zu lassen. Eine großzügige Spende.«

»Gute Idee. Ich wusste gar nicht, dass es einen Flötenregenpfeifer-Klub gibt. An wen müsste ich mich denn da wenden?«

»An die Dame gleich da drüben.« Viola zeigte auf Tante Sunny, die gerade mit ihrem Vater ins Gespräch vertieft war. »Sie heißt Sunny.«

»Ehrlich gesagt liegt mir der Umweltschutz sehr am Herzen«, sagte Mr Rathbone. »Ich hab sogar eine Frau engagiert, damit sie ein Umweltschutz-Projekt findet, das ich als Dokumentarfilm umsetzen kann.« Er deutete mit dem Kopf in Richtung der Frau mit den High Heels, die sie schon im Gemischtwarenladen kennengelernt hatten.

»Sehen Sie den Mann, mit dem Sunny gerade redet?«, fragte

Viola und zeigte auf ihren Vater. »Er hat gerade eine Doku über die ältesten Mammutbäume der Welt abgedreht.«

»Wirklich? Hey, danke für den Hinweis!«, sagte Mr Rathbone. »Und bitte sag deiner Agentin, sie soll mir Material über dich zuschicken.«

»Mach ich gerne«, erwiderte Viola.

Als sie sich noch einmal die Hand gaben (Viola drückte diesmal nicht mehr ganz so fest zu), ging Peter an ihnen vorbei, ohne Viola auch nur eines Blickes zu würdigen. Sie nickte Mr Rathbone zum Abschied zu, dann eilte sie hinter Peter her.

»Peter!«, rief sie über die Köpfe der Versammelten hinweg. »Peter, warte doch!« Beim Klang seines Namens drehte er sich um, aber als er Viola sah, schüttelte er nur den Kopf und ging weiter.

»Ich glaube, er möchte im Moment nicht mit dir reden, Schätzchen«, sagte Jean und legte Viola eine Hand auf die Schulter. »Er ist dünnhäutiger, als man denken könnte, und was da nach der Tanzfeier passiert ist, hat ihn ziemlich mitgenommen.«

»Ich weiß«, sagte Viola. »Ich wollte mich auch nur bei ihm entschuldigen.«

»Ich weiß nicht, ob er dazu schon bereit ist«, sagte Jean und drückte Violas Schulter leicht. »Gib ihm ein bisschen Zeit, er kommt schon wieder.«

Aber ich habe keine Zeit, dachte Viola. Übermorgen sind wir hier schon weg.

Ein Stück ihres Herzens

Nachdem sie zum Abendessen Hamburger gegessen und im Obstgarten im Licht der Taschenlampen eine Runde Fangen gespielt hatten, brachten Mom und Dad die Mädchen zu Bett.

»Unglaublich, dass du es überlebt hast, drei Wochen lang mit deinen beiden Schwestern auf so engem Raum zu schlafen«, sagte Dad und küsste Viola auf die Stirn. Mom saß bei Lily auf dem Bett und bürstete ihr die Haare.

»Ja, ich kann's selber kaum glauben«, sagte Viola.

»Hey!«, riefen Zinnie und Lily wie aus einem Munde.

»War doch nur ein Witz«, sagte Viola. »So schlimm war es gar nicht. Nur dass Zinnie ihre Klamotten nie wegräumt, bis tief in die Nacht im Licht der Taschenlampe liest und Lily morgens alle aufweckt, noch bevor die Sonne aufgeht.«

»So schlimm war es gar nicht?!«, wiederholte Zinnie. »Hey, du warst doch diejenige, die ständig geschnarcht hat!«

»Stimmt nicht!«, widersprach Viola.

»Doch, immer wieder. Das hört sich so pfeifend an, ungefähr so …« Zinnie gab eine ihrer herrlichen Parodien zum Besten. Mom lachte, aber Viola fand es ganz und gar nicht witzig.

»Ich schnarche nicht«, beharrte sie.

»Schluss jetzt, Kinder«, sagte ihre Mutter. »Nur noch ein paar Tage, dann seid ihr sowieso wieder in euren Zimmern zu Hause. Also genießt das Zusammensein, so lange ihr noch könnt. Außer natürlich, ihr wollt auch in Los Angeles in einem Zimmer zusammen schlafen. Violas Zimmer ist am größten, also …«

»Nein!«, rief Viola.

»Dann könnten wir Zinnies Zimmer in ein Fitnessstudio verwandeln«, schlug Dad vor.

»Auf keinen Fall!«, schrie Zinnie.

»Und Lilys Zimmer in ein Büro für mich«, fügte Mom hinzu.

»Vergiss es, Ulysses!«, sagte Lily und brachte alle zum Lachen.

Viola freute sich schon auf ihr Zimmer zu Hause, auf die lavendelfarben gestrichenen Wände, die flauschigen Kissen, die iPod-Ladestation direkt neben ihrem Himmelbett. Sie sehnte sich nach etwas Privatsphäre. Schließlich würde sie in wenigen Wochen in die siebte Klasse gehen. Ein bisschen Angst hatte sie aber auch davor. Als Mom anfing, Lily das altvertraute Schlaflied vorzusingen, zog Viola sich die Bettdecke bis zum Kinn hoch und wurde ganz still. Mit ihren Schwestern im selben Zimmer zu schlafen hatte auch etwas an sich, was ihr ein warmes Gefühl der Geborgenheit verlieh. Vielleicht könnte ich mir ja doch ein Zimmer mit ihnen teilen, dachte sie und lauschte der Stimme ihrer Mutter. Sofort tauchten vor ihrem inneren Auge Bilder auf – Zinnie, die ihre Klamotten in Violas Schrank stopfte, Lily, die ihre Spielsachen am Boden liegen ließ … Nein, lieber doch nicht, dachte Viola, kuschelte sich ins Bett und wunderte sich, dass der Gedanke sie überhaupt gestreift hatte.

Mom und Dad gaben ihren Mädchen je noch einen letzten Gutenachtkuss und gingen dann nach unten, wo sie auf einer Luftmatratze schlafen würden. Stille senkte sich über das Haus, der Mond strahlte bleich ins Zimmer der Mädchen. Normalerweise schlief Viola hier immer sofort ein, aber heute war das anders. Minutenlang wälzte sie sich in ihrem Bett hin und her, dann setzte sie sich aufrecht hin und lehnte sich an die Wand.

»Was ist denn?«, fragte Zinnie.

»Ich kann nicht schlafen«, antwortete Viola.

»Was geht dir denn im Kopf herum?«

»Ich weiß nicht, wie ich es schaffen soll, dass Peter mir verzeiht.«

»Was hast du denn gemacht?«, schaltete Lily sich ein.

»Bist du etwa auch noch wach?«, raunte Zinnie.

»Sonst könnte ich doch nicht reden, oder?«

»Guter Einwand«, sagte Zinnie.

»Ich hab ihn gekränkt«, sagte Viola.

»Dann sag ihm, dass es dir leidtut«, riet ihr Lily.

»Hab ich versucht, aber er will es nicht hören«, sagte Viola. »Jean meinte, er wäre noch nicht so weit.«

»Vielleicht will er es nur einfach nicht hören«, sagte Zinnie. »Vielleicht musst du dir was ausdenken, wie du dich ohne Worte entschuldigen kannst.«

»Wie meinst du das?«, fragte Viola.

»Als er dir die Mütze gegeben hat, da hat er dir doch gezeigt, dass er auf dich steht, ohne zu sagen, dass er auf dich steht. Klar?«

»Und als er mir den Stein geschenkt hat«, sagte Lily, »hat er mir damit gesagt, dass er mich lieb hat.«

»So nach dem Motto: Eine Tat sagt mehr als tausend Worte?« Viola zwirbelte sich eine Haarsträhne um den Finger.

»Ja, genau!«, sagte Zinnie.

»Aber was könnte ich ihm denn schenken?«, fragte Viola. »Er mag Baseball, er mag Sternbilder …«

»Vielleicht könntest du ihm Leuchtsterne besorgen, die man sich an die Zimmerdecke kleben kann«, schlug Zinnie vor. »Oder ein Buch über den Sternenhimmel.«

»Seeglas mag er auch«, sagte Lily.

»Ja, stimmt.« Viola dachte daran, wie lange er schon nach einer roten Scherbe für seine Sammlung suchte.

»Tante Sunny hat doch eine rote Scherbe in ihrer Schmuckschatulle«, sagte Lily.

»Ja, aber die hat Ham ihr geschenkt«, gab Zinnie zu bedenken. »Das war das einzige Stück, das sie nicht hergeben wollte.«

»Vielleicht überlegt sie es sich anders, wenn ich ihr meine Seepferdchenkette zurückgebe«, sagte Viola. »Außerdem hat sie heute Abend Lippenstift getragen.« Tante Sunny hatte nicht nur Make-up aufgelegt, sondern sie wirkte auch sonst irgendwie verändert, ihr Gesicht leuchtete wieder rosiger … Viola hatte eine Ahnung, woran das liegen könnte. So ähnlich hatte sie sich nämlich auch gefühlt, nachdem Peter sie geküsst hatte.

»Aber was hat denn der Lippenstift damit zu tun?«, fragte Lily.

»Ganz viel«, sagte Viola und stand auf. »Ich muss sofort mit ihr sprechen.«

»Jetzt?«, fragte Zinnie. »Mitten in der Nacht?«

»Ja. Es ist wichtig«, antwortete Viola.

»Ich komme mit!«, rief Lily.

»Hach, ist das romantisch!«, sagte Zinnie, klatschte in die Hände und sprang aus ihrem Bett.

Die Blumenbrigade

Auf Zehenspitzen schlichen die Mädchen an ihren schlafenden Eltern vorbei in Tante Sunnys Zimmer. Sie saß in Morgenmantel und Hauspuschen auf ihrem Bett und las die neueste *National-Geographic*-Ausgabe, die Brille auf der Nasenspitze. Auf dem Cover der Zeitschrift prangte ein riesiger roter Frosch.

»Klopf, klopf«, sagte Viola.

»Meine Güte, wer seid ihr denn, die Blumenbrigade?«, fragte Tante Sunny.

»Ich muss dich etwas fragen«, begann Viola.

»Wir müssen dich alle etwas fragen«, korrigierte Zinnie.

»Sogar Benny.« Lily hielt ihren Teddybär hoch. »Wir machen das für Peter. Den lieben netten Peter.«

»Den lieben netten Peter? Jetzt habt ihr mich aber neugierig gemacht«, sagte Tante Sunny.

Viola hielt ihr die Seepferdchenkette hin. »Ich wollte fragen, ob ich die gegen etwas anderes aus deiner Schmuckschatulle eintauschen kann.«

»Aber du liebst diese Kette doch. Und sie steht dir hervorragend. Wogegen willst du sie denn eintauschen?«

»Gegen die rote Glasscherbe«, sagte Viola. »Peter sammelt doch Seeglas und er sucht schon sein ganzes Leben nach einem roten Stück. Ich weiß, dass ihm das sehr viel bedeuten würde.«

Tante Sunny schob sich die Brille auf den Kopf hoch und biss sich auf die Unterlippe. »Ich weiß, dass Ham dir die Scherbe geschenkt hat, und dass es sich angefühlt hat, als würde er dir ein Stück von seinem Herzen schenken, aber ...« Viola rang um Worte.

»Wir dachten, wenn du die Scherbe hergeben kannst«, brachte Zinnie den Gedanken ihrer Schwester zu Ende, »dann wäre in deinem Herzen vielleicht ein bisschen mehr Platz für Tony.«

Tante Sunny musterte ihre Nichten nachdenklich. Viele Gedanken schienen in ihrem Kopf herumzuwirbeln. Dann seufzte sie. »Schon komisch, dass ich das bislang nie sehen konnte«, sagte sie.

»Was sehen?«, hakte Viola nach.

»Wie sehr ich an der Vergangenheit festhalte.« Tante Sunny stand auf, öffnete die Schmuckschatulle, küsste die rote Glasscherbe auf ihrer Hand und reichte sie dann Viola. Als Viola die Seepferdchenkette zurücklegte, machte Tante Sunny eine Bemerkung darüber, dass sie bestimmt ein schönes Geschenk für ein junges Mädchen abgeben würde. Vielleicht zum dreizehnten Geburtstag.

Viola wickelte die Glasscherbe in Küchenkrepp und packte ein kleines Gedicht dazu, das sie still und heimlich geschrieben hatte: »Das rote Seeglas gehört jetzt dir / Ich hoffe, eines Tages verzeihst du mir / Das alles liegt mir schwer im Magen / Vor der Abreise würd ich gern noch Auf Wiedersehen sagen. Viola«

Jetzt musste sie es nur noch schaffen, ihm das Päckchen persönlich zu überreichen, bevor sie abreiste.

Der Glückspilz

»Also ehrlich, Ihre Mädchen haben mich gestern Abend vielleicht zum Lachen gebracht!« Edith reichte Mom und Dad je eine Waffel mit dem Eis, für das sie berühmt geworden war und nach dem sie ihren geliebten Hund benannt hatte: Mokka Chip. Viola, Zinnie und Lily hielten schon ihre Lieblingssorten in der Hand: Zitronensorbet für Viola, Doppel-Schoko für Zinnie und Erdbeer für Lily. Sie saßen an dem Tisch, an dem sie am liebsten saßen, direkt neben der Jukebox. Viola hatte darauf geachtet, sich so hinzusetzen, dass sie zum großen Schaufenster hinaussehen konnte, für den Fall, dass Peter zufällig vorbeikommen sollte. Die rote Scherbe mit dem Gedicht steckte in ihrer Hosentasche, und sie war fest entschlossen, sie ihm heute zu übergeben, komme was wolle.

Obwohl ihre Eltern schon mal in Pruet gewesen waren, hatten die Mädchen darauf bestanden, ihnen alle Orte zu zeigen, die ihnen während der vergangenen drei Wochen ans Herz gewachsen waren. Sie waren schon im Gemischtwarenladen gewesen, wo sie einige Postkarten gekauft hatten, die sie zu Hause an den Kühlschrank kleben wollten, dann in der Bücherei, wo Zinnie das ausgeliehene Buch über Theateraufführungen zurückgegeben hatte, und dann am Strand, wo Ashley inzwischen als neue Stadtberühmtheit gefeiert wurde. Neben dem Verkauf von Wassereis und Schokoriegeln musste sie jetzt ständig Autogramme geben. Ediths Eisdiele stand als letzter Punkt auf der Liste. Tante Sunny war zu Hause geblieben, um ein Nickerchen zu machen – das erste seit drei Wochen –, hatte ihnen aber eingeschärft, ihr einen Becher mit Mokka-Chip-Eis mitzubringen.

»Diese Mädchen sind für die Bühne geboren«, sagte Edith.

»Sie waren wirklich großartig«, sagte Mom, bezahlte das Eis und steckte das Restgeld in das Trinkgeldglas auf dem Tresen.

»Bei Zinnie wusste ich ja schon, als sie das erste Mal meinen Laden betrat, dass sie es draufhat«, fuhr Edith fort. »Aber Viola war auch der Kracher. Und erst die Kleine! Mit ihrem Lächeln erhellt sie den ganzen Raum! Die drei sind allesamt große Stars. Wir werden sie vermissen.«

»Danke, sehr liebenswürdig«, sagte Dad. »Und übrigens, das ist das leckerste Eis, das ich je gegessen habe.«

»Freut mich zu hören. Dafür gibt's eine Extrakugel auf Kosten des Hauses.« Edith winkte Dad herbei.

»Tut mir leid, aber so ein Angebot kann ich unmöglich ablehnen«, sagte er und hielt ihr seine Waffel hin.

Mom setzte sich neben Viola und schlang ihr einen Arm um die Schultern. Viola lehnte ihren Kopf an Moms Schulter und spürte, wie etwas von der Anspannung in ihrem Inneren sich löste.

Ihr Vater ging die Songs an der Jukebox durch. »Oh, der hier ist gut«, sagte er, drückte ein paar Knöpfe und warf einen Vierteldollar ein. *My Girl,* dröhnte es aus den Lautsprechern. »Wie wär's, Gwen, möchtest du mit mir tanzen?«

»Liebend gern«, antwortete seine Frau.

»Aber man darf nur im Sitzen essen«, protestierte Lily. »Das sagen sie doch in der Schule immer – Popo auf den Stuhl!«

»Ich glaube, diesmal können wir eine Ausnahme machen«, sagte Mom, stand auf und griff mit ihrer freien Hand nach Dads. »Es sind doch Sommerferien.« Grinsend gesellte Lily sich zu ihnen, und auch Zinnie stand auf, um mitzutanzen. Edith drehte den Lautstärkeregler hoch, sodass der Song den ganzen Laden erfüllte. Mit einer Eiswaffel in der Hand zu tanzen war eine etwas klebrige Angelegenheit, vor allem bei Lily, aber das schien keinen hier zu stören.

»Na los, komm her, Viola«, rief Dad seiner ältesten Tochter zu. »Du bist doch auch mein Mädchen!«

Viola wollte schon zu den anderen rübergehen und mittanzen, auch wenn sie heute ihr schickes, vorne gerafftes Oberteil in perfektem Pink trug, das schon ein einziger Tropfen Zitronensorbet ruinieren würde. Sie stand auf, hielt dann aber inne, als sie draußen den schwarzen Wagen mit den abgetönten Scheiben sah, der gerade auf die Brücke zuhielt. Eindeutig Amanda, die der Stadt den Rücken kehrte. Zu ihrer eigenen Überraschung empfand Viola für Amanda nichts anderes mehr als Mitleid. Sie hatte vielleicht alles, wovon Viola träumte – eine Schauspielkarriere, die teuersten Kleider und sogar ein Coverfoto auf der *Young & Lovely* –, aber als Viola zu ihren Eltern und Schwestern hinübersah, die mit den wabernden Eiswaffeln in der Hand durch die Eisdiele tanzten, wusste sie, dass nicht Amanda die vom Glück Geküsste war, sondern sie selbst.

»Ich muss aber noch schnell da rein«, sagte Viola, als sie und ihre Familie am Jachtklub vorbeischlenderten. Es war vier Uhr nachmittags, die Zeit, zu der die Segelstunde zu Ende ging, wie Viola wusste. Ihre Hände begannen zu schwitzen, obwohl sie die Aufgabe übertragen bekommen hatte, Tante Sunnys Eis zu transportieren.

»In den Jachtklub?«, fragte Mom.

»Ich muss jemandem etwas dalassen.« Viola reichte Mom Tante Sunnys Eis.

»Peter«, sagten Zinnie und Lily im Chor.

»Komm, wir suchen ihn«, sagte Lily. Sie sträubte sich, als Zinnie sie zurückhielt. »Lass mich los. Er ist doch mein Freund!«

»Ich glaube, Viola möchte das lieber allein erledigen«, sagte Zinnie und schnitt Lily jedes Wort des Widerspruchs ab. »Außerdem wollen wir doch nicht, dass Tante Sunnys Eis schmilzt. Na los, wer als Erste in der Harbour Road ist!«

Als die Mädchen losgestürmt waren, nahm Mom Dad an die Hand und sagte zu Viola: »Wir treffen uns dann nachher am Haus.«

Viola holte tief Luft, winkte dem jungen Mann mit dem Klemmbrett zu und machte sich auf den Weg zu den Anlegern.

Peter hatte gerade ein Beiboot am Kai festgemacht und kam Viola entgegen. In ihrem Bauch flatterten die Schmetterlinge hoch, als sie seine roten Haare und seine Basecap sah, und sie musste unwillkürlich lächeln. Aber als Peter sie erblickte, wandte er sich ab.

»Peter«, sagte Viola und stellte sich ihm in den Weg.

»Ich will nicht mit dir reden.« Peter schüttelte den Kopf und zwängte sich an ihr vorbei.

»Warte!«, rief sie ihm hinterher, und zu ihrer Überraschung blieb er tatsächlich stehen und drehte sich um. »Ich hab da was für dich«, sagte sie und hielt das Päckchen hoch.

»Ich will's nicht haben.«

»Bitte.« Viola streckte ihm die Hand entgegen. »Es tut mir

schrecklich leid. Ich hab mich fürchterlich benommen. Ich könnte versuchen, dir alles zu erklären. Aber ich dachte, das hier sagt vielleicht mehr als tausend Worte.«

»Wenn ich das annehme, heißt das noch lange nicht, dass ich dich wieder leiden kann«, stellte Peter klar.

»Okay«, sagte Viola. »Wir veranstalten heute Abend ein Strandpicknick. Deine Eltern kommen auch. Und ich hoffe, du ebenfalls.« Sie reichte ihm das Päckchen, das vom Transport in ihrer Hosentasche etwas zerknittert war. Peter wog es in der Hand und staunte über die seltsame Form. Viola lächelte. Er hatte keine Ahnung, was sich darin befand, und es war ihm deutlich anzusehen, wie neugierig er war.

Sie hatte jetzt das gesagt, was sie hatte sagen wollen, und das getan, was sie hatte tun wollen. Damit drehte sie sich um und ging den Anleger hinunter, schnurstracks zu Tante Sunnys Haus zurück, wo ihre Eltern auf sie warteten.

Schwestern

An diesem Abend veranstalteten die drei Silver-Schwestern, ihre Eltern, Tante Sunny, Tony, Jean und Mack ein großes Picknick neben der Flussmündung am Strand. Der Himmel erblasste, als die Sonne langsam hinter den Dünen verschwand, aber die Luft blieb weiterhin angenehm warm. Als sie die Turnschuhe und Flip-Flops von den Füßen abstreiften und sich ein hübsches Plätzchen suchten, fühlte sich der Sand unter ihren Sohlen schön kühl an. An ihrem letzten Abend wollten sie den absolut perfekten Platz für ihr Picknick finden. Während sie ihre Decke ausbreiteten und die mitgebrachten Sachen aus den Kühltaschen auspackten, jagten ein paar Flötenregenpfeifer über den Strand.

Tante Sunny hatte Peter auch eingeladen zu kommen, aber zu jedermanns Enttäuschung hatte er gesagt, er müsse zu einem sehr wichtigen Treffen des Segelteams. Als Kapitän könne er dort unmöglich fehlen. Zinnie wusste, dass Peter immer noch sauer war auf Viola, aber sie konnte trotzdem nicht begreifen, wie jemand so ein Fest freiwillig verpasste.

Sie aßen Hummerröllchen mit heißer Butter, die Dad vom Fischmarkt besorgt hatte, und dazu Tomaten aus Tonys Garten. Jean hatte Kartoffelsalat und Zucchini mitgebracht, und Mom hatte nicht widerstehen können, in einem Hofladen einen Blaubeerkuchen zu kaufen. Und natürlich hatte Tante Sunny wieder ihre Überraschungs-Brownies gebacken. Dabei war der Sommer schon so voller Überraschungen gewesen, dass Zinnie sich kaum noch eine zusätzliche vorstellen konnte.

Doch dann tauchte er doch noch auf – Peter. Zinnie sah, wie Violas Gesicht sich aufhellte und sie freudig die Augen aufriss. Als Jean ihren Sohn nach dem Segler-Treffen fragte, antwortete Peter, er würde gleich hingehen, hätte aber doch noch kurz hier vorbeischauen wollen. Dann nickte er Viola zu, und gemeinsam spazierten sie über den Strand davon, um sich ungestört miteinander zu unterhalten. Was auch immer sie besprochen hatten – als sie zurückkamen, hatte Viola ein dickes Lächeln im Gesicht und Peters eklige alte Red-Sox-Mütze auf dem Kopf.

Ob sie endlich sehen wollten, dass sie keine Angst mehr vor dem Meer habe, fragte Lily ihre Eltern. Es war inzwischen eine halbe Stunde her, dass sie gegessen hatte, und sie wollte keine Sekunde mehr warten. »Mommy, kommst du mit?«, fragte sie. »Tante Sunny hat gesagt, allein darf ich nicht ins Wasser.«

»Ja, sehr gern«, sagte ihre Mutter. Sie zogen sich bis auf die Badeanzüge aus und stürzten ins Meer. Mom streckte ihrer Tochter die Arme hin, um sie ins Wasser zu tragen, aber Lily wollte ganz allein hinein. Erstaunt schaute Dad den beiden hinterher.

»Wie hast du das denn geschafft, Sunny?«, fragte er.

»Das war eine Gemeinschaftsproduktion. Eure Töchter sind ein eingespieltes Team«, erklärte Tante Sunny und lehnte den Kopf an Tonys Schulter, der auf der Gitarre ein leises Lied spielte.

»Hab ich euch eigentlich schon von den Feenkreisen erzählt?«, wandte sich Dad an Zinnie und die sehr abwesend wirkende Viola.

»Nein, was sind denn Feenkreise?«, fragte Zinnie.

Das seien perfekt im Kreis wachsende Mammutbäume, erklärte ihr Vater. Der abgestorbene Mutterbaum habe sie um sich herum ausgesät. Er zeigte ihnen auf seinem Handy ein Foto, auf dem er inmitten eines solchen Kreises stand, von den Bäumen wie von dicken Steinsäulen umgeben. Er zoomte das Bild näher heran. »Sie teilen sich ein riesiges unterirdisches Wurzelnetzwerk, das sie sehr widerstandsfähig macht. Es hat mich an euch Mädchen erinnert – ihr werdet euch immer gegenseitig haben und dadurch schön stark bleiben.« Ein zauberhaftes Bild, fand Zinnie und nahm sich vor, dass ihr nächstes Stück in einem Feenkreis spielen sollte.

Viola wirkte nicht ganz so fasziniert. »Cool. Aber ich geh jetzt Seeglas suchen.« Sie stapfte Richtung Ozean davon.

Zinnie stand auf, um ihr zu folgen, aber irgendwas ließ sie dann doch innehalten. Wahrscheinlich wollte Viola in Ruhe über Peter nachdenken. Als sie ihrer Schwester so nachschaute, dachte sie an die Stockrosen, die Tante Sunny gepflanzt hatte, und daran, dass sie etwas Platz zwischen sich brauchten, um zu voller Höhe zu wachsen und strahlend hell zu erblühen. Dad hatte recht – Zinnie und ihre Schwestern waren wie diese Mammutbaum-Kreise. Ihre Wurzeln waren auf ewig miteinander verwoben. Aber gleichzeitig waren sie auch wie Stockrosen: Sie brauchten jede ihren eigenen Raum, ihr eigenes sonniges Plätzchen, um zu gedeihen. Außerdem war Zinnie neugierig, mehr über die Feenkreise zu erfahren.

Also setzte sie sich wieder hin und nahm die Hand ihres Vaters. Sie vergrub die Zehen im warmen Sand und ließ sich von ihm beschreiben, wie es gewesen war, in den Armen des weltweit größten Lebewesens zu liegen, eines Baums, der vielleicht tausend Jahre alt war. Wie der Nebel dort geduftet und die Heidelbeeren geschmeckt hatten, wie er einen Salamander über ein Blatt hatte huschen hören, wie er die ganze weite Welt aus dem Wolkenkuckucksheim des Baumwipfels überblickt hatte. Als Zinnie den Kopf auf Dads Schulter legte und seinen Erzählungen lauschte, schlug ihre Fantasie schon Funken. Dads Geschichten schienen ihre eigenen zu entfachen. Sie fühlte sich, als nehme schon das nächste Theaterstück in ihrem Inneren Gestalt an. Vielleicht etwas über Feenkreise, wer weiß … Noch hätte sie die Idee nicht genau formulieren können. Aber sie spürte sie in der Luft, die sie umgab, in der spätsommerlichen Brise, die ihr die Locken zauste, wie ein Geheimnis, das ihr vom Meer zugeflüstert wurde.